한솔 여행 에세이

차이 속의 공존

지구문학

차이와 다양성

　동행 없이 출발한 여행에서는 현장을 살펴보고 생각해 볼 시간을 가질 수 있었지만 그렇지 않은 곳에서는 빡빡한 일정으로 메모할 시간도 갖지 못할 때가 많았다. 애초 기록을 남겨야겠다는 욕구가 강렬했던 것은 아니었다. 시간의 여유가 있던 때에는 동행자들과 한담을 나누거나 식탐에 탐닉하기 일쑤였다.

　이 기록은 이전에 없던 새로운 생각이나 경험을 적은 글은 아니다. 현장에서의 단상을 메모한 것, 여행 전 찾아보았던 내용, 두서없이 헝클어져 있던 생각을 정리한 글이다. 여행지에서 떠오른 생각들을 정리하여 기록한 에세이라고 해야 적당한 내용이다. 내용은 방문지의 풍경이나 경험보다는 인문환경, 사회나 역사와 관련된 이야기들이 많다. 그러나 어느 글이나 결국은 나와 우리의 이야기로 귀결되곤 하였다.

　우울한 상태에 빠지거나 실패로 슬퍼한 순간들 하나 없이 기쁨과 즐거움만 가득한 생활이라면 삶에서 의미를 찾아보려는 동기를 갖기 어려울 것이다. 누구도 그런 삶을 살지는 못한다. 여행지에서 마주한 흔적에서는 영광과 추락, 욕망과 희생, 희극과 비극이 얽히고설켜 있었다.

현지에서 보았던 현재의 삶도 과거와 크게 다르지 않았다. 부유한 뉴욕, 뭄바이같이 가난한 곳에서도 정도에 차이가 있을 뿐 본질적인 삶의 모습은 크게 차이가 없었다. 어느 곳이든 시간이 지나면 그들의 모든 이야기는 과거 흔적의 일부가 될 것이다.

동일한 공간이나 환경에 적응하며 사는 생명체들 사이에서도 차이는 발생한다. 그러나 인간을 제외하면 자연계에서 차이를 문제 삼는 생명체는 없다. 유리한 삶의 조건을 찾아다니기는 하지만 피할 수 없는 운명에 저항하는 생명체는 없다. 인간은 주어진 자연조건보다 스스로 만들어 낸 제도의 영향을 훨씬 많이 받는다. 제도 안에서는 생존 방식의 다양함이나 지위와 소유의 차이로 강자와 약자가 발생한다. 차이는 차별로 연결되기가 쉽고 삶에서 격차가 발생한다.

역사는 더 큰 영향력을 확보하려는 강자와 이에 저항하는 약자의 갈등으로 가득 차 있다. 사람들은 이 갈등과 소속된 사회 시스템의 한계로 발생한 차별적인 삶을 개선하려고 끊임없는 노력을 기울였다. 둘 사이의 격차를 줄여가는 노력과 투쟁은 지금도 곳곳에서 진행 중이다.

생각, 사상, 인종, 문화, 지역, 계층이 다른 것으로 세상은 언제나 분열되어 있었다. 그러나 동일한 이유로 다채로운 모습을 갖고 있기도 한 곳이 세상이다. 태양은 지구로 빛을 발사하지만 지구가 동그란 것으로 모든 곳에 빛이 고루 도달하지는 못한다. 강렬한 빛으로 풍성한 곡식과 과일을 수확할 수 있는 곳이 있는가 하면 도달하는 빛이 미약해서 생명이 존재하지 못하는 곳도 있다. 이 차이는 태양이 의도한 것은 아니다. 자연의 법칙과 세상의 이치는 본래 그런 것이다. 양지 곁에는 음지가 존재하기 마련이고 누구도 그림자 없이 움직일 수 없는 곳이 세상이다.

차이를 피할 수는 없으며 차별은 어디에서나 발생한다. 그래서 다양하다. 사실 다양함은 나의 부족함을 채워 줌으로써 온전하게 만들어 주는 기능을 한다. '나'를 '우리'나 '인간'으로 바꾸어도 의미는 조금도 달라지지 않는다. 그런데 현실에서는 다양함으로 소외되거나 피해를 입는 사람들이 있다. 나와 다르다는 것으로 상대를 인정하지 않거나 함께 생활하는 일을 좋아하지 않는 사람들도 있다. 차별이다.

나와 너의 차이를 인정하고 서로의 부족함을 보완해 가면서 함께 살아가지 않으면 세상은 혼란스러울 수밖에 없다. 이웃을 이해하고 사랑하지 않으면 자유롭게 사는 것은 불가능하다. 결국 모두 행복하게 사는 최고의 방법은 공존을 인정하는 것에서 찾을 수밖에 없다. 공존을 인정하지 않고 평화가 실현되는 건 불가능하다.

이 순간에도 지구 곳곳에서는 전쟁으로 많은 사람들이 죽어가고 있다. 나는 이 글이 읽는 이들이 서로 다르더라도 동등한 위치에 선 존재들이라는 생각을 받아들이고 평화롭게 사는 데에 도움이 되었으면 한다. 전봇대에 매달린 등불이 어두운 골목길을 밝히듯 닫힌 마음을 열고 우리 함께 힘을 합쳐 행복한 사회를 만들어 갈 수 있기를 원한다.

내용의 검토와 조언에 수고를 아끼지 않으신 곽경헌 박사님과 윤일수 전 양정중학교 교장선생님, 〈Seattle〉을 표지 그림으로 선뜻 허용해 주신 경상대학교 심홍수 교수님, 곁에서 변함없는 격려를 해 주신 동민, 수건, 홍배, 호경 님과 최진우 선생님께 감사드립니다.

2024년 6월 2일

차례

차례

VII 서유럽

VIII 발칸의 여러 나라

차례

XI 에필로그

I

시간과 공간

1. 시간 위에 선 자아

꼼짝할 수 없게 줄로 결박된 상태가 움직이지 않는 것이 아니라고 말한다면, 세상은 내가 보는 것과 크게 다를 수 있다. 만약 내가 달리는 버스 안에 결박당한 상태에 있다면 여전히 나는 움직이고 있는 것이라고 말해야 한다. 버스가 정거장에 선다고 해도 지구가 공전과 자전을 하고 있는 것을 떠올리면 버스 안의 나는 여전히 움직이고 있는 상태다. 동일한 세상이라도 무지한 내가 바라보는 모습과 지혜와 깊은 지식을 갖춘 사람이 보는 그것은 꽤 다를 수 있다.

지금까지 나는 모든 '관계'를 정지된 상태에서만 파악하려 하였다. 그러나 관계는 세계와 끊임없이 상호작용을 하면서 변한다. 밤하늘이 회전하는 것처럼 보이는 것이 실제로 우주가 움직이는 것이 아니라, 내가 서 있는 행성의 (자전하면서 공전하는) 특수한 이동 방식에서 기인

한다는 것을 알고는 있었지만, 그것이 나의 관계에 어떤 영향을 미치고 있는지 생각하지는 않았다.

　나의 인식이 초라한 지식이나 구차한 습관에 의존하고 있다는 사실에 자괴감을 느낀 순간이 있었다. 그 충격이 컸던 것은 무지했거나, 깨달음이 컸음을 증명하는 것이다. 세상을 바라보는 모든 시점이 특수한 관점을 벗어날 수 없다는 것, 누구의 시점도 절대적 객관성을 가질 수 없다는 것을 분명하게 인식한 계기가 되었던 순간이다.

　현상에 어떤 관점, 특수한 관점을 갖는 당사자를 자아라고 알고 있지만, 자아에 시간과 공간까지 도입하여 설명하는 이는 보지 못하였다. 양자 물리학자 카를로 로벨리에게 호감을 갖게 된 것은 그가 과학만큼이나 인문학적 소양이 깊은 사람이었기 때문이다. 그는《모든 순간의 물리학》[1]에서 자아를 형성하는 두 가지 요소를 거론한다. 먼저 그는 인간을 세상이 제시한 통합적 가치에 일치시키려고 끊임없이 노력하는 존재로 파악하면서, 객관적 관점에서 세상을 성찰한 결과와 자신을 통합하는 과정으로 설명한다.

　그러면서 그는 사람들이 눈앞의 사물과 현상을 일관된 방식으로 통합하여 인식함으로써 이미 두뇌에 유입되어 축적된 정보를 바탕으로 유연하게 대응한다고 말한다. 전자를 내면의 자아라고 한다면 후자는 행동으로 나타난 객관화된 자아다.

　데카르트의 '나는 생각한다. 고로 존재한다'는 명제가 내면을 향한 성찰에서 자아를 규정한 것이라면, '내가 생각하는 것은 타인에게 투영된 나의 관계에서 영향을 받은 것'이라는 로벨리의 주장은 데카르트와

---

1) 카를로 로벨리 지음, 김현주 옮김, 샘앤파커스, 2016.

멀지 않은 곳에 있다고 볼 수 있다. 그는 주체적이라는 생각의 저변에는 수많은 사물과 현상, 타인과의 접촉에서 도입된 것들이 깔려 있다는 점을 강조한다.

모든 생각의 출발점이 주변의 어떤 영향이 있었을 것이라는 설명이다. 로벨리는 주변 사물이나 개념의 입력 정보가 개입되지 않은 내면의 생각이란 것이 있을 수 없다고 말한다.

로벨리는 물질의 세계를 이해하고자 물리학 책을 집어 든 사람을 인문학으로 몰고 간 이상한 과학자다. 그러나 '세상의 모든 이야기가 결국 인간의 이야기, 자신의 이야기로 돌아오고 만다'고 하면 이상한 일도 아니다. 물리학뿐만 아니라 어떤 이야기든지 이야기의 끝이 될 수 없는 것은 세상을 바라보는 모든 시점은 특수한 관점을 벗어날 수 없다는 것, 누구의 시점도 절대적 객관성을 가질 수 없기 때문이다. 모든 이야기는 그곳에 잠시 머물렀다 또 다른 이야기의 씨가 될 뿐이다.

2. 시간을 넘어서면

과거의 세상이 어떠했는지는 당시 그곳에 살던 인간들이 어떤 일을 경험하였는지를 이야기할 때 더 잘 이해할 수 있다. 〈세계테마기행〉을 보면서 '그곳에 무엇이 있다' 같이 자연이나 유적만을 설명하는 것보다 다른 문화에 사는 현지인과 부딪히며 벌어지는 일을 보면서 더 큰 재미를 얻는 이유다.

에베레스트의 높이나, 콜로세움의 위치 같은 단순한 사실이나 인증 사진보다 등정한 사람과 얽힌 이야기나, 건축될 당시 로마의 역사와 사람들의 삶을 이해하면서 더 큰 감동을 받는다. 세상을 '존재' 자체보다 그 안에서 일어나는 '사건'으로 이해할 때 더 큰 울림이 있는 것이다.

양자 물리학자의 힘을 빌려 사물을 표현하자면, 존재 자체도 잠깐 동안만 변함이 없는 사건일 뿐이다. 그들의 말에 따르면, 물질은 우리가 감지할 수 없는 극히 짧은 시간 동안에도 그것을 이루는 미세한 어떤 것(양자)이 분해와 결합을 계속한다. 눈에 보이지 않는 변화 과정을 우리가 감지하지 못할 뿐, 물질은 이 과정을 수없이 반복한다.

내가 보고 있는 세종대왕의 동상이 그곳에 고정되어 존재하는 것이 아니라 분해되었다가 결합하기를 반복하면서 순간순간 존재하는 상(象)이 빛에 반사되어 수정체에 반영된 것에 불과하다는 주장을 믿기 어렵지만 사실이라고 한다. 그렇다면 본질적으로 동상이 그곳에 존재한다고 말하기도 어렵다. 사물의 존재 자체가 나와 물체 사이에서 발생한 하나의 '사건'이라고 해야 적합한 표현이 된다. 모든 물질은 궁극적으로 먼지로 돌아간다는 것과 세상은 양자 사건의 무질서한 그물이라는 것이 그들의 주장이다. 사물이 시간을 발생시키고, 시간 속에 있는 것만이 존재한다. 우리가 '존재'한다고 말하는 사물은 '현재' 실재하는 것을 말하며 과거나 미래를 대상으로 하지 않는다. 사물은 현재라는 시간(순간)을 전제하지 않으면 존재하지 않는 것이다.

질문을 던질수록 묘한 구석으로 몰아가는 그 시간을 과거, 현재, 미래의 세 토막으로 나누면 이해하기가 편하다. 그러나 과거의 시간은 이미 지난 것이라 '있다'고 할 수 없는 것이고 미래는 앞으로 와야 할 것이라 이것 역시 없는 것이다. 우리는 언제나 현재에 서 있다. 현재의 시점에서 시간의 흐름을 인지하는 곳은 우리 내면의 일부이며 뇌에 남은 과거의 흔적인 기억을 토대로 한다. 과거의 기억과 미래에 대한 예측을 바탕으로 우리는 존재한다. 음악을 예로 들면 이해하기가 쉽다.

소리가 모여서 음악으로서의 의미를 부여받으려면, 방금 지나간 과거의 소리와 곧 발생할 미래의 소리가 현재의 소리와 결합되어야 의미를 지닌다. 이 순간 공간에 던져진 소리만을 듣는 것으로 소리는 어떤 의미도 가질 수 없다. 그러니까 소리는 시간의 흐름 속에서만 음악으로서의 의미를 가질 수 있다. 양자 물리학자의 논리로는 음악뿐 아니라 모든 사건(사물)이 음악과 동일한 패턴으로 존재한다.

결국 시간이 없다면 사건(사물)은 존재하는 것이 아니다. 우주가 탄생한 순간을 뜻하는 빅뱅 이전에 대하여 어떤 이해도 하지 못하는 이유가 그곳에 시간이 없기 때문이다. 그곳은 이 무한하게 펼쳐진 우주공간과 137억 년의 시간이 코딱지만 한 입체에 뭉쳐져 있었다고 가정하는 세계다. 사실은 코딱지만 한 그것이 있었는지도 의심스럽다. 그나마 그것을 상상할 수 없다면 우리가 인지할 수 없었기 때문에 가정한 것일 수도 있다.

우리가 시간을 대상으로 하지 않는 한, 또는 시간이 없다면 어떤 것도 존재하지 못한다고 인식할 수밖에 없고, 빅뱅 이전의 상태에 대하여 어떤 이해도 할 수 없다는 점을 이해는 하였다. 그곳은 우주의 끝인 동시에 인간 인식의 끝이다. 그러나 호기심 가득한 한 인간으로서 아무것도 아닌 그곳이 모든 것의 끝이 아닐 것이라고 생각한다. 그 상태가 무(無)는 아니지만 '아무 것도 없음'은 상상으로도 인식할 수 없는 것이기 때문에 끝으로 인식할 뿐이다. 무(無)가 어떤 것도 존재하지 않는 것을 뜻한다면, 무라는 존재를 표현한 순간, 무는 무가 아닌 것이 된다.

그렇다면 인간의 인지 능력을 넘어서야 알 수 있는 그 너머엔 과연 어떤 세계가 있을까. 정말 존재하지도 인지하지도 못하는 무의 세계일까.

혹시 그곳에 신들이 모여 사는 것은 아닐까. 그곳 신들이 사는 세계를 들여다볼 수는 없을까. 이런 상상이 부질없음을 알고 있으므로 결국 나의 관심은 시간과 공간 안으로 돌아올 수밖에 없다. 나에게 주어진 공간에서 좀 더 많이 움직이면서 다양한 사람과 사물들과 부딪치고 경험하면서 더 큰 내면을 축적해 갈 수 있다는 것으로 만족하면서 살 수밖에 없다는 생각으로 돌아온다.

3. 공간과 삶

지도를 그리는 방법에는 여러 가지가 있는데, 흔히 우리가 보는 지도는 메르카토르 도법을 사용한 지도다. 이 지도는 구형인 지구의 적도를 따라 종이로 말아 세운 뒤, 구의 핵에 불을 켜서 비추어진 땅 그림자를 종이에 그린 것이다. 3차원인 구(球)에 떠 있는 땅 모양을 2차원의 평면에 나타낸 것이다. 이 도법은 입체 위의 모습을 평면으로 옮기는 과정에서 문제가 발생한다. 극지방으로 갈수록 실제 땅의 넓이보다 크게 나타나는 것이다.

예를 들면, 지도상에서 북극에 가까운 알래스카와 적도에 가까운 멕시코를 비교해 보면 알래스카가 멕시코보다 거의 2배 정도 큰 것으로 보이지만 실제로는 멕시코가 알래스카보다 훨씬 넓다. 아프리카 대륙보다 러시아가 두세 배 커 보이지만, 실제 아프리카 대륙은 러시아와 오세아니아 대륙을 합친 것과 비슷하다. 구(球)를 평면으로 옮긴 지도의 한계라고 할 수 있지만, 인간 오감의 한계라고도 할 수도 있다.

인간은 보이는 대로 믿는다. 지도상에서 중국보다 너댓 배로 보이는 러시아가 사실은 2배 남짓 클 뿐이다. 경제력만을 비교하면 러시아는 중국의 1/9보다 작은 규모다.[2] 과거 소련이 실제 국력보다 과대평가되었던 많은 요인들이 있지만, 이는 실재보다 크게 나타난 국토의 면적도 기여를 했을 것이라고 생각한다.

역으로 우리는 대한민국을 지나치게 과소평가하는 경향이 있다. 실제 갖고 있는 힘에 비하여 비교적 좁은 면적 때문일 수도 있겠다. 경제력의 크기는 우리가 1조 7092억 달러, 러시아가 2조 1000억 달러 정도다. 달러화로 표기된 GDP 규모가 총체적인 국력을 정확하게 나타내지는 못한다고는 하지만, 대한민국은 작은 나라가 아니다. 정말 작은 것은 우리의 마음이다.

지도로 보는 과거의 역사에서는 더 큰 오차가 발생할 수 있다. 삼국 중 지도 면적에서 압도적 우위를 보이는 고구려가 언제나 가장 강력했던 나라였다고 생각한 사람들이 많을 것이다. 그러나 꼭 그렇지는 않다. 국토가 넓지 않았던 백제가 광대한 고구려와 대등하게 힘을 겨루던 때도 있었기 때문이다. 게다가 각종 작물 재배의 북방한계선이 지금보다 훨씬 남쪽에 있었던 옛날에는 냉랭한 북부지방에서 재배되는 작물의 종류나 생산량이 많지 않았다. 국력이 국토의 넓이와 반드시 비례하지 않았다는 뜻이다.

국토 넓이만으로 국력을 판단하는 것은 현재의 몽골을 일본보다, 카자흐스탄을 영국보다 강한 나라로 분류하는 것과 다름이 없는 오류를 범할 수 있다. 당시에 이용 가능한 면적이나 농업생산력을 기준으로 비교한다면, 우리가 알지 못하는 다른 역사가 전개되었을 수 있다.

---

2) 관련 통계는 2023년 IMF 세계경제전망 보고서에 근거.

큰 이야기와 역사도 작은 공간에서 시작된다. 거대한 사서(史書)가 하나의 단어에서 시작되는 것과 같이. 하이젠베르크가 20세기 초 과학 혁명이라 일컬어지는 양자론의 아이디어를 떠올린 곳은 북해의 외딴 섬 헬골란트(Helgoland)의 조그만 집이었다. 그는 넓은 공간을 필요로 하지는 않았지만 정신은 시간의 시작과 우주의 끝에 닿을 정도로 큰 사람이었다. 그곳에서 하이젠베르크는 위대한 로마제국이나 나폴레옹의 엄청난 야심이 세계 역사에 영향을 준 것과 다르지 않은 거대한 업적과 영향을 남겼다.

지구 표면적의 넓이는 5.1억km²다. 평(坪)수로 넓이를 파악하는 우리 관습으로는 어느 정도 크기인지 감이 잡히지 않는다. 이집트의 500배 정도라고 해도 감이 잡히지 않기는 마찬가지다. 그런데 이집트는 우리나라의 딱 10배 정도 크기다. 그러니까 지구 표면적은 대한민국의 5,000배쯤 되는 넓이다. 세상은 넓다. 이 공간에 수천 년의 시간이 남겨놓은 수많은 유물과 유적과 이야기들이 있다. 생김새도 다르고 말도 다른 수많은 종족들이 남겨놓은 다양한 문화 속에 아름다움과 추함, 고통과 환희, 정의와 사악한 이야기들의 흔적들이 산재해 있다.

만약 이 넓은 세상에 수천 년 동안 단 하나의 종족과 문화, 말과 문자만이 존재하였다면 인류가 오늘날과 같은 발전을 이루지는 못하였을 것이다. 나와 다른 것을 상상하지 않고는 발전할 수가 없다. 여행의 매력은 다양함에 있다. 지역에 따라 계절이 다르고 사람의 생김새가 다르다. 이쪽으로 가면 로마가 있고 반대편엔 잉카가 있었다. 현대인들은 자동차로 짧은 시간에 넓은 공간을 정복(?)할 수 있지만 수백 년 전까지도 아예 바퀴가 사용되지 않았던 문명이 있었다는 건 여행을 통해서 알 수 있었다.

다양함은 차이와 사실상 동의어다. 그렇지만 차이는 불만과 갈등의 본산지다. 이는 곧 차별로 연결된다. 여행은 차이를 감각으로 확인하는 작업이라고 할 수 있다. 내 발이 닿았던 어느 곳에서나 나와 내가 속한 문화가 그곳과 다름으로 인해 '차이'를 느끼지 않을 수 없었다. 그것이 코앞에 닥쳐왔을 때 겪는 불편함으로 힘들 때도 있지만 본래 세상은 '차이'로부터 생겨났고 문명은 그것을 발전의 원동력으로 삼았다. 차이를 공존보다 전쟁으로 극복하려 했던 역사가 안타까운 것은 어쩔 수가 없었다.

여행은 차이가 어떤 양태로 전개되었는지를 이해할 수 있게 한다. 다른 역사와 문화가 차이로 발생하는 공백을 어떻게 메꾸어 왔는지를 눈으로 확인할 수 있다. 여행은 그 자체로 즐거운 일이기는 하다.

나는 이 글이 그 차이들, 우리 땅의 5,000배 공간에 널려 있는 인종과 문화와 성과 빈부의 차이들을 이해하고 어떻게 완화시켜 가야 할지에 조그마한 영감이라도 떠올릴 수 있기를 원한다.

II
차이와 다양성

4. 로빈슨 크루소

로빈슨의 여행과 내가 경험한 패키지여행을 비교해 보았다. 그는 조난을 당하고 카리브해 안틸레스제도의 한 섬에 고립된다. 오늘날 아이티라는 나라의 근처다. 나는 상품화된 베트남 여행 상품을 화폐로 구입하고 비행기로 그곳에 도착한다. 28년 동안 섬에서 고립되어 살던 로빈슨이 기적적으로 구출되어 고국인 영국으로 돌아온다. 나는 안전하게 베트남의 자연과 문화를 즐기고 비행기와 차를 이용하여 편안하게 귀가한다. 마음만 먹으면 현대인은 열흘 안에 로빈슨이 28년 동안 삶의 투쟁을 벌이던 그곳도 별 어려움 없이 여행하고 안전하게 일상으로 복귀할 수도 있다.

두 삶 사이에 어떤 차이가 있을까. 개인에 따라 다를 수는 있지만 대부분의 현대인들에게 '운명을 개척한다'는 말은 사회적 지위를 높여가는 노력을 의미한다. 하지만 고립된 로빈슨의 삶에서 운명을 개척한다는 말은 자연과의 투쟁에서 생명을 보존하는 것을 뜻하였다. 둘 사이에 어떤 차이가 있는지는 생각하기 나름이다. 과연 그의 28년 투쟁이 현대인의 열흘짜리 삶에 비교할 만한 가치밖에 없다고 할 수 있을까.

현대 사회생활에 염증을 느낀 사람들 중에는 로빈슨의 고립을 꿈꾸는 사람들도 있다. 소위 '자연인'들이다. 그러나 대부분의 현대인들은 지위 획득을 위해 갈등을 겪고 다투며, 더 많이 소비하기 위해 온갖 노력을 기울인다. 이런 삶이 궁극적인 행복으로 안내해 줄 것인지에 대해서는 생각해 볼 여지가 있다.

과연 경쟁자가 없는 가장 높은 지위나 고가의 집에서 엄청난 소비를 하는 삶에 도달한 사람이 삶에 만족하기는 할까. 그렇지 않다면 우리 삶의 의미는 목표의 성취 여부와 관계없이 일상에서 삶과 씨름하는 과정 자체에서 찾는 것이 지혜로운 태도라고 할 수 있다. 목표로 향하는 여정을 설계하고 실천에 힘쓰면서 열정을 발산하는 자체로 삶은 완성되는 것이다.

우리가 기대하는 것과 달리 눈앞에 어떤 장애도 없는, 더 이상 오를 곳이 없는 정상에 오른 사람들이 고독을 느끼는 경우가 많다고 한다. 그곳엔 나를 상대해 줄 사람도 없고, 더 높은 목표를 가질 수도 없는 곳이다. 더 이상의 과정이 존재하지 않기 때문이다.

훨씬 넉넉한 물질을 확보한 현대인들이 원시 상태에서 궁핍하게 살았던 인간보다 더 행복한지에 의문을 품을 때가 있다. 뉴스에 등장하는 높은 지위에 이른 권력자들이나 많이 가진 자들의 정신의 빈곤함을 확인하면서 더 많은 물질과 지위에 집착하는 삶의 한계를 실감하기도 한다. 누가 보아도 그들이 행복하게 사는 것으로는 보이지는 않는다.

쉼 없이 추구한 물질의 풍요로움과 보다 높은 지위로의 이동에 성공한 이들이 고독하고 외로운 삶을 살고 있다면, 삶은 목표 자체보다는 그것으로 향하는 과정에 더 큰 의미를 부여하고 일상을 충실하게 생활하는 것이 보다 슬기로운 태도라고 할 수 있겠다.

그런 관점에서 로빈슨 크루소의 삶을 바라본다면 현대인들에게 외롭고 처절하게만 보이는 그의 삶은 매우 다르게 해석될 수 있다. 그는 현대를 사는 누구보다도 풍요로운 삶을 살았을 수도 있다.

5. 어디서나 발생하는 차이와 갈등

2년 전, 전주에 조문 갔을 때의 일이다. 장례식장을 나오는 길에 상주(喪主)가 억지로 택시를 태우는 바람에 예약된 귀경버스 출발시간보다 50분이나 먼저 터미널에 도착하였다. 식장에서 점심으로 떡을 몇 점 먹어서 시장하진 않았지만, 서울 도착시간이 저녁때라 부담스럽지 않을 정도로 뱃속을 채우려 샌드위치 가게에 들어섰다. 주문을 하고 물을 마시려는데 테이블 위에 물컵이 없었다. 자율 음수대도 보이지 않았다.

낯선 느낌이 들었다. 샌드위치를 준비하고 있던 주인에게 물을 요구하였더니 이곳에서는 물이 제공되지 않는다고 하였다. 메뉴판에는 샌드위치 가격과 동일하거나 더 비싼 과일즙이나 탄산수 브랜드가 나열되어 있었다. 가격보다 불쾌했던 것은 그녀의 불친절이었다. 태도로 보아서는 물 대신에 음료수를 주문해야만 하였다. 발을 헛디뎌 발목을 삐었을 때와 같은 전격적 불운과 황당함이 스쳐 지나갔다.

집에 돌아와 아내에게 터미널에서의 불쾌한 경험을 이야기했다. 그런데 뜻밖의 반응을 보였다. 일전에 코로나 방역 차원에서 음수대가 문제가 된 적이 있었다는 것이다. 그런 뜻에서 제공되지 않았을 것이라고 했다. 그러고 보니까 얼마 전에는 상수도 취수장에서 발생한 깔따구가 공공 음수대에서 발견되었다는 뉴스를 본 적도 있었다. 터미널에서의 불쾌함은 공공위생의 문제를 불친절로 잘못 수용한 나에게 더 큰 원인이 있었다.

3,40대에 국내 여행을 자주 다닌 시기가 있었다. 수시로 바뀌는 전국 시외버스 시간표가 집에 상비품으로 있을 만큼 버스도 자주 이용했지만 지도를 보고 자동차로 다닐 때가 많았다. 안팎으로 역사와 문화에 관심이 많아서 유적지를 중심으로 다녔는데, 나중에는 농로나 시골 동네 골목길에 삐딱하게 기울어진 송덕비가 있는 곳까지 다녔으니까 꽤 다닌 편이다. 먼 곳에 가면 불친절하고 텃세가 세다는 편견은 그때 형성되었을 것이다.

전주 터미널에서의 오해는 그때의 편견이 영향을 주었을지도 모른다. 사실 터미널에서 물이 제공되지 않는 것을 불친절이나 장삿속으로만 받아들일 상황이 아니었다. 아내의 말로는 실제 서울 인근 지역에서 자신도 비슷한 경험을 이미 했다고 하였다.

미국 동북부에 위치한 메인주의 크로스비 마을에는 뉴욕이나 보스턴 같은 대도시에서 이주한 은퇴자들이 많이 사는 곳이다. 그곳 주민들에게 휴가철에 몰리는 관광객이나 은퇴자들은 이방인일 수밖에 없지만, 그들에 의존한 지역경제를 생각하면 무시할 수도 없는 사람들이다. 이방인들이야 화폐가 갖는 힘을 내세우지만, 주민들의 자존심은 돈에 묻어있는 '토박이를 향한 그들의 비아냥'을 그냥 넘기지 못한다. 《올리브 키터리지》[3]는 그곳 주민인 올리브의 눈으로 본 남편 헨리의 이야기다.

뭐든 자기들에게 권리가 있다고 생각하는 외지인과 현지인의 배타적 태도는 지역에 따라 조금씩 다른 문화 차이에서 오는 갈등으로 볼 수도 있다. 주인공 헨리가 사는 메인주의 여유로운 공간과 아름다운 자연환경이 불러일으키는 감성이나 지역 사람들 간의 끈끈한 유대감은 뜨내기 뉴요커들의 쌀쌀맞은 문화와 갈등을 일으키곤 하였다.

사실 동네에 이주한 은퇴자들도 이전에는 치열한 경쟁에 익숙한 대도시 상인들이 제공하는 친절한 서비스에 익숙한 소비자들이었다. 이주 초기에는 그들도 뉴욕이나 보스턴에서 누리던 친절함의 혜택을 박탈당한 느낌을 가졌을 수도 있다. 하지만 시간은 시나브로 인간을 공간에 흡수시켜 버리기 마련이다.

헨리가 사는 포틀랜드나 전주에서나, 어디서나 갈등을 일으키는 것은 당사자들이 알아채지 못하는 '차이'다. 문화는 물론이고 성, 종교, 언어, 계층 등이 같을 수 없는 게 세상이다. 만약 모든 사람들이 힌두교만 믿는다면 교파 간 갈등은 있을 수 있지만 이슬람과의 갈등은 없을 것이다. 모든 사람이 부자라면 계층 갈등이야 없겠지만 공동체의 발전에 바람직하지는 않다. 그렇다면, 서로 다를 수밖에 없다면 다른 것을 인정하고 존중하며 사는 수밖에 없다.

다른 이들의 다양한 문화나 신념에 동의하지 않더라도 최소한 관용은 하고 살아야 갈등을 피할 수 있다. 다른 것 때문에 발생하는 갈등은 소통으로 풀면 된다. 말은 참 쉬운데 돌아가는 세상은 그렇지가 않다. 갈등을 일으키는 사안에 대해서 조리 있게 따져보기에 앞서서 편을 가르고 이기려고만 하기 때문이다.

---

3) 엘리자베스 스트라우트 지음, 권상미 옮김, 문학동네, 2010.

III
인도

6. 넘침

  뭄바이에 도착해서 받은 첫인상은 사람이 '많다' 는 것이다. 많다는 의미는 '셀 수 있는 것의 규모가 크다' 는 것에 더해서 '수용할 수 있는 규모를 넘어서 틀 안이 빽빽하게 차 있다' 는 의미다. 많기는 내가 사는 도시와 다를 바 없지만, 이곳의 많음은 '넘침' 의 느낌을 지울 수 없다. 많더라도 인간으로서 최소한의 품위를 잃지 않고 생활할 수 있는 시스템과 인프라를 갖춘 곳이라면 문제 될 것은 없다. 관리 가능한 많음이라면 오히려 발전의 동력이 될 수도 있기 때문이다.

  우리가 높은 인구밀도 속에 살면서도 저출산을 걱정하는 것은 많음을 관리할 수 있기 때문이다. 서울에선 출근길의 혼잡이 지하철역 출구를 나오면서 해소되지만 이곳에서는 눈을 뜨고 있는 한 비좁은 울타리 안에 갇혀 있다는 느낌이 사라지지 않는다. 더해서 골목 안 건물 벽에 등을 기댄 노숙자의 멍한 눈동자와 바람에 날리는 쓰레기는 이곳이 온전하게 관리되지 못하고 있다는 느낌을 지울 수 없게 한다.

예쁜 아이들이다. 짙은 갈색 피부에 시원하게 드러난 하얀 이로 그들의 순수함을 뿜어낸다. 그러나 하얀 눈자위에서 강렬하게 빛나는 까만 눈동자는 아름다움과 내면의 두려움을 동시에 드러낸다. 나이와 어울리지 않는 우수가 엿보이기도 한다. 아름답지만 밝지 않다. 타고난 것이 아니라면 어두움은 아이들의 짧은 삶에서 새겨진 것이리라. 그들의 눈을 보고 있으면 우물로 추락하는 듯한 느낌으로 온몸이 오그라든다. 어디를 가도 아이들의 눈을 피할 수는 없다.

수용 가능한 수준을 넘어선 듯 보이는 넘침은 높은 출산율이 원인일 수 있지만, 민주주의 국가에서 지극히 개인적인 일이라고 할 출산을 국가 차원에서 제어하는 일은 부자연스러운 일이다. 새 생명의 탄생조차 권력으로 통제하는 사회에서 민주나 개인의 사생활, 인간의 존엄을 말하기는 어렵다. 그러나 통제되지 않은 그것의 피해가 결국 개인에게 돌아올 수밖에 없는 것이라면 국가가 전혀 개입할 수 없는 문제라고 할 수도 없다.

국가 주도의 인구 억제 정책을 펴면서 권장 수준을 넘어서 피임과 낙태까지도 권장했던 나라들이 여럿 있었다. 우리도 그 중 하나였다. 지금 돌아보면 잔인하고 반인권적인 정책이었지만, 그것을 방기한 결과로 겪을 수 있는 사회적 혼란보다는 나을 수 있다는 생각도 든다. 그렇다면 출산을 단지 개인의 판단에 맡겨서 인구 증가를 방관한 결과로 삶에 어려움을 초래한 정부와 국가적 차원에서 피임을 강제하는 정부가 있다면 어떤 정부를 지지할 것인가.

현실적으로는 후자가 전자보다 나은 결정으로 보이지만 그렇다고 해도 둘 중 하나를 선택하는 것은 쉬운 일이 아니다. 구성원들이 개개인의 생활 결정권과 공동체의 이익 중 어느 것을 우선할 것인지를 먼저 합의해야 할 사안이다. 출산과 관련한 정부의 정책은 여성의 자기결정권이 어느 수준에서 존중되고 있는지 가늠할 수 있는 척도가 되기도 한다.

현재로서는 인도를 비롯한 남아시아 국가들이 인구문제로 어려움을 겪고 있기는 하다. 하지만 '많음'의 판단 기준은 상황에 따라 얼마든지 변할 수 있는 상대적인 것이다.

7. 밤샘열차

1월 2일 밤, 중서부 도시 뭄바이에서 출발한 기차가 해안을 끼고 약 600km를 남행하여 고아에 도착하기까지 꼬박 10시간이 걸렸다. 낡았지만 객실 내부는 나름 깨끗하게 정돈된 상태다. 그러나 침대는 선반이라고 해야 맞는 표현일 것이다. 열차 좌·우벽의 수직 공간에 세 층의 선반을 설치하고 그 위에 사람을 하나씩 올려놓는 형상이다.

저렴한 비용으로 시작한 여행이라 애초부터 안락함을 기대하지는 않았다. 하지만 실내에 들어서는 순간 낯선 지역, 좁은 공간, 낯선 사람과 장시간 얼굴을 맞대고 있으면 어떤 일이 벌어질지 막연한 기대와 함께 약간의 두려움이 교차하고 있었던 걸 부정할 수는 없었다.

B4/24 lower berth. B4객차 24번 칸막이고 lower·middle·upper 세 층의 선반 중 맨 아래층이다. 셋 중에선 그나마 가장 좋은 자리다. 탑승구로 열차에 오르면 우측에 화장실이 있고 다시 안쪽 출입문을 거쳐 객실로 연결된다. 객실은 복도를 사이에 두고 한편이 8개의 칸씩 나뉘며,

왼편의 각 칸은 다시 창문과 직각 방향으로 3층의 선반으로 나뉘어 마주 보는 구조다. 복도의 오른편은 창문과 평행한 방향으로 8등분 되어 각각 2층으로 구분된다.

내 칸의 6명 승객 중에서 가장 먼저 짐을 풀었다. 승객들이 쉼 없이 복도로 다녀서 눕질 못하고 엉덩이만 걸치고 앉아 있는데 건장한 체격의 현지인이 반갑게 인사를 하면서 들어선다. 짙은 갈색 피부에 머리를 짧게 깎은 중년의 사나이로 전형적인 인도인 모습이다. 첫눈에 호감이 갈 정도로 인상도 좋고 말쑥한 차림에 세련된 모습이다. 대뜸 '사우스 코리언'이냐고 묻더니 자신은 '노스 코리언'이란다. 이런 놀라운 일이 벌어지다니….

이곳에서 북한에 귀화한 외국인을 만나는 일이 불가능한 세상은 아니지만, 뜻밖의 소개에 귀를 의심하지 않을 수 없었다. 되물어 국적을 확인해 보았지만, 틀림없다고 말한다. 하긴 국경을 넘는 인적교류가 장애 없이 이루어지는 요즘 세상에 핏줄로 국적을 구분하는 것도 시대에 맞지 않을 수 있다.

그렇더라도 남한에 귀화한 외국인을 만나는 일이야 신기할 것이 없지만, 폐쇄적이고 고립된 북한에 귀화한 외국인을 이곳 열차 안에서 만난 현실을 선뜻 받아들이기는 쉽지 않았다. 최근 경색된 남북 관계를 고려해 봐도 이 사람의 태도는 석연치 않은 구석이 있다.

믿지 못하겠다는 태도를 보이자 긴 설명이 시작된다. 그는 영어를 사용한다. 설명 중에 북한의 '위대한 지도자'가 김영은이라고 해서 이 사람이 거짓말을 하고 있을 개연성이 높다고 판단하였다. 이곳 사람들이 'J' 발음을 'Y'로도 한다는 것은 고아 유적지 안내인의 설명에서 알았지만, 북한에 거주한다는 사람이 김정은을 김영은으로 발음할 리는 없다. 사실은 '은'도 '인'에 가깝게 발음하고 있다. 좀 더 얘기를 들어보아도 현재 남북 관계 정황에 대한 무지함이 드러날 뿐이다. 사우스 코리언에 대한 호감의 표시라기보다는 수긍하기 힘든 동기가 있을 것이라는 생각이 점점 짙어졌다.

마침 옆 칸에서 자리를 바꾸자는 제안이 있어서 못 이기는 척 받아들이고 그를 피할 수 있었다. 자리를 바꾸고 나서 주변 정돈을 하고 생각해 보았다. 그가 나의 호감을 끌어내기 위하여 거짓말을 하는 것으로 추측할 수밖에 없는 이 상황이 무엇을 뜻하는 것인지 이해하기 어려웠다. 분단 상황이 강대국들의 잇속 챙기기로 이용되는 것도 견디기 힘들어하는 사람에게 속임수를 써서 이(利)를 챙기려는 사람을 만난 것이 아닐까 의심이 들어서 마음이 무거웠다.

바꾼 자리는 3층이었다. 배낭과 몸을 선반 위에 얹었다. 창쪽에 배낭을 밀어붙이고 B4용지 크기의 베개를 베고 누워 보았다. 머리맡에 배낭이 없다면 선반 밖으로 발이 나가지 않을 정도니까 180cm 정도의 길이, 폭은 70cm 정도다. 열차가 워낙 낡아서인지 궤도와 바퀴의 마찰음, 쇠가 뒤틀리며 삐걱대는 소리, 머리맡 창문이 떨리는 소리를 생생하게 들으면서 밤을 보내야 했다.

새벽 두 시, 너무 답답하고 견디기 힘들어서 열차 출입문 밖 승강구와 화장실이 있는 좁은 공간에 나와서 메모를 시작하였다. 이곳은 앞칸의 승강구, 화장실과 고무 튜브로 연결되어서 하나의 공간으로 통합된 곳이다.

이곳도 오래 머물기는 힘든 곳이었다. 열차와 열차 사이를 연결한 튜브가 보온과 안전, 공간 활용 기능을 충분히 발휘하고 있긴 하지만 화장실 냄새까지도 꼼짝 못하게 붙들어 놓은 것이다.

고도의 정신력과 인내심이 없었다면 그곳에서 두 시간을 버티기는 어려웠을 것이다. 정리를 하고 들어오는데 객실 출입문 안쪽 첫칸에서 코고는 소리가 요란하다. 이곳에는 문 바깥보다 덜하긴 해도 여전히 냄새와 철재 출입문을 여닫는 소리, 출입문 창유리로 전등 불빛이 들어오고 있었다. 최악의 위치다. 그래도 잔다. 잠이 고통마저 넉넉하게 이겨내는 모습이다.

수용자의 문화 배경이나 성장 과정이 다르면 동일한 상황에서도 서로 다르게 반응할 수 있다. 내가 힘든 것이지 모든 사람이 힘든 것은 아니다. 이 냄새나 소음이 평범한 인도인에게는 어떤 자극도 없이 지나칠 수 있는 일상일 수 있다. 많은 인도인들이 경제적 이유로 받는 고통이나 불편함을 수용하는 프레임은 우리와 좀 다르다고 알려져 있기도 하다. 고통을 벗어나기 위해서 적극적으로 노력하는 사람도 있지만 생의 업(業)으로 여기고 순순히 받아들이는 사람들이 얼마든지 있다. 인도는 윤회의 본질이라고도 할 수 있는 고통을 보다 나은 다음 생을 보장하는 자산으로까지 격을 올려놓은 곳이기도 하다.

그러나 그것은 누적된 고통이 사회를 불안하게 할 것을 우려한 현자들의 학습지도안에 있던 내용이거나, 해결 불가능한 고통으로부터 도피하는 방법을 제시한 것에 불과하다. 모든 인간이 현실의 고통에 예민하게 반응하지 않았다면 오늘날과 같은 진보가 이루어질 수 없었기 때문이다.

특별히 초기 인류를 말한다면, 그들을 앞으로 나아가게 한 힘은 고통을 벗어나려 했던 강한 의지에서 발원하였을 것이다. 어느 순간부터 인간의 이기심이 더 큰 발전 동력을 갖게 되었지만.

8. 인종 문화 다양함

　인구도 많고 넓은 데다 다양한 언어, 인종, 종교가 얽혀 돌아가는 인도를 한 마디로 단정하는 것은 신중하지 못한 태도다. 북서부 파키스탄 근처에 위치한 라자스탄과 남부 타밀나두는 언어와 인종이 다르고 역사적으로 통합된 국가 안에서 함께 살았던 시간도 짧다. 두 지역 사람이나 문화가 다른 정도는 유럽에서 이탈리아와 스웨덴이 다른 것보다 더 차이가 날 수도 있다.

　인도대륙의 서북쪽에는 주로 인도 · 유럽어족에 속하는 밝은 피부의 아리안 계열 사람들이, 스리랑카와 남인도에는 짙은 피부의 드라비다 계열 사람들이 살고 있다. 그런데 매우 이질적인 핏줄을 가진 두 무리가 함께 거주하게 된 역사가 지금까지 알려진 것과 조금 다르다는 것이 최근에 밝혀졌다.

　우리가 배웠던 바로는 기원전 3,000년경 인도 북쪽에서 아리아인들이 대거 남하하여 기존 문명을 파괴 · 흡수하고 새로운 문명을 만들어 낸 것으로 알려져 있다. 그러나 그와 관련한 고고학적 사료가 전무하다는 것과 현대 인도인의 유전자에 그 시기 북쪽 아리아인의 유전자가 발견되지 않는다는 것으로 사실이 아님이 확인되었다. 새로 밝혀진 역사에서도 현재 남쪽에 치우쳐 거주하는 짙은 피부의 드라비다족이 북부 인더스강 유역에서 초기 문명을 일으킨 것은 전과 다르지 않다.

　하지만 밝은 피부의 아리안 핏줄은 중앙아시아 쪽에서의 급작스러운 침략으로 전달된 것이 아니었다. 그들은 파키스탄과 이란 접경지역에서 시작하여 동부지역과 서부 아라비아 해안 쪽으로 느리게 확장되었다는 것이 유전자 분석으로 밝혀졌다. 아리안의 피는 새로 도래한 것이 아니라 이전부터 가까운 곳에 거주하면서 교류하던 지역으로부터 점진적으로 전달되었던 것이다.

인도 사학자 중에는 아리안 북방 유래설이 영국이 인도 지배 근거를 역사적으로 합리화하기 위해서 만들어 냈을 것으로 의심을 하는 사람들도 있다. 그들의 주장이 사실이라면 일본의 '임나일본부설' 과 동일한 의도를 가진 심각한 역사 왜곡이라고 할 수 있다.

아리안과 드라비다족 외에도 인도에는 남서부 케랄라주의 유대인으로부터 아라비아인, 튀르크인, 중앙아시아인과 동북 끝 방글라데시 근처 나갈랜드의 몽골인에 이르기까지 혈연적으로 매우 다양한 종족들이 이주하여 살고 있다. 가장 흔하게 접하는 갈색 피부에 커다란 눈동자, 약간 마른 체형의 인도인은 기원전 3,000년에서 약 1,000년에 이르는 기간 동안 이루어진 아리안과 드라비다족의 혼혈인이다.

대규모 혼혈이 일어나기에는 비교적 짧은 시간이라고 할 수 있는 기간에 모든 계층에서 급속하게 혼혈이 진행된 이유는 아직까지 알려진 것이 없는 수수께끼라고 한다. 중국이나 러시아가 주로 정복에 의하여 다민족 국가로 나아갔지만 인도는 이주로 유입된 이민족이 많다는 면에서 차이가 있다.

콜럼버스가 인도로 가는 무역로를 개척하려다가 아메리카에 도착하고 6년이 지난해에 아프리카 남단을 돌아서 인도에 도착한 최초의 유럽인 바스코다가마가 상륙했던 곳이 코치(Kochi)다. 코치에 도착하자마자 구글지도에 '바스코다가마 광장' 으로 표시된 곳을 찾아갔다. 그러나 역사적인 장소로 알고 왔던 이곳엔 안내 표지 하나 없었다. 혹시 뭔가가 있지 않을까 둘러보았지만 어떤 기념물이나 표지도 없었다. 어디서나 볼 수 있는 평범한 마을 공터였다. 실거주자가 없었던 유대인 마을에서도 그랬지만 구글에 신뢰를 갖고 있지 않았다면 그곳이 큰 의미가 있는 곳이라는 사실을 믿지 않았을 것이다.

유럽인들은 당시 이곳에 당도한 바스코다가마를 대항해시대를 개막한 위대한 주인공으로 추앙하고 있지만, 이곳 사람들은 특별한 의미를 부여하지 않는 분위기다. 그저 항구를 드나들던 수많은 외국인 무리 중 하나로 특별한 기록을 남겨놓지 않은 것으로 보인다. 사실 그들이 이후에 이곳에서 저지른 끔찍한 일들을 생각하면 애써 기념할 일도 아닐 것이다. 그곳에서 약 500m 떨어진 곳엔 중국 원나라 때에 전래된 방식으로 물고기를 잡는 곳이 있다. 먼저 도착한 독일인 관광객들이 관람하기 좋은 선착장을 메우고 있었는데 현지인들은 관광객을 위해서 고기 잡는 시늉만 내고 있었다.

코치는 바스코다가마가 조그만 범선을 끌고 도착하기 거의 1세기 전에 명나라 장군 정화가 317척에 27,000여 명의 대함대를 이끌고 아프리카 동해안까지 원정할 당시 잠시 들렀던 코지코드(당시 캘리컷)에서 멀지 않은 곳이다. 길이가 26m에 불과했던 콜럼버스 주력선에 비하여 정화의 대형범선은 122m에 달했던 엄청난 크기였다. 당시 중국과 유럽의 힘과 기술 차이를 알 수 있는 구체적인 사례가 될 만한 사건이다. 힘의 중심이 중국에서 서구로 넘어가는 모습이 파노라마처럼 펼쳐졌던 상징적인 지역이다.

약 30분 정도 골목길을 따라 걸어가면 로마시대 이후로 얼마 전까지 유대인이 거주하던 동네가 있다. 1948년 이스라엘이 건국된 이후로 대부분 본국으로 이주하고 명맥만 유지하고 있는 곳이다. 유대인이 이곳과 교류하고 이주한 역사는 예수가 태어나기 이전에 시작되었다. 뭉뚱그려 인도라고 하지만 대외관계나 교역에 있어서 인도의 동부와 서부의 역사는 매우 다르다.

동부 인도양 지역이 주로 동남아시아와 중국과 교류가 활발했던 반면에 코치가 위치한 서쪽 아라비아 해역은 고대로부터 이집트, 중동, 로마, 아프리카 동해안 지역과 교류가 잦았던 곳이다.

언어의 다양함은 지구상에서 이곳을 당할 곳이 없을 것이다. 어쩌면 인간이 사용하는 모든 언어의 뿌리가 이곳에 있을지도 모른다. 놀라운 것은 드라비다 계열 언어인 타밀어에서 한국어와 뜻과 발음이 같거나 비슷한 단어가 수없이 발견된다는 점이다. 예를 들면 '엄마', '아빠', '나' 는 뜻과 발음이 같고 '쌀—쏘르', '형—언니' (어려서 내가 살던 곳에서는 형과 언니를 같은 뜻으로 사용했다)는 발음이나 뜻이 유사한 단어다. 이 네 단어의 의미와 발음은 공원에서 나와 동행자들이 한국인임을 확인하고 환호하던 일단의 이 지역 대학생들과의 대화에서 확인할 수 있었다.

밝고 쾌활한 젊은이들에게서 인도인들이 한국과 한류에 얼마나 큰 관심을 갖고 있는지도 확인할 수 있었다. 아무튼 두 지역의 언어와 관련한 수수께끼에 대해서는 고언어학자들의 분발이 필요한, 참 이해하기 힘든 일이다.

진·한 이후 강력한 중앙정부 아래에서 하나의 문자로 통합된 문화를 지향해 온 중국과 달리 이 나라에는 통합의 역사가 별로 없다. 인도 역사에서 비교적 큰 국가로는 BC 4세기경 알렉산더 대왕이 인도 북부에 이르렀던 때에 있었던 마우리아 왕국과 17세기 영국이 당도했을 즈음 통일 국가였던 무굴제국이 있다. 하지만 완전한 통일을 이루지 못하였을 뿐 아니라 왕조의 시간도 짧아서 인도가 통합된 문화로 발전할 정도로 강력한 흔적을 남기지 못하였다.

미통합의 역사는 언어에 고스란히 남아있다. 현재 인도에서 사용되는 언어는 약 700개에 이른다. 사용 언어가 주 경계의 기준이 되는 나라도 아마 지구상에 이 나라 외에는 없을 것 같다. 경제 통합까지 이룬 EU의 다음 목표는 다양한 인종과 언어로 분열되어 있는 회원국을 하나의 정치 체제로 통합하는 것이다. 인도에서는 이미 그것이 이루어졌다. 인도는 하나의 국가라기보다 EU와 같은 거대한 정치 경제 공동체라고 표현해야 할 조직체로 보인다.

온갖 것들이 뒤섞인 것은 침대 버스 안의 기기묘묘한 냄새뿐만이 아니었다. 이곳은 사람과 문화, 예술, 종교, 언어가 뒤섞여서 새로운 것으로 녹여낸 용광로 같은 곳이다. 이번 여행 목적이 16세기 이후 인도와 서양의 문물이 부딪히면서 남겨놓은 다양한 흔적을 확인해 보는 것이었는데 기대보다 더 오래된, 더 많은 충돌과 변화의 모습이 화석처럼 남아있는 것을 보고 있다. 여행하면서 겪는 불편으로 힘든 순간도 있지만 그건 얻는 것에 비하면 아주 사소한 비용에 불과하다. 요샛말로 가성비가 꽤 높은 여행을 하고 있다.

9. 인도에게 일본은 어떤 나라일까

인도 서남부 카르나타카주의 마이소르에는 관광객으로 붐비는 화려한 궁전이 있다. 유럽의 웅장함과 아랍의 섬세함에 인도의 색을 입혔다고 표현하면 적절할 것 같은 이 건축물은 18세기 중·후반, 영국에 저항하다 사라진 마이소르 왕국의 '티푸' 술탄 재위 때에 지은 왕궁이다. 그는 제국의 부당한 침략에 굴하지 않고 마지막 순간까지 손에 칼을 쥔 채 전장에서 사라져간 인물이다.

이야기의 주인공은 힌두교도와 기독교도를 잔인하게 탄압한 무슬림 왕국의 군주로 기록되어 있기도 하다. 힘겨웠던 독립투쟁 이력에도 불구하고 그의 업적이 힌두교 국가인 조국에서 높이 평가받지 못하는 이유다. 그런데 왕국을 무너트린 스리랑가파트나에서의 전투에서 명성을 드높인 젊은 영국인 장교가 있었다. '아서 웰즐리'라는 인물이다. 16년 후 워털루전투[4]에서 나폴레옹을 쓰러뜨린 웰링턴 공작이 바로 그 사람이다.

인도의 근·현대 역사를 보면서 안타까운 점은 그들 자신의 힘으로 조국인 무굴제국을 무너뜨린 것이 아닌가 하는 의구심을 지울 수 없기 때문이다. 근대 인도를 영국식민지로 몰고 간 분기점이 되었던 플라시 전투[5]에 참가했던 영국 보병은 불과 800명에 불과했다. 여기에 2,200명의 인도인 용병이 합류하여 인도 대부분 지역을 지배하던 무굴제국군을 격파한다. 남부의 마이소르 왕국이 함락된 것도 인도 내의 영국 동맹국 협조가 없었다면 어려웠을 것이다.

산업혁명을 먼저 경험한 나라이긴 하지만 유럽의 변방국가가 소수 병력과 행정관만으로 거대한 인도를 점령하고 통치할 수 있었던 것은 분열된 인도인의 협조 없이는 불가능한 일이었다. 이미 근대적인 국민국가로 발전하여 분명한 정체성을 갖춘 영국과 그렇지 못했던 인도의 차이가 빚어낸 비극이다.

---

4) 1815년 6월 18일 벨기에 워털루 인근에서 벌어진 전투. 유럽에서는 프랑스군이 웰링턴 공작 아서 웰즐리가 이끄는 영국 주축의 연합군과 폰 블뤼허가 이끄는 프로이센군에게 패함으로써 나폴레옹 전쟁은 완전히 종결된다.
5) 1757년, 영국 동인도 회사가 프랑스 동인도 회사를 상대로 승리한 전투로 벵골지역(오늘날의 방글라데시)에서 영국이 주도권을 쥐게 되고 이후 100년간 인도 전체를 지배하는 기틀을 마련한다.

그런데 1944년 2차대전이 막다른 곳으로 치달을 즈음 싱가포르에서 영국군을 몰아낸 일본은 인도양 동부 안다만해의 영국령 니코바르제도를 점령한다. 그리고 그곳을, 영국을 상대로 독립투쟁을 벌이고 있던 인도임시정부에 넘겨준다. 당시 인도에는 비폭력 투쟁을 벌이던 간디뿐만 아니라 다양한 무장독립투쟁 그룹들이 있었는데, 인도임시정부에 참여했던 '인도국민군'도 그중 하나였다.

그런데 전쟁 막바지에 인도 서북부에서 벌어진 전투에서 일본군과 연합하여 영국군에 맞서 싸웠던 '인도국민군'이 패퇴하고 만다. 영국군에도 인도인이 섞여 있기는 마찬가지였다. 그러니까 '일본군＋인도독립군'과 '영국군＋식민지인도군'의 전투에서 후자가 승리한 것이다. 일본제국군과 연합한 독립세력이 대영제국에 빌붙은 친영세력을 당해내지 못했던 것이다.

놀라운 일이다. 우리에게 그렇게 잔인했던 일본이 인도에서는 독립투쟁의 후원자였던 것이다. 이 역사를 어떻게 해석해야 하는지에 앞서서 당혹할 수밖에 없었다. 우리나라 사람의 대부분은 일본보다 연합국이었던 영국에 호감을 갖고 있지만, 2차대전 당시에는 그 훌륭한 처칠조차도 인도인을 '짐승 같은 종교를 믿는 짐승 같은 인간'으로 비하하였고, 그 땅에서 영국은 잔인한 짓을 서슴없이 저지르고 있었다.

결국 식민 지배를 받던 한국인이나 인도인의 관점에 서면 도움을 주는 나라가 연합국이냐, 동맹국이냐 하는 것은 큰 의미가 없다. 도덕적으로 조그만 차이도 없었던 것이다. 자국의 경제적 이익에 눈먼 그저 그런 부류의 나라들이 두 패로 나뉘어서 사냥감을 두고 다투고 있었던 것이다. 1차대전과 2차대전은 그런 전쟁이었다.

이 비도덕성은 대전 후, 몇몇 승전국에 의해서 적나라하게 드러난다.

1945년 종전 후, 네덜란드와 프랑스가 일본에 빼앗겼던 인도네시아와 인도차이나반도를 되찾으려고 다시 나타났던 것이다. 시대의 흐름을 거스르지 못하고 곧 물러갈 수밖에 없었지만. 인도에서도 비슷한 일이 있었다. 1947년 인도가 영국으로부터 독립한 후, 중서부 해안의 고아지역를 점령하고 있던 포르투갈은 인도 정부의 반환 요구를 거부하고 계속 식민지로 지배하고 있었다. 1961년 그들은 인도군과의 전투에서 무참하게 패하고 망신스럽게 본국으로 쫓겨간다.

종전 후 식민 지배에서 신음하던 아시아 각국이 독립을 했다고는 하나 대부분의 나라에서는 식민 기간에 뿌리내린 기득권층 사람들이 사회의 주류를 이룬다. 대만이나 동남아시아 각국의 보통 사람들이 일본이나 지배층에 대한 거부감이 약한 것은 지배 기간이 그 이전 그들을 괴롭혔던 제국에 비하면 매우 짧았고 식민 시절 이루어진 근대화 과정에서 지배자들의 문화가 내재화되었기 때문이다.

사실은 우리도 이 나라들을 낮추어 볼 만한 위치에 있지 못한 것이 현실이다. 식민시대의 잔재는 현대 한국인의 정체성에서도 얼마든지 발견할 수가 있다.

암울했던 식민지 시대가 정리된 지 오래되었지만, 우리나라의 이해관계가 얽힌 사안을 우리 입장보다 힘센 나라의 관점에서 판단하려는 사람들이 있다. 이들은 한때 우리를 압도했던 지배자의 가치가 그들 정체성의 일부로 뿌리내리면서 비판적인 입장에서 스스로를 바라보지 못하는 사람들이다. 안타깝지만 아직도 우리는 정신적 독립을 온전하게 이룩하지는 못한 것으로 보인다. 수천 년 면면히 이어져 내려왔을 민족 정체성을 제대로 보전하지 못하고 있는 것이다.

10. Andromeda Express

　뭄바이에서 함피까지 320km, Sleeper라 불리는 침대버스로 이동할
예정이다. 버스는 예정보다 20분 늦은 밤 9시에 어둠을 뚫고 나타났다.
도심을 한참 벗어난 이곳은 가로등이 거의 없다. 어디나 어둑어둑하다.
띄엄띄엄 늘어선 가게에서 새어 나오는 전등 빛이 희미하게 길을 밝히
고 있을 뿐이다. 은하철도999에서 철이가 내렸던 어떤 행성처럼. 길은
차도와 인도 구분도 없고 이곳저곳 패인 낡은 아스팔트엔 차선도 보이
지 않는다.

　KFC 매장 주변 어두운 골목에서 버스를 기다리던 십여 명이 몰려나
온다. 도로 경계석과 15도 각도로 삐딱하게 섰던 버스가 반듯하게 다시
자리를 잡는다. 낡고 긴 버스 이마에는 Paulo라고 갈겨 쓴 붉은 필기체
가 선명하다. 보자마자 이 고철덩어리가 내 마음 깊은 곳으로 뛰어든 이
유를 제대로 설명하기는 어렵다.

　낮은 조도의 호롱불에 휘갈겨 쓴 그의 이름이 뿜어내는 자유로움이
준 해방감 때문일까. 먼지 자욱한 차체와 널찍한 앞유리창을 보면서 사
도 바울의 역경을 잠시 떠올려 보기도 하였지만, 그분의 도덕성과 어떤
연관도 이을 수 없는 친구라는 걸 승객들은 곧 확인하게 될 것이다. 아
무튼 나는 금방 말을 걸어올지도 모른다는 어처구니없는 상상을 하면
서 그를 맞이하였다.

　버스 바닥 화물함에 배낭을 밀어 넣었다. 계단에 첫발을 올리자 눈에
들어온 것은 운전석 시트의 반짝이는 기름때와 얼룩진 등받이 방석이
었다. 몸을 눕힐 자리의 청결을 기대하지 말라는 경고장이다. 마지막 세
번째 계단을 딛고 상판에 오르는 순간, 숱한 몸에서 분리되어 남겨진

체취와 그들 몸을 탐했던 곤충을 살상하기 위한 화학 분말 냄새, 다시 그 냄새를 중화시키기 위한 냄새들이 뒤섞인 기기묘묘한 향이 코에 충격을 준다. 쥐스킨트의 《향수》[6]에 등장하는 그루누이라면 냄새의 정체를 파악할 수 있을까. 충격이 반감을 자극하지 않는 것은 그나마 다행이다.

7, 80cm 정도 폭의 중간 복도 좌측은 더블, 우측은 싱글석이다. 앞에서 뒤로 다섯 칸씩 2층이니까 왼편 20명, 오른편 10명, 맨 뒷자리는 더블로만 2층으로 4명이 잘 수 있다. 34인승. 한국의 닭장차에서 아이디어를 빌려온 것 같은 구조다. 빈자리는 커튼이 젖혀 있다. 24번 룸(?)을 찾지 못해 남자 승무원에게 도움을 청하였다.

이리저리 한참 헤매더니 한 곳을 손가락으로 가리킨다. 번호가 어디 있냐고 물었다. 기둥 안쪽에 희미하게 못으로 긁힌 흔적이 보인다. 21번과 22번 사이가 24번이다. 뭔 질서인지 알 수가 없다. 수학에 재능이 있는 친구들이 많다고 소문난 나라니까 복잡한 수열이 개입되어 있을지도 모를 일이다.

맨 뒤 천정 밑자리에서 내리꽂는 시선과 마주친다. 스피노자같이 노랑머리를 늘어뜨린 잘 생긴 백인 청년이다. 폰 위에서 그의 손가락이 분주하게 움직이고 있다. 바로 앞 이층 더블 칸 커튼이 빠끔 열리더니 구레나루를 기른 젊은이의 얼굴이 튀어나온다. 창백하고 비쩍 마른 데다가 머리를 풀어 헤친 꼴이 영락없는 히피다. 그의 불안한 눈동자는 싱글 티켓으로 차지한 더블칸의 주인이 나타나지 않았을까 확인 중이라는 메시지를 전하고 있었다.

---

6) 파트리크 쥐스킨트 지음, 강명순 번역, 열린책들, 2021.

어디서나 그랬지만 오늘 밤 가는 길도 상태가 좋지는 않다. 충격을 온전하게 흡수하기에는 늙은 Paulo의 무릎(서스펜션)이 약할 수도 있다. 좌회전을 하면서 몸이 우측으로 쏠리는가 싶더니 5핀 충전 배터리와 타입C 휴대폰을 연결하는 중간 젠더가 빠져 버린다. 피라밋 밑둥을 자른 듯한 숫 젠더를 파트너의 홀에 랑데뷰시키려면 정확한 도킹 능력이 필요하다. 몇 번을 시도하다가 포기하고 말았다.

영화 '인터스텔라' 에서 주인공이 고장 난 모선과 도킹을 시도하는 장면이 떠오른다. 불가능하다고 말할 것까지는 없지만 몸이 상하좌우로 끊임없이 흔들리는 상태에서 젠더의 도킹은 쉽지 않은 일이다. 정지할 때를 기다려야 했다. 그러나 속도가 점점 빨라지면서 요동의 폭도 커지고 있다. 이곳도 노면 상태가 좋지는 않았다.

차 소리가 들리지 않는 것으로 비포장 시골길을 달리고 있다는 것을 추측할 수 있다. 소음과 진동만으로 버스 외부의 다른 상황은 알 수가 없다. 바닥에서 50cm 위에 위치한 버스창이 룸에 25cm 정도 걸쳐 있지만 간유리라서 아무 것도 볼 수가 없다. 간유리가 아니라 투명했던 유리에 먼지가 눌어붙은 것인지도 모른다.

한 시간 정도 지나면서 엔진 소리가 잦아지더니 이내 정차한다. 첫 번째 정류장이다. 웅성대는 소리와 함께 신참 승객들이 버스에 오른다. 커튼을 젖히지는 않았지만, 두세 명 정도가 오른 것 같다. 그들의 떠들썩함으로 마음이 한결 여유로워짐을 느낀다. 탑승하는 순간에 신참자들이 갖는 불안과 불편함이 이미 나에겐 익숙한 것이 된 상태다.

한 시간이 지나면 저들 역시 나와 똑같은 상태가 되겠지만, 후배(後排)들이 성취할 것을 먼저 쟁취한 자의 여유로움이다. 9시간 내내 겪을 일이 지난 한 시간 동안 겪은 것과 다르지 않을 것이라는 점과 지루함과 어려움을 더 많은 사람과 나눌 수 있다는 것이 심리적인 안정이 준 여유로움이기도 하다.

내가 차지한 공간은 Paulo의 뒷부분 바닥이다. 버스에 오른 발소리가 점점이 커지다가 바로 뒷자리 커튼 앞에서 멈춘다. 커튼을 젖히는 소리. 이제는 어느 쪽에 머리를 둘 것인지 결정해야 할 것이다. 가방이나 배낭을 들고 탔다면 놓을 위치도 정해야 한다. 그리고 나서 자세를 낮추고 조심스럽게 좁은 공간으로 몸을 진입시킬 것이다. 어떤 사람인지 궁금해서 커튼을 열어볼까 했지만 좁은 복도에서 힘들게 부비적거리는 신참자를 더 불편하게 할 수도 있을 것이다.

뒷자리에 자리잡은 신참자가 동승한 친구에게 이야기하는 소리가 들렸다. 그 친구는 건너편 2층 더블칸에 있는 모양이다. 영어를 구사하는 20대 젊은 여성으로 추정해 본다. 목소리만으로 나이를 추측할 수 있을 만큼 오랜 삶을 산 나 자신에게 놀란다.

자판을 정확하게 겨냥하여 손가락으로 폰 버튼을 때리려면 눈의 초점을 잘 맞추어야 한다. 안경 쓴 늙은 근시안들은 안경을 벗어야 가능한 일이다. 벽에는 왼손에 쥔 안경을 걸어둘 만한 그 무엇도 없었다. 그렇다고 호주머니에 넣는다면 상황으로 보아서 안경은 언제라도 부서질 수 있다.

엔진이 있는 뒤쪽으로 머리를 두었는데 발끝 우측 상부에 설거지 그릇을 말리는 구조물과 비슷한 것이 선반처럼 고정되어 있다. 그러나 안경을 위에 놓기에는 구조물의 틈이 넓어 보인다. 다시 코에 얹어 놓았다. 안경은 언제나 그곳에 있었지만 코가 화물을 고정시키는 기능도 지니고 있다는 걸 깨닫는다.

급정거와 함께 커지는 뒷바퀴 브레이크 패드의 앓는 소리. 나는 뒷바퀴와 엔진 사이에 있다. 오선지에 표시한다면 위쪽으로 보조선을 일곱 줄은 그어야 할 소리는 심장이 쭈뼛해지면서 긴장을 불러일으킨다. 소프라노 색소폰이 낼 수 있는 가장 높은 소리보다 더 높다. 잠시 정차한다. 타이어가 낡은 아스팔트와 일으키는 마찰음과 바람소리가 사라졌다. 엔진만이 낮은 토크로 돌아간다.

어떤 상황이 차를 정지시켰는지 궁금하다. 출발 후 가장 낮은 소음이다. 파울로의 좁은 공간에 갇힌 사람들에게는 어울리지 않는 사치를 누리는 순간이다. 상황에 따라서는 소음조차도 위안이 될 때가 있다. 파울로가 퍼커션의 통제 없이 어쿠스틱 기타 반주에 맞추어 그의 언어로 〈From The Beginning〉[7]을 연주하는 듯하다. 환상적인 전자피아노 소리를 적막한 밤하늘로 날려 보내면서 그가 이 여행에 어떤 책임도 없음을, 그러나 그와 동행하는 것이 운명이었음을 노래한다. 귓가에 맴도는 이 기괴한 소리는 안드로메다 은하계의 어느 항성계에 속한 행성들을 오가는 급행열차를 탄 여행객에게 더없이 아름다운 소리다.

There might have been things I missed, But don't be unkind
아마 내가 놓쳤던 부분이 있을지도 몰라, 하지만 매정하게 굴지는 마

It don't mean I'm blind, Perhaps there's a thing or two
내 눈이 멀었다는 뜻은 아니야, 한두 가지 실수를 했을 수도 있지

I think of lying in bed, I shouldn't have said

---

7) Emerson Lake & Palmer의 노래, 1972년 영국 Irland Record에서 발간된 Triloy 앨범에 수록.

침대에 누워 생각해 보니까, 그 말을 하지 않았어야 했던 것 같아

But there it is, You see it's all clear
하지만 이미 물은 엎질러졌네, 당신이 본 그대로야.

You were meant to be here, From the beginning
그렇지만 당신이 여기 있게 된 것은 정해진 운명이었어, 처음부터

　잠시 누린 영화(榮華)가 종료된다. 추위를 느낄 정도로 냉방이 잘 되어 있으므로 바람막이 점퍼를 준비해야 한다는 조언은 배낭이 화물함에 밀려 들어가는 순간에 들었다. 점퍼는 배낭 안에 있었다. 다행히 배낭과 별도로 어깨에 메고 다니는 가방 안에 자외선 차단 소매가 있어서 그것을 양팔에 걸치고 있었다.
　그러나 조언과 다르게 실내는 점점 더워지고 있었다. 커튼만 젖히지 않으면 걸치고 있는 모든 것을 벗는다 해도 소란이 일지는 않을 것이다. 하지만 난 내 편한 대로 행동을 하지 않을 만큼은 사회화가 된 인간이다. 흔들림을 견디기 어려워서 몸을 일으켜 앉아 보았다. 허리를 약간 굽히고 등을 창과 벽의 모서리에 밀착시켜야 쓰러지지 않는다.
　복도 밖으로 고개를 내밀어 보았다. 싱글은 커튼이 모두 닫혔고 더블은 세 곳이 열려 있다. 왼발 약지 발톱 근처에 스멀거리는 느낌이 있다. 더운 곳 갈 때 꼭 챙겨가는 것 중에는 모기 퇴치 약과 모기향이 있다.
　이번 여행에도 잘 챙겨오긴 했지만, 그것 역시 버스 바닥 배낭 안에 있다. 나에게 어리석음을 빼면 아무것도 남는 것이 없을 것이다. 어리석은 자들에겐 필요하지 않아서 손을 벗어난 것이 꼭 필요해지는 순간들

이 있다.

세상에 의미 없이 존재하는 것은 없다. 모든 것이 본연의 뜻을 살릴 수 있는 자리에 반듯하게 있어야 하겠지만, 세상은 그렇게 뜻대로 돌아가지 않을 때가 많다. 그러나 그건 문과 충(蟲)들의 쓸모없는 푸념일 수 있다. 우주 질서는 엔트로피[8]가 증가하는 방향으로, 질서를 무너트리는 방향으로 나아가고 있기 때문이다. 정차하는 시간이 길어진다 싶더니 엔진이 멈췄다. 11시 50분. 출발한 지 2시간 30분이 지났다.

1.75m×0.6m 공간에 구속된 몸이 자유를 느낄 수 있는 시간이다. 돈을 지불하지 않고 이 공간에 있어야 했다면 그건 감옥이다. 독립투사들을 옥죄었던 형무소 수준의 감옥이다. 강제당하지 않는다면 누구도 그곳에 들어가지 않으려 할 그런 공간이다. 그러나 나는 점유 대가를 지불하고 자유의지로 선택한 그곳을 독점 공간으로 인식한다.

두 공간 사이에 물리적 차이가 없음에도 불구하고 인식하는 데에는 커다란 차이가 있다. 인간의 지각능력이라는 것이 어떤 때에는 황당하기 이를 데 없다. 어두운 동굴에서 밤을 지내고 눈을 뜨자마자 깨우쳤던 원효의 아침은 요즘 말로 표현하자면 '보편적 인간 지각 능력의 한계를 넘어서 삶의 본질을 새롭게 인식하기 시작한 순간'이라고 표현할 수 있다. 모든 현상은 생각하기 나름이다. 어떻게 인식하느냐에 따라서 존재하는 곳의 의미가 달라진다.

와우! 피부에 와 닿는 공기의 흐름! 후텁지근한 바람이지만 흐름을 느끼는 것만으로 충분하게 행복한 순간이다. 간이 휴게소였다. 휴게소라고 해봐야 매점에는 물과 탄산수 몇 종류, 얼음과자가 고작이다. 그나

---

8) 자연 물질이 변형되어, 다시 원래의 상태로 환원될 수 없게 되는 현상. 에너지의 사용으로 결국 사용 가능한 에너지가 손실되는 결과를 가져온다.(두산백과)

마 먼저 도착한 여행객들이 둥을 내고 있었다. 승차 전 들이켠 맥주가 아랫배에 강한 압력을 가하고 있었지만, 이곳에 이용 가능한 화장실은 없었다.

화장실 개방을 하지 않는 것은 음료수 몇 병 팔아서 화장실 관리할 만한 수익을 내기 어렵기 때문이라고 한다. 그때 가게 앞 흐릿한 조명 속에서 동승한 여성들의 나지막한 말소리가 들렸다. 눈에 띄지 않는 어두운 곳이 곧 화장실이라는 것이다. 그녀들의 적응력은 단 사흘 만에 인도에 정착 가능한 수준으로 발전해 있었다. 밝음으로 노출되곤 하던 수치심은 어둠 속에서 슬그머니 사라지고 있었다.

본국의 세련됨과 깨끗함을 앞세워 지저분함과 비위생을 향해 퍼부었던 비난은 방광에 가해지는 약간의 압력도 견뎌내지 못하는 허약한 속물근성을 노출한 것에 불과했다. 어둠 속을 서성대는 오십여 명이 모두 똑같은 방식으로 체내의 압력을 낮추고 있었다. 인종, 국적, 성별과 관계없이 동일한 원인으로 동일한 행위를 하는 것으로써 모두가 평등해져 있었다. 도덕적으로 옳지 못한 행위라도 모든 사람이 똑같이 범하는 행위라면 누가 누구에게 돌을 던질 수 있겠는가.

휴게소를 떠나 10분도 지나지 않아서 마구 몸을 흔들기 시작한 Paulo는 한 시간이 다 되도록 진정할 줄 모른다. 비포장길이다. 인도 중남부 지형은 해안지대의 평야와 내륙의 고원지대로 나뉜다. Paulo는 서쪽 해안 평야지대에서 중부 데칸고원 쪽으로 비탈길을 오르는 중이다. 버스 안에서 최악의 상황은 비포장 오르막길을 오를 때다. 앞쪽을 향한 몸이 뒤로 쏠리면서 전후좌우를 가리지 않고 흔들릴 때다. 이럴 때에는 다리를 굽혀 발 앞에 여유 공간을 만들고 흔들리지 않는 틈을 이용하여 몸을 조금씩 앞으로 밀어내야 한다. 그래야 머리가 천정에 부딪히지 않는다.

2층에서 코를 고는 소리가 들린다. 그녀는 휴게소에도 내리지 않았다. 도인의 경지다. 대부분의 생명체는 끓는 물에서 살지 못한다. 그러나 해저 화산의 뜨거운 물에서 미생물이 발견되는 것을 보면 모든 생명체가 살지 못하는 것은 아니다. 위층의 그녀는 그 미생물 같은 존재라고 할까. 보통 사람이 견뎌내기 힘든 상황을 어려움 없이 이겨내는 특이한 사람이다.

그녀에게 Paulo의 떨림과 소음은 요람의 기분 좋은 흔들림과 모차르트의 음악일 뿐이다. 누워서도 몸을 가누기 힘들고 목과 허리가 뻑뻑해서 앉아 보았다. 그러나 몸의 접지 면적이 축소되면서 자세는 더 불안정해졌고 곧 다시 누울 수밖에 없었다. 오전 4시 37분을 지나고 있었다.

심한 울렁거림으로 눈을 뜬다. 7시간 20분이 지나고 있었다. 맙소사! 어느 순간 잠이 들었던 것이다. 두어 시간 반 남짓이나. Paulo는 여전히 몸을 뒤틀면서 앞으로 나아가고 있었다. 나는 간혹 나 자신을 이해하지 못하는 이상 상태에 빠져들 때가 있다. 이런 상황에서 어떻게 잠을 이룰 수 있었는지 알 수가 없다. 규칙성이 전혀 없는 흔들림, 머리맡에서 쉼 없이 울리는 동력원의 굉음, 뒷바퀴가 길바닥을 밀어내면서 생생하게 전달되는 떨림, 태어나고 한 번도 물 구경을 못한 것 같은 그 안에서, 그 냄새 속에서 꿀잠을 잔 것이다.

불면에서 벗어날 수 없을 것으로 보았던 상황을 어느 순간 몸이 받아들이고 잠으로 인도하였다. 잠드는 순간을 기점으로 전과 후의 외부 상황에는 아무 변동이 없었다. 그러나 몸은 그것을 다르게 해석한 것이다. 변화한 것은 시간뿐이었다. 시간이 달라지면서 같은 상황을 몸이 다르게 해석하고 수용한 것이다.

어느 순간부터는 진동과 소음과 냄새와 이 모든 불편함이 잠으로 수용 가능한 것이 되었다. 적응이다. 전쟁터나 기아선상에서 생사의 기로에 선 사람들의 고통이 그들의 몸에 어떻게 수용되었는지 이해할 수 있을 것 같았다.

버스가 정차했지만 엔진을 끄지는 않고 있다. 이 시간, 시골길에 신호등이 있을 리 없다. 승객 모두 함께 평등을 실현할 시간이다. Paulo가 평등을 구현하기 적당한 장소를 선택했을 것이다. 그는 영어(囹圄)의 몸을 풀어주는 해방자이며 평등을 쟁취하기 위해 광야를 달리는 투사다. 커튼을 걷고 몸을 일으켜 나가려는데 건너편 더블베드에서 젊은 서양 여성이 겸연쩍은 표정으로 나온다. 잠시 물러앉아 있어야 했다.

이어서 같은 칸에서 민소매를 걸친 건장한 사내가 커튼을 젖히고 나온다. 맙소사! 1m 남짓 떨어진 곳에 젊은 커플이 살을 맞대고 누워있던 것을 밤이 새도록 눈치채지 못하고 있었다. 인간이라는 동물의 보편적 속성을 떠올리면서 젊은이들이 그 좁은 공간에서 겪었을 고통에 혀를 찰 수밖에 없었다.

목적지가 가까워지면서 Paulo의 널뛰기가 심해지는가 싶더니 드디어 크게 한 방을 날린다. 초반부터 승객들을 일방적으로 두들겨 패던(?) 그가 마지막 KO 펀치를 휘두른다. 요동이 심해도 너무 심하다고 생각하는 순간 '텅' 하는 굉음과 함께 버스가 튄다. 전신이 공중으로 붕 떠오른 것이다. 위층에서는 더 높이 떴을 것이다. 앞쪽에서 '악' 하는 비명 소리가 들린다. 앉아 있는 사람이 있었다면 낮은 천정에 머리가 부딪쳐서 목뼈를 다칠 수도 있는 상황이다.

사태의 심각성에도 불구하고 누운 30여 명이 동시에 튀어 오르는 장면을 상상하니 웃음을 참을 수 없었다. 다행스럽게도 떨어진 후에는 소음과 떨림에 통증을 호소하는 비명이 섞이지는 않는다. 그것으로 동승자들이 공중부양으로부터 안전하게 착지했음을 확인한다. Paulo가 날린 건 KO 펀치가 아니라 과정을 마무리하는 마지막 테스트였다는 걸 깨닫는다. 승객 모두 고난의 과정을 견뎌낸 것이다.

커튼을 젖히자 뿌연 유리창으로 엷은 오렌지 볕이 들어온다. 어떤 밤보다도 몸과 마음이 분주했던 이 공간에서 곧 벗어날 것이다. 땟국물과 소음, 진동과 냄새에 쩐 Paulo를 벗어날 것이다. 그렇지만 언젠간 Paulo가 그리워질 날이 올지 모른다. 이 밤이 그의 낡음과 불편함에 거리낌 없이 몸을 맡겼던 이들의 소박한 영혼에 기대어 이전의 어느 밤보다도 푸근했던 밤이었기 때문이다. 누군가 나지막한 목소리로 목적지 도착 10분 전이라고 알리고 있었다.

11. '싯다르타' 곁눈질하기

어느 순간에도 세상에 똑같은 것은 없으며 세계는 항상 변화하면서 균형을 이루고 있다. 노년에 고빈다를 만난 싯다르타는 세계가 매순간 완전함을 유지한다고 말한다. 변화하지 않는 것으로 보이는 외양과 달리 모든 사물은 시간 속에서 끊임없이 변화하고 있음을 세상에 알린다. 물론 그가 양자물리학을 알고 말한 것은 아니다.

그의 말에 의하면 돌 하나, 나뭇가지 하나에도 존재의 이유가 있는 것은 삼라만상이 각자가 지닌 고유한 목표가 있기 때문이며, 그 목표는 사슬로 정밀하게 연결되어서 거대하고 단일한 하나의 질서로 통합된다. 완전한 질서란 그런 것이며, 그것이 윤회다. 그것이 신이 부여한 질서든, 자연의 섭리든, 그 거대한 질서 안에서 개별적으로 존재하고 행동하고 인식하면서 사는 것이 인간이다.

결국, 인간은 본인의 의사와 관계없이 통합된 우주 안에서 우연하게 존재하는 것에 불과하다. 모든 생명과 비생명은 동일한 가치를 지니며 차별적 의미를 갖지 않는다. 이 세계에서는 특정한 생명만이 존엄하다는 가치를 인정하지 않는다. 지혜는 자연의 질서를 경험하고 받아들이고 깨달음으로써 얻을 수 있으나 말로써 그 의미를 온전하게 전달할 수는 없다.

진리가 있다는 말은 동시에 반진리가 존재하는 것을 의미한다. 그러나 세상엔 절대적인 진리가 존재하지 않는다. 지혜를 언어로 정확하게 전달하지 못하는 것과 마찬가지로 동일한 대상을 다르게 경험하는 개별성과 언어표현의 불완전성 때문에 진리도 정확하게 전달되지는 못한다.

특정한 관점과 시공에서 특정한 개인에게 관찰된 진리가 끊임없이 변화하는 우주에서 절대적인 의미를 갖지 못하는 것은 당연한 일이다. 우주의 본질을 꿰뚫는 무엇인가를 진리라고 한들 그것도 우리가 사는 우주의 시공 안에 있다는 것으로 상대적인 것이다. 현대의 과학자들이 주장하고 있듯이 우리가 인식하지 못하는 다른 우주가 있을 수 있고 그곳엔 이 우주와 다른 '또 다른 진리' 가 있을 수 있기 때문이다.

특정한 관점에서 관찰된 것들은 언어 표현의 불완전성으로 현상 안에 개입된 복잡한 인과관계를 모두 설명하지 못한다. 언어로써 진리를 주장하는 것은 그 복잡함 가운데 단지 하나의 요소만을 드러내어 표현하는 것이 될 수밖에 없는 것이다. 따라서 언어로 드러나지 않은 나머지 부분, 곧 표현되지 않은 부분에서 이미 기술한 진리와 모순되는 또 다른 진리가 드러날 수 있다.

싯다르타는 그것을 '진리는 오직 일면(一面)적일 때만 거리낌 없이 말할 수 있다'고 표현한다. 그의 말에 따르면 언어로 표현되고 발화된 어떤 사상도 이 '일면성'을 벗어나지 못한다. 그것을 '전체성, 단일성이 결여되어 있다'고 표현한다. 여기서의 전체성과 단일성은 하나의 질서로 전체를 이룬 우주의 질서를 이른다.

예를 들면 신성한 것과 죄를 짓는 것을 대립하는 둘로 설명하지만, 사실 둘은 나눌 수 없는 하나의 몸체를 이루고 있다. 윤회와 열반, 미혹과 진리, 번뇌와 해탈의 경우에도 마찬가지다. 하나로 녹아있는 그것을 우리 인간이 인식의 편의를 위해서 이원론적으로 해석하고 있을 뿐이다.

세계가 그러하듯 우리 내면도 마찬가지로 일면적이지 않다. 인간을 놓고 볼 때 완전히 신성하다거나 완전히 죄를 짓고 있는 사람은 없다. 또 해탈이 윤회의 질서를 벗어나서 별도로 존재하는 것도 아니다.

시간이 실재적인 것처럼 보이지만 실제 존재하는 것이 아니다. 흐르는 무엇인가에 시간이라는 개념을 투입하고 시간으로 인식하는 것일 뿐이다. 선과 악, 현상과 영원, 번뇌와 행복이 나눌 수 없는 하나의 존재라고 말한다면 우리가 시간으로 인식하는 그것도 일면적인 것이 아닐 수 있다.

3차원의 시간도 우리가 제대로 인식하지 못하는 다른 차원의 무엇이 개입되면 다른 어떤 세계로 바뀔 수 있다는 것을 암시한다. 그것이 4차원인지, 5차원인지 알 수 없으며, 그곳은 시간과 공간이 뒤죽박죽이 된 그런 상태일 수도 있다. 어제가 오늘이 될 수 있고, 내일이 어제도 될 수 있는 곳이다.

싯다르타가 스승들을 만났을 때, 그들의 삶과 말씀에 깨달음이 있음을 알고 있었지만 추종하지 않고 스스로 깨우치려는 고난에 나선 것은 진리에 다가서기 위해서 필연적인 일이었다. 스스로 깨우치지 않고 배움만으로 성인이 될 수 없기 때문이다. 배움은 선대의 깨우침을 전달받는 것이 본질이므로, 그것으로 새로운 경지에 올라선다 해도 선대 깨우침의 지평을 넘어설 수는 없는 것이다. 스스로 깨우친 것이 아닌 누군가의 경험을 바탕으로 새로운 구원의 지평을 여는 데에는 한계가 있다고 본 것이다.

싯다르타는 이 엄청난 욕심을 공개적으로 밝힌 적은 없었지만 분명하게 인식하고 있었다. 그의 구도는 내면을 탐구하고 존재의 본질을 밝히는 과정이다. 그는 세계 안에 선 나를 바르게 인식함으로써 구원을 받을 수 있으며, 그것이 해탈이며 완성된 깨달음이라고 본 것이다.

IV
이집트

12. 이집트의 신

　'신은 불가사의한 능력을 지니고 자연계를 지배하며, 인류에게 화복 (禍福)을 내린다는 신앙의 대상이 되는 초월적인 존재로 시대와 분야에 따라 그 개념과 성격이 다양하게 정의된다.'[9]

　기독교엔 여신(Godness)이 없다. 그런데 뉴욕엔 자유의 여신상이 있 다. 영어로는 'the Statue of Liberty'로 표기한다. 난 이것이 왜 여신상 으로 해석되었는지 지금도 이해하지 못한다. 보통 '신'이라고 표현할 때에는 성별을 구분하지 않고 사용한다. 물론 서구의 관점에서 본 신이 다. 자유의 '여신'은 종교에서 숭배하는 신, 특히 기독교의 신과 구별 되는 신이며, 'God'이 아니다. 이런 신은 영어로 'Diety'로 표기하는 데 성스러운 존재, 초자연적인 능력을 가진 존재이긴 하지만 God과 같

---

9) 두산백과사전.

이 체계적인 신앙의 대상으로서의 지위를 확보하지 못한 신이다.

유대교, 기독교나 이슬람에는 여신이 없지만, 고대 이집트나 힌두교에는 여신이 여럿 존재한다. 신의 존재 형식이 인간의 생활양식으로부터 일정 부분 영향을 받았을 것이라는 점을 인정하면 유일신 사상은 농업혁명 이후 남성 우위 체제로 발전한 것과 관계가 있었을 것이다. 유일신은 모두 남성이기 때문이다. 그러나 농업혁명 이전, 초기 인류가 숭배하고 상상한 신은 Diety로서 대개는 생명을 낳고 부양하는 어머니로서의 여신이었다.

유럽인은 다른 지역에서 발생하거나 존재하는 종교를 인정하는 데에 매우 인색하다. 유럽인의 관점과 기준에서 신을 정의하면 다른 지역의 종교나 신들을 폄훼 당할 개연성이 높다. 헤아리기 힘들 정도로 많은 일본 열도의 신들과 서양의 God을 동일한 범주의 신으로 보지 않는 것처럼. 유럽인들은 신에 대한 이해가 문화 차이에 따라서 달라질 수 있다는 점을 인정하지 않지만, 사실은 구약의 신과 신약의 신도 내용을 살펴보면 조금 다른 면이 엿보인다.

시간이 달라지면서 신에 대한 인식에 차이가 있었다는 것을 뜻한다. 이 간략한 예로 시공간에 따라 신에 대한 이해가 달라질 수 있다는 것을 알 수 있다.

이집트의 역사에서는, 동일한 신이라도 파라오의 이해에 따라서 신을 묘사하고 특징짓는 방식이 달라진다. 그럴 때마다 신들 사이에 권력 투쟁이 발생하곤 하였다. 예를 들면 상이집트(나일강 상류지방) 11개 주의 수호신인 세트(Seth)[10]는 BC 32세기경 다른 신을 숭상하던 상이집

---

10) 고대 이집트의 남신. 악의 정령, 악의 신으로 불린다. 하늘의 여신 누트(Nut)와 땅의 남신 게브(Geb) 사이에서 태어났다. (네이버 지식백과)

트의 도시국가의 파라오들이 그곳을 점령하는 때와 동시에 제거되기 시작한다.

이후 오시리스(Osiris)[11] 숭배가 강화되면서 BC 11세기경에 이르면 세트의 이름과 신상이 모두 제거된다. 고대 이집트의 모든 파라오들은 살아 있을 때는 태양신 '라'의 아들이자 역시 태양신인 '호루스'의 화신이며 죽은 후에는 '오시리스' 신이 된다고 믿었다.

이집트 신화에서 오시리스가 세트에 의해 죽임을 당했다가 부활한 것처럼 왕도 사후에 부활하기를 바랐으므로 이는 당연한 믿음이었을 것이다. 고왕국시대의 후기에는 왕권이 약화되면서 파라오만의 종교였던 오시리스 신앙은 모든 사람들이 오시리스처럼 부활을 기대할 수 있게 된다. 신들의 지위는 곧 인간 세계의 권력 향배에 따라 결정되었다.

신의 의미는 절대적으로 고정되어 있지 않다. 신이 변하는 것이 아니라 신을 바라보는 인간의 눈이 바뀌기 때문이다. 신에 대한 해석에는 변화하는 세계와 인간의 인식이 반영된다. 코페르니쿠스의 지동설을 과학적 사실로 수용하면서 겪은 변화에서 알 수 있듯이 과학이 발전하면서 인간은 우주와 자신을 이해하는 방법을 달리할 수밖에 없었다.

지동설이 증명된 이후로는 인간이 사는 공간이 우주의 중심이 아니라는 사실을 인정할 수밖에 없었다. 이와 함께 종교의 영향력은 이전보다 훨씬 축소된다. 과학의 발전은 종교에 커다란 고통을 안겨주었다. 그러나 인간 인식의 폭은 엄청나게 확장되었고 신과 우주를 이해하는 방법은 변화하는 세계에 맞추어 지속적으로 바뀌어 갔다.

우주에 유일한 신이 실재한다 하더라도 신을 인식하는 방법은 인간

---

11) 이집트 신화에서 죽은 자들의 신으로 숭배된 남신(男神). (네이버 지식백과)

이 처한 시간적, 공간적 차이와 인식능력의 차이로 얼마든지 달라질 수 있다. 신을 다르게 말하고 다른 방식으로 숭배할 수 있었다는 걸 의미한다. 이는 우주에 신이 유일하다고 믿는 서로 다른 종교들 사이에서 갈등을 유발시키고 전쟁까지도 불사하는 원인이 된다.

기독교의 유일신과 이슬람교의 유일신은 '두 유일신'으로 공존하는 이상한 모순을 피할 수 없다. 기독교, 이슬람의 신자가 평화를 유지하기 위해 상대 종교와의 공존을 추구한다면 논리적으로 자신의 유일신을 부정하는 결과가 된다. 이 상황에서는 우주의 신이 유일한 존재가 아니거나, 애초에 존재하지 않는 신을 인간이 만들어 낸 것이라는 해석도 가능하다. 논리적 모순을 극복하는 가장 좋은 방법은 동일한 신이 서로 다른 모습으로 나타났거나, 하나의 신을 서로 다른 모습으로 인식하는 것으로 해석하는 것이다.

이집트 신화에서도 신들의 갈등은 수없이 볼 수 있다. 신들의 갈등은 언제나 인간 세계 권력의 향배와 밀접한 관계가 있었다. 현대인의 이성은 고대 이집트의 신이 인간의 권력을 반영한 것이라는 사실을 의심하지 않는다. 그 막강한 힘으로 파라오와 고대 이집트인들을 휘어잡았던 신들이 이젠 할리우드 영화 소재나 재미있는 이야기책의 주인공으로 전락해 버리고 말았다. 과연 이 신들이 이집트인들의 상상이 만들어 낸 허구였을까. 그렇다면 나의 신이 이집트의 신과 무엇이 다른지 의심하는 것을 불경하다고만 할 수는 없을 것이다.

결국, 나의 신도 인간의 순수한 영혼을 현실로 끌어내지 못할 정도로 때가 묻게 되면 이집트의 신들과 똑같은 운명에 처할 것이라는 생각에 이른다. 어느 시대, 어느 사회에서나 인간들은 신을 영접할 마음을 준비하고 있었지만 동시에 끊임없이 신을 배신하고 있었다.

그러나 신이 인간의 믿음을 잃어버리는 때도 있었다. 세상에 나타났던 수 많은 신들이 힘을 잃고 사라진 때는 신과 내세에 대한 믿음이 상실된 시대, 곧 신이 무책임하거나 인간을 배신하였을 때였다. 물론 그 책임은 신의 대리자를 자처했던 인간들에게 있었다.

13. 이집트

잠실 몽촌토성 유적지에는 한강 남쪽 지역의 초기 이주자들이 거주했던 움집을 재현시켜 놓은 곳이 있다. 최소 1,500년 또는 그보다 훨씬 앞선 시대에 이곳에 살았던 주민들의 거주 형태를 볼 수 있는 곳이다. 반지하 형태로 10평이 채 되지 않는 공간 한편에 출입문의 기둥을 세운 것으로 보이는 큼직한 웅덩이와 그것을 중심으로 작은 웅덩이가 촘촘하게 원형으로 열을 이루고 있다. 가옥의 중심엔 조그만 웅덩이가 여럿 보이는데 그 하나하나가 어떤 용도로 파여진 것인지는 알 수 없다.

전체적으로 보아서 반지하의 공간에 나무 기둥을 세우고 볏짚에 진흙을 발라 그 위에 지붕을 엮은 형태다. 카이로로 향하는 비행기 안에서 그곳을 떠올린 것은 우리나라에서 내가 볼 수 있었던 가장 오래된 건축물이었기 때문이다. 나일강 유역에서 보통 사람들이 살았던 흔적을 찾았다고 해도 몽촌토성의 초가와 크게 다를 것이 없겠지만 아무튼 그런 생각을 하였다. 한편으로는 수천 년 전 고조선의 역사가 펼쳐졌던 중국 북부에서 유적이 발굴된다면 그 모습이 어떠할까를 상상해 보기도 하였다.

공항에서 바로 버스를 타고 숙소로 사십여 분을 이동하는 중에 차창으로 본 카이로의 겉모습에서 받은 인상은 저개발과 피폐다. 시내에 들어서면서 가장 먼저 눈에 띈 것은 도로에 중앙선과 차선이 보이지 않고 3,000만이라는 도시 인구에 비하여 유동 인구가 많지 않아 보인다는 점이다. 길이 좁은 것도 아니어서 보행자들이 도로 횡단에 어려움을 겪을 것이라는 점과 교통사고가 빈발할 수 있는 환경이 방치되고 있다는 느낌을 지울 수 없었다.

생명과 안전, 인권이 이 사회에서 어떻게 다루어지고 있는지를 가늠할 수 있었다. 영상 20도를 넘나드는 정도로 활동하기에 적당한 온도였음에도 개발도상국 거리에서 볼 수 있는 혼잡 속의 치열한 생존의 모습이나 활력이 보이지 않는 것도 이상했다. 그러나 잠깐 지나치면서 본 단면만으로 이 거대 도시가 어떻다고 단정하기는 어려운 일이다. 아마 내가 알지 못하는 합당한 이유가 있을 것 같았다.

인도나 브라질에서 흔하게 보았던 판잣집이나 벌집 형태의 달동네가 여기서는 허름한 고층 형태로 변형되어 있었다. 우리의 개념으로는 아파트라고 할 수 있는 건물로 폭이 좁고 대개 붉은 벽돌을 모양 없이 층층이 쌓아 올린 모습이다. 열 개 층이 넘어 보이지만 엘리베이터가 있을 것 같지 않은 그곳에서 어떤 생활을 하는지 궁금하였다. 인상적인 건 어디서나 붉은 벽돌이 건축자재로 사용되었다는 점이다.

며칠이 지나서 나일강 상류에서 하류의 카이로 쪽으로 내려오는 도중에 그 이유를 이해할 수 있었다. 이집트 국토의 대부분을 이루는 사막엔 모래보다 점토에 가까운 붉은 흙들이 널려 있었다. 올림픽 공원의 움집이 그러했듯이 건축재는 어디에서나 주변에 흔하면서 가공하기 쉬우며 저렴한 자원이 사용된다. 몽촌토성 유적지의 볏짚과 진흙집, 이집트의 붉은 벽돌, 일본의 목조 주택, 이탈리아에 석조 건물이 많은 이유다.

오늘날 피폐한 이집트의 현실은 지난 2,000년 동안의 이민족 지배의 시간을 떼어서 생각할 수 없다. 기원전 2,960년에 이미 시작된 이집트 왕국은 기원전 332년 알렉산더 대왕의 침입으로 3,000년에 걸친 파라오의 시대를 마감한다. 그로부터 1953년 무하마드 나기브[12]가 이집트 공화국의 초대 대통령으로 취임할 때까지 약 2,000년 간 이민족의 지배를 받는다. 이 장구한 기간 내내 이집트의 위대한 문명은 지속적으로 퇴락하면서 유적과 유물은 약탈되고 파괴되었다. 이와 함께 인류 문명을 출발시킨 발생지로서의 지위도 희미해져 버렸다.

오늘날 이집트인들은 자신들의 역사나 문화의 정통성을 어디에서 찾아야 하는지 혼란스러워 하는 것으로 보인다. 단지 35년 동안의 일본인 지배로 피폐해졌던 우리의 과거와 약해진 민족 정체성을 떠올려보면 충분히 이해할 만한 상황이다.

유럽인이라면 그들의 문화가 그리스 로마 문명에 뿌리를 두고 있다는 것을 의심하지 않지만, 이집트인들이 정신과 문화의 뿌리를 고대 이집트에서 찾기에는 이슬람의 영향이 너무 강한 것으로 보인다. 한때 기독교 국가이기도 했던 흔적은 콥트교로 남아있다. 지금도 전 인구의 7%는 초기 기독교의 일파인 콥트교 신자라고 하지만, 초기 동방 기독교의 모습을 남겨놓은 것만으로 의미가 있을 뿐, 거리에서 그들의 존재감이나 종교적 영향력을 느낄 수는 없었다.

기원전 4세기, 이집트에 그리스인의 프톨레마이오스 왕조가 세워진 후, 20세기 중반까지 계속된 이민족에 의한 지배로 기독교와 이슬람교

---

12) 1952년 7월 나세르 등과 함께 쿠데타를 일으켜 당시 국왕이던 파루크를 추방하고 혁명위원회 위원장으로 취임하였다. 그 해 9월 총리에, 1953년 6월 공화국 선포와 동시에 초대 대통령이 되었다. (네이버 지식백과)

가 도입되고 토착화되는 과정에서 찬란했던 고대 이집트 문명은 커다란 손상을 입었다. 대표적인 예가 상형문자가 사라져 버린 일이다.

이 문자가 언제 사라졌는지는 정확하게 알려진 바가 없다. 다만 기원 379년, 로마의 테오도시우스 황제가 기독교를 국교로 선포하기 전까지는 상형문자를 해독할 수 있는 제사장들이 신전을 지키고 있었다는 사실은 알려져 있다.

이집트 신화에는 그리스 로마 신화의 다양한 주인공들과 연결시킬 수 있는 '오리지널 신'들이 다수 등장한다. 이것으로 보아서 시대적으로 로마보다 앞선 이집트의 신화가 그리스나 로마 신화의 원형일 것이라는 추측이 가능하다.

룩소르[13]에서 가까운 코옴보에는 그리스-로마 형식의 이집트 신전이 있다. 이 흔적으로 보아서는 이집트 문명이 그리스 로마 문명으로 교체될 당시에 심각한 문화적 충돌은 없었던 것을 추측할 수 있다. 한편 로마제국 초기의 황제 숭배가 파라오 숭배와 유사하게 다소 종교적 면이 있다는 점이 있는 것으로 로마가 이집트 문명의 영향을 받았다는 것을 알 수 있다. 룩소르, 카르나크 신전과 유적 중에는 초기 기독교 시대에 교회로 전용되었던 흔적들이 있다. 그곳에서는 끌로 상형문자를 지우려 했던 흔적이나 파괴된 조형물을 볼 수 있었다. 이 흔적은 기원 391년 테오도시우스 황제가 로마제국 내의 모든 이교도 신전을 폐쇄하라는 칙령과 관련이 있다.

이때부터 제사장들이 신전을 떠나면서 상형문자를 쓰고 읽을 수 있

---

13) 카이로에서 남쪽으로 660여 km 떨어진 나일강(江) 동안(東岸)에 있다. 고대 이집트 신왕국시대의 수도였던 테베의 남쪽 교외에 해당하는데, 룩소르신전·카르낙신전을 비롯하여 강 언덕에는 왕가의 계곡이 있다. (네이버 지식백과)

는 사람들이 사라진 것으로 학자들은 추측한다. 게다가 640년, 아라비아반도에서 일어선 이슬람 군대에 정복된 이집트는 또다시 이단 문명의 땅이라는 낙인과 함께 많은 유적이 훼손되었으며, 고대 상형문자는 더욱 관심 밖으로 밀려나게 된다.

14. 전쟁 문화

1798년, 5만의 병력을 동원한 프랑스의 이집트 원정은 조금은 뜬금없어 보이는 면이 있다. 2년 전인 1796년에 나폴레옹이 이웃 나라인 이탈리아를 원정했던 건 이해를 하지만, 이탈리아와 이집트 사이의 많은 나라를 건너뛰어 원정을 떠난 데에는 고개를 갸우뚱할 수밖에 없다.

나폴레옹 스스로도 주저하던 이 원정을 성사시킨 이는 당시 외상이었던 탈레랑이라는 인물이었다. 그는 이집트를 점령하면 오스만 투르크가 지배하던 동방무역[14]을 프랑스가 차지할 수 있으며 인도까지도 넘볼 기회가 생길 것이라고 나폴레옹을 설득한 인물이다. 예상 외로 프랑스군은 육상 전투에서는 승리를 거두지만 지중해에서 벌어진 넬슨 함대와의 전투에서 거의 전멸됨으로써 원정은 실패로 끝난다.

그러나 이 원정은 고대 이집트와 관련한 연구에 크나큰 업적을 남기게 된다. 특히 원정 초기 한 공병장교가 발견한 로제타석[15]은 이집트 상형문자를 해독하는 결정적인 단서를 제공한다. 전쟁 중에 영국군에 빼

---

14) 이탈리아를 중심으로 한 유럽과 중·근동지역과의 무역을 의미한다.
15) 1799년, 나폴레옹의 이집트 원정대 소속이던 피에르 부샤르 대위가 알렉산드리아에서 56㎞ 떨어진 지중해변의 작은 마을 로제타에서 발견했다. 기원전 196년 프톨레마이오스 5세의 공덕을 기리는 내용이 새겨져 있다. (네이버 지식백과)

앗기긴 했지만, 이 검은색 비석에는 기원전 196년, 사제들이 프톨레마이오스 5세(기원전 210~180)에게 경의와 감사를 표하기 위한 내용이 기록되어 있었다. 다행스럽게도 프랑스는 비석의 사본을 다수 갖고 귀국한다.

나폴레옹 원정대에는 공학, 천문학, 화학, 박물학, 지리학, 건축학자 등 다양한 분야의 전문가들이 포함되어 있었다. 나폴레옹은 원정을 준비하면서 인쇄기와 라틴어, 아랍어, 그리스어, 시리아어 등의 활자를 확보하고 현지에서의 연구결과를 발간할 수 있도록 현지 인쇄소를 섭외할 것을 명령할 만큼 이집트 문명에 대한 관심이 컸다. 그의 역사에 대한 소양을 짐작할 수 있는 일화다.

원정군에 발견된 로제타스톤은 후일 이집트에 대한 관심이 독립된 학문으로 발전하는 계기를 마련해 주는 역할을 한다. 1801년 영국에 패한 프랑스군은 아무런 전략적 이득도 얻지 못하고 이집트에서 철수를 하는데 이때 로제타스톤을 영국군에게 빼앗기고 만다. 당시 영국도 이집트 문명에 대한 관심이 만만치 않은 나라여서 이 돌덩어리의 가치를 재빨리 알아채고 본국으로 보낸다. 로제타스톤은 1802년 이후 지금까지 영국박물관(British Museum)에 전시되어 있다.

이 비석에는 BC 196년 프톨레마이오스 5세의 칙령이 기록되어 있었지만, 19세기 초 유럽에서 그 기록을 해독할 수 있는 사람은 없었다. 기록이 특이한 건 우리가 이집트 상형문자라고 부르는 신성문자(Hieroglyph)와 일종의 필기체인 데모틱(Demotic), 고대 그리스어 등 세 가지 언어로 동일한 내용이 새겨져 있었다는 점이다.

당시 이집트에 있었던 프톨레마이오스 왕조는 그리스인의 왕조였고 그리스어는 지중해 연안에서 오늘날 영어처럼 사용되던 국제어였다.

19세기 유럽에서도 고대 그리스 문자를 완전하게 해독할 정도의 전문적 소양을 갖춘 사람은 많지 않았다.

그런데 1822년, 이 세 가지 언어를 비교하고 유추해 가면서 비문을 해독한 사람이 장 프랑수와 샹폴리옹(Jean Fransois Champollion)이라는 프랑스인이다. 이 공로로 그는 지금도 이집트학의 아버지로 불린다.

나폴레옹이 이곳 전쟁에서 패배는 했지만, 원정에서 거둔 학술적 성과는 대단한 것이었다. 로제타 스톤을 발견하고 가치를 알아본 공병장교의 안목도 칭찬받아야 하지만, 고대 이집트 문명에 조예가 깊은 학자들을 대동하지 않았다면 유물의 가치를 제대로 인정받지 못했을 것이다. 역사적인 이 업적은 나폴레옹의 기획 안에서 이루어진 것으로 평가되어 마땅하다.

전쟁이 문화를 한 단계 높은 수준으로 끌어올린 예는 임진왜란 후 일본의 도쿠가와 막부시대나, 2차대전 이후 미국 사회에서도 볼 수 있다. 그러나 세 나라의 문화 부흥 원인과 과정에는 큰 차이가 있다. 도쿠가와 막부가 지배하던 일본은 왜란 종전 후, 근대에 이르기까지 지속적인 경제와 문화의 대약진 시대를 맞는다.

특히 예술 분야는 18세기 말에 이르면 서양에 영향을 줄 정도로 크게 발전한다. 일본의 전통적 회화기법인 다색판화 우키요에(浮世繪)가 고흐나 마네 등 인상파 화가들에게 큰 영향을 미치고, 그때까지도 도자기를 제대로 만들어내지 못했던 영국과 독일에 영감을 제공한 것도 일본이다. 도쿠가와 시대에 조선 도공을 납치하고 그들이 전수한 도자기 기술이 일본문화진흥에 도움을 준 것이나, 조선이 일본 성리학의 발전에 큰 영향을 미친 것도 사실이다.

그러나 그 시대 문화가 융성할 수 있었던 가장 중요한 요인은 지방분권 시스템에서 경쟁을 피할 수 없었던 수공업의 발달로 내수경제가 확대되고, 부유해진 대중들이 예술에 대한 수요를 증가시켰기 때문이다. 요즘 한류의 영향력이 일본의 문화적 영향력을 압도한다고 하지만 2세기 이상 서양 사회에 뿌리내린 일본문화의 영향을 넘어서려면 아직 시간이 더 필요하다. 문화 진흥을 위해서는 장기간의 지속적인 노력이 필요하다.

미국의 문화 부흥은 1차대전 종전 후, 유럽의 정세와 궤를 함께한다. 그때에 유럽이 혼란에 휩싸이면서 미국의 영향력이 점차로 확대된다. 결국 나치즘과 파시즘, 강력한 사회주의 국가 소련의 등장으로 혼란스럽던 유럽대륙은 또다시 전쟁에 휩싸인다.

그런데 대전이 발발하기 전인 1930년대 초부터 나치의 발흥과 함께 불안해진 유럽을 떠나 신대륙으로 향하는 지식인과 예술인이 많았다. 미국이 예술의 중심이 된 토대는, 전쟁 전부터 각국에서 유대인에 대한 배척이 심해지면서 유능한 예술인들이 대량으로 이주할 때부터 마련되고 있었다. 종전 후 미국은 모든 분야에서 전성기를 맞게 되고 문화 또한 황금기를 맞이하게 된다.

아무튼 세 나라가 약탈이나 납치, 또는 예술인들의 자발적 이주로 자국의 문화 발전에 일정한 부분 도움을 받았던 것도 사실이다.

비록 침략자라고는 하지만 나폴레옹은 개전 전부터 이집트 문명 연구를 위한 정밀한 계획을 가지고 있었던 것으로 두 나라와 다르게 구분될 수 있다. 물론 계획에는 유적지에서 문화재를 대량으로 반출(약탈)하기 위한 계획도 포함되어 있었다. 그러나 이제는 상식 수준으로 보편화된 이집트학의 출발점에 보나파르트 나폴레옹이 서 있었다는 점을 부정할 수는 없다.

15. 피라미드

사진으로 수없이 보았던 피라미드지만 가까이에서 본 피라미드는 실로 엄청난 규모였다. 규모에 '압도된다'는 느낌을 실감할 수 있는 건축물이다. 세 개의 대규모 피라미드와 세 개의 소규모 피라미드가 하나의 군(群)을 이루고 있었다. 기자의 피라미드는 높이 147m, 밑면의 한 변 길이가 230m로 1311년 영국의 링컨 대성당이 완성되기 전까지 세상에서 '가장 높은 인공 구조물' 타이틀을 3,800년 동안 보유하였다.

사각뿔 형태로 돌을 차곡차곡 쌓아 올린 다음 표면을 비교적 고운 흙으로 미장을 한 모습이었을 이 건축물은 세월이 지나면서 겉의 미장이 거의 다 흘러내리고 윗부분 일부에 그 흔적만 남아 있다. 건축에 사용된 돌이 230만 개, 그 무게의 합이 5,900만 톤인 무덤은 압도하는 규모로 수천 년 전 제왕의 권력 규모를 상상하게 할 뿐 큰 감흥을 불러일으키지는 않았다. 하지만 수천 년 전에 거대한 건축물을 구축한 공학과 기술, 인간의 힘을 떠올리면 신비스러운 느낌이 들기는 한다.

고대 이집트 무덤의 초기 형태는 오늘날 서울 외곽 공원묘지에서 볼 수 있는 평범한 무덤 모습과 흡사하다. 벽돌식 단층 형식의 이 같은 무덤을 마스타바라고 한다. 마스타바는 아랍어로 직사각형 벤치라는 뜻이다.

그런데 어느 때인가부터 묘의 뒷면에 강렬한 햇빛을 막는 기능을 한 것으로 추정되는 가로 세로 두 면에 덧댄 6단의 구조물이 만들어진다. 사각뿔의 한쪽이 잘린 듯한 여섯 계단의 특이한 모양을 갖추는데 이는 곧 완전한 6단의 계단식 피라미드로 발전한다.

기원전 2650년경 조세르 파라오 시대에 이르면 비로소 석재만으로 쌓아 올린 피라미드 원형이 완성된다. 이 피라미드의 양식을 고안한 사람이 당시 총리를 지낸 임호테프로 알려져 있다. 영화 '미이라'에 등장한 그는 복수와 탐욕에 쩐 악당으로 그려지지만 임호테프(Imhotep)는 '평화 속에서 오는 자'란 뜻이라고 한다. 실제로 그는 유능한 관료였으며, 다방면에서 천재적인 면을 보여준 인물이다.

기독교 신학자들 중에는 구약성서에서 야곱의 아들로 태어나 이집트로 팔려가 바로(파라오) 다음으로 높은 직위에 오르게 된 요셉이 임호테프와 동일인이라고 주장하는 이도 있다. 이집트의 기록과 성경 내용이 일치하는 부분이 꽤 있는 것으로 알려져 있기는 하지만 전문가들은 구약성서가 역사서로 인정받기에는 부족한 부분이 많아서 더 많은 연구가 있어야 할 것으로 보고 있다.

참고로 북한 만포시 앞을 흐르는 두만강 건너편에 위치한 중국 집안 (集安)시의 장군총도 계단식 피라미드 양식이다. 1990년대 초 그곳을 방문했을 당시 보존 상태가 썩 좋지는 않았었는데 지금은 어떤 모습인지 궁금하기 이를 데 없다. 장군총은 고구려 장수왕릉으로 추정되고 있지만 단정을 내릴 만큼 분명하지는 않다고 한다. 이 무덤 양식은 남미의 마야, 잉카, 아즈텍 유적지에서도 흔하게 발견된다

이집트 고왕조의 스네페루(Sneferu; 기원전 2613년~기원전 2589년) 파라오 때에 이르면 드디어 완전한 사각뿔 형태의 피라미드가 완성된다. 국력을 크게 신장시킨 그는 피라미드를 3개나 건설한다. 이는 거대한 건축 사업을 감당할 만한 역량을 가졌을 만큼 왕권이 안정되어 있었다는 걸 뜻한다.

첫 번째 피라미드는 건설 도중 무너진 채 지금까지도 '붕괴 피라미드'라는 이름으로 남아있다. 붕괴는 외부 경사각이 너무 가팔라서 일어

난 사고로 추정되고 있다. 상부 무게를 견디지 못하고 무너졌던 건 무덤 구조가 공학적으로 해결되지 않았다는 의미다.

두 번째는 사각뿔의 중간 지점에서 각도가 꺾여 구부러진 형태의 '굴절 피라미드'다. 우리가 흔히 보는 피라미드는 그가 시도한 세 번째 피라미드이다. 온전한 사각뿔 형태로는 최초의 피라미드다.

이집트의 피라미드가 어느 날 불쑥 나타난 양식은 아니었다. 오랜 세월 동안 시행착오와 실패를 거듭한 끝에 완성된 양식이다.

피라미드는 카이로에서 약 10km 떨어진 기자의 고지대에 위치한다. 피라미드를 보통 사람들의 거주공간에서 떨어진 곳에 지은 이유는 나일강의 범람과 관계가 있다. 나일강 유역의 신전들의 위치는 강에서는 다소 떨어진 곳에 위치한다. 그러나 너무 멀리 떨어져 있지는 않다. 대개 강의 범람 때 수위가 건축 석재를 하역하는 곳의 고도와 일치하는 곳에 위치한다. 나일강 상류 지역에서 채석된 건축 석재가 배에 실려서 건설 현장으로 운반되었기 때문이다.

그러나 이것도 추정일 뿐, 정확한 근거를 바탕으로 한 주장은 아니다.

그로부터 1세기가 지나지 않은 우세르카프 시대(기원전 2494~2487 재위)에 와서 피라미드의 규모가 갑자기 작아진다. 이유는 태양 신전의 건설로 설명할 수 있다. 태양 숭배가 극에 달하면서 태양신만을 위한 시설이 필요해졌는데 신전을 거대한 규모로 짓다 보니 재정에 압박을 받은 것으로 추정된다. 피라미드 건설에 공을 덜 들일 수밖에 없었던 것이다.

카이로 근교 아부시르에서는 현재까지 14기의 그 시대 피라미드가 확인되었는데 규모나 완성도는 매우 떨어지는 것으로 알려져 있다.

이집트에 관한 신문기사나 책에서 무덤에 그려진 화려한 벽화나 상형문자를 본 적이 있다. 그런데 현장에서 본 피라미드 초기 형태의 무덤 내부에는 벽화가 없었다. 화려한 장식은 물론이고 간단한 문자 기록도 남겨져 있지 않았다. 이유는 여전히 미스터리로 남아있다. 하지만 동시대 귀족의 묘 내부는 화려하고 내용도 풍부한 부조로 장식되는 경우가 대부분이다.

학자들은 피라미드가 많이 지어진 고왕국 시대의 파라오들은 후대의 파라오들보다 더 신에 가까운 존재로 인식되었기 때문에 굳이 인간사를 묘사할 필요가 없었기 때문일 것으로 해석한다. 그러다가 5왕조(기원전 2498~2345년)에 이르면 드디어 피라미드 내부에 무엇인가를 기록하기 시작한다. 이 변화에 대한 이유도 명확하지는 않지만, 파라오의 신성성이 이전 시대보다 줄어든 것이 이유일 것이라고 추측한다.

과거에 신과 동일한 지위에 있었던 파라오가 신이 아닌 인간으로 격하된 상황에서는 사후 부활을 꾀하려면 생전의 업적을 기록하여 신에게 내보여야 했던 것이다. 저승에서의 여의치 않은 상황을 예상해서 특별한 주문(呪文)으로 부활을 기도하기도 하였다. 주문은 후일 귀족들의 관에 문서로 작성하여 함께 매장하는 형식으로 변화한다. 이것이 죽은 사람의 관 속에 미라와 함께 넣어두는 사후세계의 안내서로 쓰였다는 사자의 서(死者의 書; Book of Death)다.

전생에 대해서 나는 한 번도 생각해 본 적이 없다. 전생의 존재를 믿지 않기 때문이다. 그러나 나일강 가에서는 그것을 생각하지 않을 수 없었다. 만약 전생이 있었다고 해도 그 생이 지금 나의 생과는 관계가 없는 생이었을 것이다. 생물학적 구조가 전혀 다른 육체에 지금의 내 영혼과 같을 수 없는 영혼이 깃들었던 별개의 생명체로 살았을 것이다. 그렇다면 그 생을 '현생의 전생'이라고 말하기는 어렵다.

어떤 존재든지 이 세계에 특정한 영혼이 시간과 공간을 초월하여 다른 육체에 존재할 수는 없다. 이생의 기억을 저승으로 송출시킬 수 있는 기술도 아직은 확보하지 못하고 있다. 전두엽이 아닌, 몸을 떠난 기억 메커니즘의 존재를 믿는 것이 죽음의 공포를 완화시킬 수는 있겠지만 현실적으로 또 과학적으로도 부질없는 생각이다. 이 부질없는 생각의 끝판을 볼 수 있는 나라가 이집트다.

16. 시대를 뛰어넘은 여걸들; 하트셉수트, 서태후

파라오의 왕권은 왕비 서열 순위 1위인 여성과 혼인한 상태에서만 정통성을 가진다. 따라서 왕비가 왕보다 먼저 죽으면 홀아비가 된 파라오는 자리를 잃을 수밖에 없었다. 이와 같이 왕권이 모계로 상속되는 체제에서는 특정한 왕실이 왕권을 계속 이어가는 일이 불가능하다. 권력을 유지하기 위해서는 왕비 서열 제1순위 왕족은 물론이고 앞선 순위의 여성과 미리 결혼을 해두는 수밖에 없었다. 람세스 2세가 자기 딸은 물론 어머니와의 결혼을 피할 수 없었던 이유다.

이 관습으로 클레오파트라 7세(재위 기원전 69년~기원전 30년)의 화려한 남성 편력(?)이 그녀의 미모에서 비롯된 것이 아님을 이해할 수 있을 것이다. 클레오파트라의 첫 결혼 상대는 큰 오빠였다. 그녀와 결혼함으로써 오빠는 왕권을 이어받을 수 있었다. 오빠가 죽자 다시 남동생과 결혼을 한다. 왕권은 다시 동생에게로 상속된다. 어떻게 해서라도 동일한 가문에서 왕권을 유지하려면 근친혼은 불가피한 선택이었다.

이집트를 정복한 카이사르도 합법적 통치자로 인정받기 위해서는 두 사람 사이에 사랑이 있느냐 여부와 관계없이 클레오파트라와의 결혼을 피할 수 없었다. 후에 로마에 결혼한 아내가 있던 안토니우스 역시 클레오파트라와 결혼할 수밖에 없었다.

다시 기원전 15세기, 하트셉수트(재위 BC 1503~BC 1482) 여왕으로 돌아가 보자. 그녀는 이복동생인 투트모세스2세와 결혼하였지만 20세 초반에 과부가 되었다. 왕비의 지위에서 왕비 순위 1위로 복귀한 것이다. 투트모세스 2세와 사이에 아들은 없었다. 그러나 전왕과 첩 사이에는 아들이 하나 있었다. 아홉 살밖에 되지 않은 철부지였지만 권력을 놓치지 않으려고 그와 결혼을 하였다.

야심만만한 그녀는 곧 어린 파라오를 신전 안에 유폐시키고 실권을 장악하기 위한 쿠데타를 일으킨다. 어린 왕(투트모세스3세)을 중심으로 한 반대 세력이 미약하였으므로 쿠데타는 성공한다. 하트셉수트가 대단한 인물인 건 여자가 파라오가 될 수 없다는 수천 년의 전통을 깼기 때문이다. 그녀는 공식 석상에서 남장을 했으며 파라오의 가짜수염을 붙였다. 이집트의 실질적인 파라오가 된 것이다.

그녀의 애절한 사랑 이야기도 전해진다. 후세 사가들이 '왕관 없는 파라오'라고 불렀던 신전 건축가 센무트와 뜨거운 사랑을 나누었던 것이다. 그러나 지상에 내려온 신인 파라오가 신전 건축가와의 불륜이 공개되는 것을 원치는 않았을 것이다. 둘 사이의 사랑이 절절했음은 죽어서도 그와 함께 있기를 원했던 것으로 드러난다.

파라오가 사망하면 시신을 파라오의 장례식장으로 옮겨서 여러 의식을 거친 후, 피라미드에 매장하는데 이 장례식장에 센무트의 비밀 무덤을 설계하라는 명령을 내렸던 것이다. 애석하게도 사전에 누설되어 실패로 끝나고 말았다.

하트셉수트의 운명은 투트모세스 3세가 30세 되던 해에 종말을 고한다. 그가 진짜 파라오임을 내세우면서 도전해 왔기 때문이다. 왕좌에서 물러난 직후, 하트셉수트는 갑자기 사망한다. 맥락으로 보아 이해할 만은 하지만 죽음의 내막에 대해서는 자세하게 알려진 바는 없다.

왕위에 오른 투트모세스 3세는 계모인 전왕의 흔적을 지우기 시작한다. 여왕의 모습이나 관련된 상형문자를 철저하게 부숴버린다. 그로부터 120년 후, 이집트에서 최초로 유일신 숭배 사상을 도입한 파라오 아크나톤이 아몬[16] 신에 관련된 모든 내용을 지우면서 그녀와 관련한 내용을 훼손시킨다.

하트셉수트의 이야기는 청나라의 서태후 이야기와 유사한 점이 많다. 19세기 말 중국과 기원전 15세기 이집트의 역사가 전개된 시간과 문화의 차이를 털어내고 사건이 전개된 큰 줄기를 들여다보면 흡사한 장면이 많다. 청나라 9대 황제인 함풍제(재위 1850~1861)가 죽고 여섯 살짜리 아들 동치제가 즉위한다.

서태후는 후궁이었고 황제와의 사이에 아들은 없었다. 함풍제와 황후의 유일한 혈육이었던 그가 황제의 대를 이은 것이다. 곧 쿠데타로 반대파를 일소한 그녀는 황후였던 동태후와 함께 섭정이 된다. 1875년 동치제가 죽자 황제 누이동생의 세 살짜리 아들을 옹립, 광서제(光緖帝)로 즉위시켜 또 섭정이 되었다. 광서제가 16세가 되던 해 친정이 시작되었으나 국정의 실권은 여전히 서태후가 쥐고 있었다.

사가들의 평이 좋지는 않지만, 그녀가 탁월한 인물임에 이의를 달지는 않는다. 서태후가 집권할 당시 청나라는 대내외적으로 복잡한 상황

---

16) 고대 이집트의 신으로 아몬(Amon) 또는 아몬 라(Amon Ra)로도 불린다. (위키백과사전)

에 처해 있었다. 서구 열강이 중국을 노렸고 안에서는 250여 년 동안이나 만주족(청나라)의 지배를 받던 한족들이 목소리를 키우며 일어서고 있었다. 중국 역사상 가장 위태롭고 혼란스러운 시기였을지도 모를 19세기 말, 최고 권력을 가졌던 서태후가 이후 중국의 운명을 결정했다고 해도 과언은 아니다.

난국에 제대로 대처하지는 못했지만, 서태후는 남성 중심의 유교사회에서 황제로 47년간이나 거대 왕국을 통치한 것으로, 또 하트셉수트는 오랜 세월 지켜지던 왕위 계승의 전통을 깬 최초의 여성 파라오로 고대 이집트를 뒤흔들었던 여걸이다. 수천 년의 시공을 초월하여 쌍둥이처럼 닮은 모습을 볼 수 있다.

지배함으로써 우월함을 유지하려는 욕구가 구체화 된 것이 권력이다. 이 욕구, 타인을 지배하려는 욕구에 집착하기 시작하였다면 이미 음험하고 흉악한 권력의 손아귀에 걸려든 것이다. 권력은 스스로 풀어내기가 불가능한 힘을 갖고 있다. 권력은 독점을 지향하는 속성이 있어서 이 마법에 걸린 꼭두각시들은 수단과 방법을 가리지 않고 그것을 독점하려 한다.

권력 앞에서는 예의도 염치도 없어지고 인륜도 빛을 잃는다. 결국 두 사람 모두 죽음을 눈앞에 두고서야 권력을 내려놓고 있다. 그녀들의 삶에 어떤 의미를 부여할 것인지는 각자가 판단할 일이다.

V

러시아

17. 모스크바

출근 시간임에도 아르바트 거리[17]는 한산하였다. 시민 몇 명과 길모퉁이에 앉아있는 중앙아시아 쪽에서 온 것으로 보이는 서너 사람만이 눈에 띌 뿐이다. 구소련 시절 록가수로 유명했던 빅토르 최[18]를 추모하는 벽화를 찾아보지 못한 서운한 마음을 뒤로한 채 지하철 정거장으로 이동했다.

서울과 달리 이곳 지하철역은 길가의 평범한 빌딩 형태이다. 1층에서 플랫폼까지는 100m 정도를 내려가야 했는데, 에스컬레이터 속도가 매

---

17) 서울의 대학로처럼 모스크바에서 젊은이들로 붐비는 곳으로 중심가에서 1km 정도 떨어져 있다.

18) 1962년 레닌그라드에서 태어났다. 아버지는 러시아로 이주한 한인의 후예였고 어머니는 러시아인이었다. 구 소련 시절, 그는 러시아인들이 사랑하는 록뮤직의 영웅이었지만 1990년 교통사고로 사망하였다.

우 빠르다. 출근 시간이라 그런지 지하철은 거의 30여 초 간격으로 들어서고 있었다. 앞차와 충돌이 일어나지 않을까 걱정될 정도로 빈번하게 운행되고 있었다. 운행을 제어하려면 매우 정밀한 소프트웨어가 필요할 것이라고 생각했다.

3,40년 전, 서울 사람들의 발걸음이 빠르기로 이름이 났다는 말을 들은 적이 있지만, 세계 제일은 아니었을 것 같다. 이곳 시민들의 이동속도는 눈이 핑핑 돌 정도로 빨랐다. 조금 과장하면 비디오 필름을 2배속으로 돌리는 듯한 모습이랄까. 서울에서 지하철역을 자주 이용했던 나도 적응하기 힘든 인파와 속도였다.

TV에서 보던 대로 지하의 건축구조는 훌륭하였다. 벽과 천정이 화려하게 장식이 되어 있었지만, 그것에 시선을 빼앗긴 사람들은 관광객들뿐이었다. 시민들은 바빠서인지 아니면 익숙해서인지 아무도 쳐다보는 사람이 없어 보였다. 서울 사람이 남산에 가지 않는 것과 같은 이유일 것이다.

플랫폼 벽 벤치에 앉아서 잠시 사람 구경을 했는데 일반적인 모스크바 시민의 겉모습은 의외로 중앙아시아 분위기의 사람이 많았고, 올림픽경기 때에 보는 러시아인들처럼 키가 큰 사람이 많아 보이지 않았다. 우리 지하철역에서 보는 사람들보다 약간 큰 정도의 신장에 수수한 옷차림새 사람들이 대부분이었다. 출근시간, 이곳 중심가의 지하철에서 맞닥트린 수수함은 옛 소비에트 체제에서 유라시아 대륙의 14개 국가의 연방 수도였다는 점을 감안하면 좀 의외였다.

지하철을 탔다. 내부는 서울과 마찬가지로 창을 등지고 서로 마주 보는 구조였지만, 폭이 좀 좁았다. 차량이 낡아서인지 소음이 심한 편이었으며, 전원이 선로 바닥에 있는 것은 우리와 달랐다.

배차 간격이 짧아서이겠지만 출근 시간 임에도 서로 몸이 닿지 않을 정도여서 아주 혼잡하지는 않았다. 선 채로 한 정거장을 가서 내려 다시 돌아왔다.

안내자와 운전기사의 사인이 맞지 않아서 넓은 광장 하나를 종주하여 다시 버스에 올랐다. 도착한 붉은 광장은 관광객들로 붐볐다. 역사박물관을 등 뒤로 하고 성바실리 성당을 마주하면서 광장에 들어서자 왼편엔 굼백화점이 길게 늘어져 있고, 오른편에는 크레믈린궁과 궁전병기고, 이반 대제 종루, 여러 개의 사원이 줄지어 있다. 광장의 주인은 옛 왕궁으로 사용되던 크레믈린궁이라고 하지만, 주인공은 러시아 정교의 성바실리 성당이다.

사진으로 눈에 익은 아이스크림 모양의 뚜껑을 얹은 모습은 금방 동화책 속에서 튀어나온 듯하다. 바르셀로나에서 성가족성당을 보고 어떻게 인간의 머리로 저런 구상을 할 수 있을까 혼란스러웠던 적이 있었는데, 이곳에서도 똑같은 생각이 스쳤다.

건축을 포함한 모든 문화는 상상력이 풍부한 사람들이 그것을 구체화하는 노력으로 발전해 왔음이 틀림없다고 생각하였다. 우리는 항상 우리의 평범함이 예술가들의 상상력과 비범함을 훼손시키지 않도록 유의해야 한다. 동시에 그들의 개성과 창의력이 구체화되는 활동이 위축되지 않도록 배려해야 할 것이다.

겉보기의 화려함과 달리 굼백화점의 화장실문은 바닥에서 약 30cm 정도 떠있는 허름한 나무문이었다. 지난 세기 중반 우리의 공중 위생소에서 보던 양식이다. 급한 상황이었던 나는 정서가 매우 불안정한 상태에서 밀어내는 작업을 할 수밖에 없었다. 러시아 최고의 백화점에서 이런 구조를 수용할 정도라면 일상의 화장실 문화가 어떠하리라는 것은 미루어 짐작할 수 있었다. 최고 안에 최저가 병존하는 러시아의 모순을 보는 듯하다. 하지만 굼백화점의 견고하고 화려한 외관과 안을 채우고 있는 최고의 상품을 떠올리면 그곳을 조금만 개선하면 어디에 비교해도 뒤지지 않는 훌륭한 백화점이 될 수 있을 것이다.

오늘 저녁에도 끔찍한 살인사건이 발생하였다는 뉴스를 보았다. 사회에 큰 물의를 일으키는 사건의 주인공들을 보면서 그들의 그릇된 의식형성 과정에서 교육이 어떤 역할을 하였을까, 혹시 그들의 왜곡된 가치관에 교육이 개입되지는 않았을까 하는 생각을 할 때가 있다. 법치국가에서 의식이 행위로 구체화되고 행위가 강제규범을 넘어설 때 모든 책임은 고스란히 개인에게 돌아가기 마련이다.

그러나 모든 책임을 개인에게 귀속시키는 것이 온당한 일인지에 대해서는 언제나 회의적이다. 개인 행위에 대한 책임을 전제로 자유를 보장하는 것이 민주주의 체제이긴 하다. 그러나 행위의 동기가 되는 의식의 형성과정에서 교육이 중요한 역할을 하였다면 잘못된 행위의 책임을 전적으로 개인에게 귀속시키는 것은 온당하지 않다. 잘못 형성된 가치가 집단화될 경우에 어떤 비극이 일어나는지는 지난 세기 전범국들의 행적을 돌아보는 것만으로 충분히 이해할 수 있다. 교육의 큰 계획이 자유, 평등, 인권 같은 인류의 보편적인 가치를 기반으로 세워져야 하는 이유다.

어려서부터 소련에 대한 적대감을 키우면서 자란 세대에게 모스크바는 공산혁명, 전쟁, 숙청, 잔인함 등, 모든 악의 발원지라는 이미지로 가득한 도시였다. 이 도시는 발을 딛는 것조차 상상할 수도 없었던 곳이었다. 소련 붕괴 이후 이 나라가 러시아로 불리면서 옛 이미지는 많이 희석되었다. 그러나 오래 전 머릿속에 각인된 붉은 광장에 대한 부정적 이미지는 아직 지워지지 않았고 아마 앞으로도 완전히 지워지지는 않을 것이다.

광장에 들어서면서 가장 먼저 떠오른 상은 털모자를 쓴 브레즈네프와 공산당 간부들이 광장을 가로지르는 대륙간 탄도미사일을 내려다보는 모습이었다. 그것이 우리 머리 위로 날아올 수 있다는 끔찍한 상상을 하면서 자란 세대가 우리다. 8년 전 평안함을 느꼈던 러시아의 하늘엔 오늘도 전운이 떠돌고 있다. 브레즈네프의 털모자가 다시 떠오르는 아침이다.

18. 상트페테르부르크

이 도시의 겨울궁전을 비롯한 많은 바로크 양식 건물들은 서구 문물을 수용하려 했던 표트르대제의 욕구를 웅변한다. 그러나 러시아만의, 이 도시만의 특별한 느낌을 주는 건물은 별로 눈에 띄지 않는다. 외관으로 보아서는 서구의 도시들과 큰 차이가 없다는 느낌이 든다. 요즘 서울의 건축 양식이 그렇듯이.

그런데 왕궁 건너편 네바 강가의 해군성 건물을 보면서 좀 다른 생각이 들었다. 이 도시가 단순히 서구 문물을 수용만 한 것이 아니라 대서양으로 진출하는 전초기지 역할도 하였음을 상기시켰기 때문이다. 지도를 펴고 러시아가 대양으로 나갈 수 있는 통로를 살펴보았다. 다섯 해로가 있었다.

1) 발트해의 상트페테르부르크에서 유틀란트반도(덴마크) 앞 좁은 해

협을 통과하여 대서양으로 나가는 길

2) 흑해의 크림반도에서 보스포러스 해협(튀르키예의 이스탄불 앞)을 통
과하여 스페인 남부 지브롤터(영국령)를 지나 대서양으로 나가는 길

3) 태평양함대 기항지인 블라디보스토크에서 대한해협 또는 홋카이도
와 사할린 섬 사이 해협을 통과하여 태평양으로 나가는 길

4) 동시베리아의 북극해에서 알래스카 해협을 지나 태평양으로 나가는 길

5) 무르만스크에서 출발하여 왼편에 노르웨이를 바라보면서 대서양으
로 나가는 길이 있었다.

그러나 표트르 이전 시대에 러시아가 이용 가능한 항구는 2)의 흑해
쪽에만 있었는데 그곳마저도 튀르키예의 손아귀에 있었다. 튀르키예의
지정학적 위치는 유럽의 일원으로서 나토(북대서양 조약기구)의 중요
한 멤버로 대접받는 이유가 되었다.

서구와 접촉하기 위한 새로운 루트를 찾던 표트르가 유럽 중심 국가
들과 가까이 위치한 발트해 쪽을 주목한 것은 당연한 일이었다. 그의 판
단은 정확하였다. 러시아의 근대 역사는 표트르가 출발시켰다고 해도
과언이 아니다.

세계 3대 박물관의 하나라고 하는 에르미타주 박물관의 전시관을 대
략 둘러보고 나오는데 뭔가 좀 허전한 느낌이 있었다. 안내자의 설명에
따르면 여느 박물관 못지않게 많은 소장품을 보유하고 있다고 했고 꽤
많은 것을 관람하였는데도 그랬다. 곰곰 생각해 보았다. 허전함은 전시
물이 한 분야(회화)에 지나치게 편중되어 있을 뿐 아니라 역사적으로도
극히 짧은 기간 동안의 전시품만을 보았기 때문인 것 같았다.

러시아는 서구 국가들과 비교해보면 약탈이 가능했던 제국의 역사가

짧고 지배지역이 러시아 인근으로 비교적 좁은 편이었다. 대부분 에카테리나 여제[19] 이후 수집한 예술품으로 소장품이 서구나 러시아 역사에 큰 의미를 갖지 못하는 지역의 것이라는 점 등 많은 차이가 있었다.

대영박물관이나 루브르에서 접할 수 있는 화려한 조각이나 세계 각국의 고대 유물을 많이 접할 수 없는 이유다. 허전함의 정체는 그런 것이었다. 영국이나 프랑스 박물관에 전시된 고대 유물이나 조각의 상당수가 제국주의 시절에 약탈한 물품이라는 것을 고려하면 그리 아쉬울 것도 없는 일이었다.

토스토예프스키가 머물던 곳, 주기율표를 만든 멘델레이프가 다녔던 화학학교, 볼쇼이발레단 공연장…, 시내를 버스로 관광하는데 빠르게 귓가를 스쳐 간 안내자의 설명 내용은 그런 것들이었다. 대략 들어도 이 나라 사람들이 근대 역사에 많은 공헌을 했구나 하는 것을 느낄 수 있었다. 뒤늦은 근대화였음에도 짧은 기간 동안 과학, 문학, 예술에 큰 업적을 남길 수 있었던 것은 서구 문화와 함께 숨 쉴 수 있는 문화와 언어 체계에서 기인한다고 생각한다. 모양이 낯선 철자가 몇 개 있기는 하지만, 로마자와 다를 바 없는 키릴문자와 인도유럽어권의 언어가 아니었다면 아마 오늘날 러시아는 없었을 것이다.

한자문화권 안에서 오랫동안 함께 생활한 우리가 두보의 정서를 공감하면서 한시를 발전시킨 것이나 중국에서 발생한 유학이 조선에서 성리학으로 꽃을 피웠던 것과 다르지 않다.

---

19) 독일 출신으로 표트르 3세의 황후이다. 1762년 궁정 혁명을 통해 남편 표트르 3세를 퇴위시키고 제위에 등극하여 1796년까지 34년간 러시아를 통치했다.(네이버 지식백과)

19. 상트페테르부르크의 호텔

잠에서 깼다. 커튼 사이 틈으로 창밖이 훤한 것을 알 수 있다. 오전 4시, 말로만 듣던 백야를 보고 있다. 엊저녁 9시 반쯤 폴코보공항이 초저녁처럼 훤했을 때엔 '우리도 여름철엔 8시까지 훤하니까 훨씬 고위도 지역인 이곳은 그럴 만하다' 고만 생각했는데 막상 새벽 4시에 훤한 모습을 보니까 우리 사는 곳과는 많이 다른 곳이라는 실감이 난다. 이런 곳에서 정상적인 생활이 가능할까 생각했지만 사람은 어디서나 살기 마련인가 보다. 별 지장 없이 살고 있었다. 이래서 여행이 필요하다. 감각으로 확인하는 것만큼 확실한 것은 없다.

호텔식당으로서는 소박한 분위기다. 세련되지 못하다고 표현하면 어울리겠는데 벽 여기저기에 걸린 유화의 터치가 범상치 않은 것을 보고 그런 생각을 하지 않기로 했다. 찬찬히 살펴보았다. 소박한 분위기는 가구의 소박함 때문이었다. 사실 식당을 너무 꾸밀 필요는 없을 것이다. 멋진 그릇과 식기, 화려한 가구, 조각같이 잘 생긴 웨이터의 서비스가 콜레스테롤 수치를 낮춰주거나 고혈압을 치료해 주는 것도 아니다. 깨끗한 식당, 맛있는 식사로 만족한다. 기분 좋은 아침이다.

호텔 엘리베이터 안벽에 우리가 7, 80년대 사용하던 진주색의 다이얼식 가정용 전화기가 걸려 있다. 비상전화다. 건축 당시 엘리베이터에 넣을만한 비상전화 장치가 생산되지 못했다는 증거다. 보는 사람이 민망함을 느끼는 건 그 모습이 당시 공산주의 경제의 절박함을 드러내고 있기 때문이다.

아마 다양한 상품을 생산하기 어려울 만큼 소비재 산업이 저급한 수준이었거나 산업 간 연계가 잘되지 않았던 체제였을 것이다. 혹은 둘 다

문제가 있어서 보통 사람들의 일상생활이 매우 어려웠을 것이라는 걸 짐작할 수 있는 모습이다.

1976년 냉전이 절정에 달했던 시대에 연해주지역에서 소련의 최신 전투기인 미그 25를 타고 일본을 경유하여 미국으로 망명한 벨렝코라는 소련 공군장교가 있었다. 후일, 이 사람이 미국에서 생활하는 모습을 적은 글이 신문에 연재된 적이 있었다. 당시 고등학생이었던 나는 그와 관련한 글을 읽으면서 깊은 인상을 받았었다.

오랫동안 소비에트 통제 체제에서 수동적으로 살아온 그가 자유 분망한 미국에서 어떤 어려움을 겪는지에 대하여 다큐멘터리 형식으로 기록한 글이었다. 타고 온 비행기는 미국에서 분해되어 베일에 가려있던 소련의 항공공업 수준을 판단하는 데에 중요한 자료를 제공하게 되는데 소련의 소재공업과 항공기술 능력이 알려진 것보다 높지 않아서 매우 놀랐다는 내용도 있었다.

1980년대 말, 소련은 항공, 우주, 무기 등에서 세계 최고의 군산복합 산업체제를 구축하고 미국과 자웅을 겨루는 초강대국이었음에도 불구하고 치약, 비누와 같은 기초 소비재를 우리나라에서 현물차관 해 갈 정도로 경공업이 허약한 상태에 있었다.

그 일은 소련 체제가 붕괴 직전의 막바지에 이르렀을 때이긴 하지만, 오랫동안 공포의 대상이었던 거대한 소련이 신생공업국으로 발돋움하던 우리에게 도움을 청했다는 사실이 묘한 감정을 불러일으켰었다. 우리가 넘볼 수 없었던 공산주의 초강국의 철벽을 넘어서고 있구나 하는 생각도 하였었다.

아무튼 70년대 소련 공군 장교의 자유세계로의 귀순은 우리의 세계관을 바꿀만한 사건이었다. 세계 최고 수준의 중공업과 낙후한 경공업이 병존했던, 불균형한 소비에트 산업체제의 문제점이 여지없이 폭로되던 시절이었다. 엘리베이터가 그 즈음 만들어진 것은 아닐까.

20. 유럽 도시의 운하

상트페테르부르크는 땅이 넓은 나라의 대평원지대에 위치한 도시임에도 단독주택보다 아파트가 일반적 거주형태인 것을 도착 다음날 아침이 되어서야 알았다. 시내 곳곳에서 눈에 띄는 고층아파트는 낡은 정도로 보아서 구소련 시절 지어진 것이 틀림이 없어 보였다. 계획경제 체제하에서 관리효율성을 앞세우는 행정이 집단 거주형태의 주택 건설을 촉진한 것이라 추측하였다.

그런데 그렇지가 않았다. 이미 18세기 초, 표트르대제가 도시를 건설할 때부터 아파트 생활이 일반화되어 있었다고 한다. 그때에도 아파트에 거주하지 않으면 벌금을 물렸을 정도로 강력하게 추진했던 정책이라고 안내자는 설명한다.

왜 그랬을까? 정확한 근거는 알 수 없다. 그러나 짐작은 간다. 오래 전에 보았던 서양사와 관련된 서적에서 프랑스대혁명(1789) 당시까지도 파리 시내 대부분의 주택에 화장실이 없었다는 기록을 본 적이 있다. 그 앞 시대였던 17세기 루이 14세 때에 지은 베르사이유 궁전에 가 보아도 화장실이 없음은 물론이다. 왕과 왕비가 '일'을 보던 자기(瓷器) 변기가 전시되어 있는 것으로 보아 일반주택에 화장실이 없었던 것은 분명하다.

18세기 말, 대혁명 당시까지도 파리의 골목길에서는 온갖 악취로 견

더내기가 쉽지 않았다는 것, 비가 오면 빗물 위로 오물이 떠다니는 것이 보통이었고, 그것을 피하기 위해서 하이힐이 출현했다는 기록도 있다. 당시 유럽 최고의 문명국이 이 정도였으니까 다른 나라 사정은 더 좋지는 않았던 것을 미루어 짐작할 수 있다. 이런 정황을 참고하면 유럽에서 일찍이 아파트와 같은 집단거주시설이 발달한 것은 하수처리와 관련이 있을 것 같다.

14세기부터 시작된 혹독한 역병[20]으로 전인구의 1/3이 사망했던 경험을 한 유럽 도시에서 하수나 오물처리는 심각한 사회문제였다. 오염된 물을 처리할 어떤 기술이나 지식도 없는 시대였지만 하수 배출은 도시 거주자의 생존과 직결되는 문제였다. 과학과 기술이 도시에서 발생하는 문제를 해결해 줄 수 있는 능력보다도 훨씬 큰 규모로 도시가 성장해 있었던 것이다.

당시의 기술과 지식으로는 주택지 가까이 하수를 배출할 수 있는 운하를 건설하는 것, 운하 근처로 거주지를 몰아 놓는 것, 물이 자연정화를 하거나 하류로 흘려보내는 것밖에는 다른 방법이 없었던 것이다. 평야지대에 위치한 유럽의 오래된 도시들에 소규모 인공 운하가 많은 이유는 하수와 오물을 배출하기 위한 것이었다. 상트페테르부르크도 똑같은 이유로 네바강 물줄기를 시 전역으로 끌어들여 인공 수상도시로 만들어 놓았을 것이다.

---

20) 1347년 유럽에서 페스트가 창궐하여 약 2천5백만 명이 희생되었다. 당시 유럽의 인구의 약 30%에 달하는 숫자이다. 이후 1700년대까지 100여 차례의 흑사병 발생이 전 유럽을 휩쓸었다.(네이버 지식백과)

21. 위대한 작가들

밤이 길어서 러시아 사람들이 사색을 많이 하고, 그래서 문학이 발전할 수 있었다는 말이 있다. 하필 한여름에 와서 그것과 정반대 상황을 겪고 있기도 하지만 별로 공감이 가지는 않는 의견이다. 밤이 긴 계절이 있기는 하지만 항상 길지는 않으며 요즘과 같이 밤이 너무 짧기 때문에 러시아인들의 사색 능력이 떨어지지는 않았을 것이기 때문이다.

만약 밤이 길어서 문학이 발달한 것이 사실이라면 낮이 긴 적도 부근에서는 낮이 긴 것으로 나타나는 긍정적인 뭔가가 있어야 하겠지만, 그런 이야기는 들어본 적이 없다.

톨스토이, 투르게네프, 토스토예프스키 등 19세기 러시아에서 위대한 작가가 다수 나타날 수 있었던 것이 밤이 길어서가 아니라는 것은 여전히 긴 밤을 새웠던 20세기 러시아에서 그와 같은 일이 반복되지 않는 것으로 알 수 있다. 그보다는 '난세에 영웅 난다'는 말이 있듯이 위대한 작가들도 난세에 출현하는 것으로 보인다. 19세기 러시아의 사회 환경이 이 위대한 작가들을 탄생시켰다는 의미다.

절대 왕정 하의 서구에서 부를 독점하고 있던 왕족과 귀족의 경제적 지원으로 그들의 취향에 맞는 세련된 고전음악과 위대한 음악가들이 나타났다가 그 시대가 종말을 고하면서 나타나지 않는 것과 마찬가지다. 인간은 자연환경보다 사회환경의 영향을 훨씬 많이 받으면서 문화를 발전시켰다.

작가들이 활동하던 그때 러시아는 근대적 서구 정치체제와 자본주의를 수용하면서 큰 혼란을 겪고 있었다. 절대왕권과 태동하고 있던 시민의 권력이 충돌하고, 전근대적인 농업사회의 전통과 자본주의사회의 윤리가 충돌하면서 러시아는 커다란 사회 갈등에 노출되어 있었다.

말 그대로 난세였다. 혼란한 소용돌이에 어쩔 수 없이 빨려 들어간 인간들의 삶의 모습은 그들의 작품 속에 잘 나타나 있다. 그들이 위대한 것은 혼란과 갈등 속에서도 흔들리지 않는 보편적 가치를 우리에게 제시하고 있기 때문이다. 이 시기에 위대한 작가들이 집중적으로 나타난 것은 문학을 둘러싼 당시의 사회 문화적 환경이라고 보아야 한다.

인간은 자연환경에 적응하고 진화한 것과 함께 사회 환경 변화에 맞추어 스스로를 적응시켜왔다. 최근 한국인이 육류 소비를 급작스럽게 증가시키면서 수만 년 동안 채식 위주로 평형상태를 유지하던 내장 기능에 충격을 주고 있다. 만약 수 세대 안에 이 변화에 적응하는 새로운 평형상태가 한국인의 내장에 조성된다면, 그래서 서구인들처럼 많은 육류를 자연스럽게 소화시킬 수 있는 능력을 갖게 된다면, 이것은 자연환경의 변화라기보다는 소득의 증가라는 사회환경의 변화가 우리 몸을 변화시키는 것으로 해석되어야 한다.

평형상태를 유지하던 사회도 외부의 충격을 받으면 새로운 평형상태에 이르기 위한 과도기적 혼란을 겪기 마련이다. 이 과도기는 난세라고 일컬어진다. 이런 때에는 혼란을 돌파할 새 가치관을 세상에 제시하는 인물들이 출현하기 마련이다. 19세기 러시아 작가들은 그런 역할을 해낸 것이다. 그들은 난세의 영웅들이다.

22. 압축성장의 대가

러시아의 역사는 의외로 짧아서 16세기 모스크바 공국[21] 시대에 비로소 시작된다. 이전에 키예프공국에서 기원을 찾기도 하지만, 키예프의 주인인 우크라이나가 독자적인 언어를 갖고 있는 것과 구소련에서 독립하여 러시아와 전시 상태에 있는 현실[22]을 감안하면, 모스크바 공국으로부터 시원(始元)을 찾는 것이 더 정확한 해석이라고 생각한다.

러시아는 산업혁명과 근대 사회로의 전환 시기도 서구에 비해서 매우 늦은 편이다. 그랬던 나라가 20세기 공산체제에서 단기간에 산업화를 이루고 초강국의 지위에 올랐다가 맥없이 무너진 지금의 모습을 보면 극적이기까지 하다. 소비에트연방은 마치 짧은 생애를 화려하게 장식하고 젊은 시절 사라진 제임스 딘과 비슷한 비극적인 운명을 지닌 나라였다.

1991년 소련체제 붕괴 이후 출발한 러시아는 국제사회에서의 정치적 영향력이 예전만 못하다. 그러나 아직도 지구상에서 미국과 대적할 만한 군사적 힘을 갖고 있는 유일한 나라이다. 이 큰 나라가 급속하게 시장경제 체제로 전환되면서 노출되고 있는 사회 혼란을 보면 60년대 이후 압축성장 과정을 겪은 우리 과거를 답습하는 것 같아서 안타깝기도 하다. 뒤늦게 시장경제와 산업화 과정을 겪은 우리 입장에서 보면 먼저 산업화를 이뤘던 러시아가 우리가 겪은 혼란을 반복하고 있는 것이 아이러니컬하기도 하다.

그러나 혼란은 또 다른 기회일 수도 있다. 혼란에는 선택할 수 있는 여러 길이 있기 마련이다. 우리는 개발의 특정한 시점에서 마주하는 혼

---

21) 공국(公國): 유럽이 봉건제후(諸侯)의 영지로 분할되던 시대의 유물이며, 세습적(世襲的)으로 통치하는 것이 관례이다. 외교·경제·전략적인 이유 등으로 대개 강대국과 강대국 사이에 존속한다. 현재 리히텐슈타인공국과 모나코공국 등의 2국이 남아 있다. 대공이 통치하는 대공국도 같은 종류로서, 룩셈부르크대공국이 그 예이다. (네이버 지식백과, 두산백과)
22) 이 글은 러시아와 우크라이나에 전운이 감돌던 2015년에 쓰여졌다.

란과 그 순간에 선택할 수 있는 최선이 무엇인지를 경험으로 알고 있다. 모스크바 시내에서 앰뷸런스와 소방차까지 불법 택시로 이용되는 현실을 개선하려면 어떤 정책이 유용하고, 부(富)가 소수 계층에 지속적으로 집중될 때에 부의 불균형 상태를 시정하기 위한 합리적 정책 수단이 무엇인지를 알고 있다. 어느 쪽에 라인강이 있고 어느 길이 아르헨티나로 가는 길인지 식별할 수 있는 능력을 갖고 있다.

러시아는 국가 규모나 사회가 처한 상황에서 우리와 큰 차이가 있는 나라이긴 하다. 하지만 적어도 경제문제에 있어서는 우리의 개발 과정이 유용한 모델이 될 수 있다고 생각한다. 정상적인 발전 과정을 단축할 때에는 지불해야 하는 대가가 있다. 그건 대학에 진학한 12살 짜리 천재 소년이 졸업 후에 사회생활에서 어려움을 겪는 것과 똑같다. 압축성장이 발전과정에서 겪고 해결하고 치러야 하는 사회적 비용을 절약하는 듯하지만, 꼭 그렇지만은 않다는 것을 우리는 경험으로 알고 있다.

소비에트 붕괴 후에 러시아에서 폭발한 사회모순과 지금도 진행 중인 정치·사회적 혼란을 보면 오래 전에 치루었어야 할 비용을 뒤늦게 지불하고 있는 것같이 보이기도 한다. 유래가 없다고 할 정도로 단기간에 근대 산업 체제와 시민사회로의 전환에 성공한 우리도 정도의 차이는 있지만 비슷한 비용을 도처에서 지불하였다.

날림공사로 백화점에서 수백 명이 압사당하기도 했고, IMF 사태나 세월호 사건에서는 치밀해 보이던 관료체제가 의외의 허점을 노출하기도 하였다. 경제 발전 수준에 걸맞지 않은 성숙하지 못한 정치의식으로 겪는 혼란도 모두 그런 비용의 일부이다. 우리도 여전히 비용을 지불하고 있고 아마 앞으로도 좀 더 지불해야 할 것으로 보이기는 하지만, 이 나라를 보면서 앞선 나라를 뒤쫓는 이들끼리의 동병상련이랄까…, 뭐 그런 감정을 느낀다.

　앞서갔던 일본의 개발 과정을 참고한 것이 우리에게 큰 도움이 되었듯이 이들도 우리의 경험에서 배울 것이 많이 있다고 믿는다. 혼잡한 길을 피해 갈 수 있는 내비게이션을 갖고 있다면 굳이 혼잡한 길로 들어설 필요는 없지 아니한가.

VI

발트3국

23. 발트3국의 지정학적 위치

12세기 이후부터 20세기 초까지 발트해 인근 지역의 소국들은 덴마
크, 독일기사단, 스웨덴, 폴란드, 러시아 등 주변 강국에게 지배를 받았
다. 유럽 지도를 펼쳐놓고 보면 그들이 왜 이곳을 탐냈는지 이해할 수
있다. 역사에서 찾아낸 몇 가지 그 이유를 열거해 보았다.

1) 러시아가 발트해를 넘어 대서양으로 진출하려면 먼저 이곳을 확보
   해야만 하였다. 이곳이 적대국에게 점령당하면 대서양 진출에 제동
   이 걸리는 상황에 직면하는 데다가, 육로로 서유럽에 접근하는 데에
   도 큰 어려움을 겪게 된다. 독일이나 스웨덴의 입장에서는 러시아를
   견제할 수 있는 요충지로서 중요했을 것이다.
2) 유럽보다 아랍권이 경제와 과학, 문화에서 우위에 있었던 8C~14C

의 수백 년 동안 발트3국 지역은 북부 유럽과 아랍권과의 교역에 큰 이권이 걸려 있는 곳이었다. 또 이곳은 스칸디나비아, 러시아의 서부와 중·남부 유럽과의 육상교역을 위한 훌륭한 중계지가 될 수 있었다. 13세기까지도 주인이 확실하지 않았던 이곳이 경제적 이익과 지정학적 우위를 확보하려는 주변 열강들이 눈독을 들일 만한 지역이다.

3) 18세기 이후 대국으로 성장한 러시아가 대서양으로 진출을 꾀하면서 이 지역을 지배하던 폴란드, 스웨덴과 충돌한다. 러시아가 19세기 말 강국으로 등장한 독일과 이곳에서 자웅을 겨룬 것도 당연한 일이었다. 독일이 이곳을 확보하려던 이유는 북방으로 진출하기 위한 목적보다는 북방 세력의 남하를 막기 위한 성격이 강하였다. 비슷한 시기 영국이 발칸반도에서 러시아와 충돌한 이유와 동일하다.[23]

4) 나폴레옹은 이곳을 경유하여 러시아로의 진출을 시도하였다. 당시 러시아의 수도였던 발트해에 면한 상트 페테르부르그를 먼저 함락시키지 않고서는 그가 목표로 한 모스크바를 점령할 수 없었기 때문이다. 2015년 리투아니아의 카우나스란 도시를 방문하였을 때, 200여년 전 나폴레옹군이 러시아로 진군할 때 파괴된 성 조지성당의 복구 공사가 진행되고 있었다. 그곳엔 나폴레옹이 역사 속에서만 존재하는 것이 아니었다. 지금도 일상에 살아있었다.

5) 2차대전 때, 독일군과 소련군은 발트해의 상트페테르부르그(옛 이름:레닌그라드)에서 870여일 동안 대치하면서 약 400만명의 사상자

---

23) 크림전쟁(1853~1856)을 지칭한 내용이다. 러시아의 대외 팽창정책으로 크림반도에서 시작된 튀르키예와의 전쟁으로, 영국과 프랑스가 튀르키예 편에 서서 러시아의 남하를 막아내려 참전한다.

를 낸 역사상 가장 참혹한 전투가 벌어졌었다.

전략적으로 중요한 위치에 있으면서도, 스스로를 지킬 수 있는 힘을 갖지 못한 나라에 어떤 일이 벌어지는지를 발트 3국까지 가서 찾을 필요는 없다. 최근 한 일간지에서 사학자들의 대화를 소개한 기사를 읽다가 임진왜란 때에 명(明)과 왜(倭)가 이미 한반도 분할을 거론했었다는 내용을 보고 충격을 받은 일이 있다. 한반도의 지정학적 위치가 전략적으로 얼마나 큰 가치를 갖고 있는지 확인할 수 있는 내용이다.

그때에도 그랬지만, 지금도 우리는 이 귀중한 땅을 스스로 지켜낼 자신을 갖지 못하고 있다. 많은 사람들이 전란을 겪을 때마다 다른 나라의 도움을 받는 일을 당연하게 생각하는 경향이 있다. 도움을 받으면 그에 상응하여 대가를 반드시 내주어야만 하는 것은 국제정치의 상식이다.

삼국시대부터 임진왜란, 구한말과 해방 후까지도 위기를 스스로 해결하지 못하고, 다른 세력에 의존해서 우리의 고민을 해결하려다가 겪은 혼란과 대가에 대해서는 부연해서 설명할 필요가 없을 것이다. 우리가 역사를 배우는 이유는 과거에서 미래를 가늠할 수 있는 교훈을 찾고 잘못된 역사가 되풀이되지 않도록 '지금' 노력하자는 데에 있다.

24. 탈린

에스토니아의 수도 탈린. 이 도시에서 가장 높은 곳은 난지도 하늘공원보다도 낮은 곳에 위치한 톰 뻬아 언덕이다. 언덕에는 별 특징이 없는 아담한 모습의 국회의사당이 있다. 의회 앞 주차장 규모가 작아 보여서

의원수를 물어보았다. 101명이란다. 총인구 130만에 그만한 숫자라면 적은 수는 아니다. 최근엔 의원 세비가 이웃 나라에 비하여 지나치게 많은 것이 시민들의 비판 대상이 되고 있다고 했다.

공익을 앞세우면서 시민이 부여한 권력을 빙자하여 사복(私腹)을 채우려는 사람들은 이곳에도 있었다. 국회의사당 부근에는 러시아정교 성당과 네덜란드대사관, 행정기관이 자리 잡고 있었는데 안내자의 설명에 따르면 이들은 언덕의 높이만큼이나 이 나라에서 위세를 떨치고 있는 존재들이었다.

빛이 귀한 북쪽 지역이라 그런지 대부분의 건물 외벽은 옅은 분홍, 노랑, 연두색 같은 밝은 미색으로 단장을 하고 있었다. 창틀은 밖으로 약간 튀어나온 형태라서 양감이 돋보였고 지붕은 얇은 골판지를 이은 모양의 기와다. 지중해 연안 건물처럼 집들의 지붕색이 모두 동일하지는 않았다. 건물이 높을수록 지붕 경사가 심한 것은 겨울철 지붕에 쌓이는 눈을 자연스럽게 낙하시키기 위한 것과 관련이 있을 것이다. 전체적으로 가벼우면서도 안정감을 주는 모습이다.

러시아 국경을 넘어서서 이곳까지 왔던 기억을 되살려 보면 의외로 목조건물이 많지 않았다. 어느 지역에서나 주택은 주변에서 가장 쉽게 구할 수 있는 재료로 짓기 마련인데, 초지를 쉽게 볼 수는 있었지만, 나무가 많지 않았다는 것을 기억해 냈다. 시내를 걷다가 오랫동안 방치된, 외벽이 벗겨진 낡은 건물을 볼 수 있었다.

가까이 가서 들여다보면서 안쪽은 시멘트벽돌, 바깥쪽은 붉은 벽돌로 쌓고 겉에 시멘트나 회벽을 두텁게 바른 것을 볼 수 있었다. 어디서나 흔히 볼 수 있는 건물 구조다. 남부 유럽과 달리 건재로 사용할 돌이 귀하고, 중부 유럽과 같이 나무가 흔하지도 않은 곳이었다. 나무를 구할 수 있다고 해도 건축 재료로 사용할 만큼 단단하지 못할 수도 있다. 아무튼 주택에 나무가 많이 활용되지는 않는 곳이다.

탈린에서 오가는 승용차를 한참 보다가 뭔가 다른 분위기가 있는 것 같았는데, 그것이 무엇인지 집히지 않다가 문득 눈에 띄는 것이 있었다. 프랑스나 이탈리아와 달리 소형 승용차가 거의 보이지 않았다. 서울에서 모닝이나 스파크를 보는 빈도보다 훨씬 낮았다.

도로를 주행중인 차 중에는 폭스바겐이 가장 많이 보였는데 르노, 푸조, 다치아, 스코다, 비엠더블유, 소수의 현대, 기아와 일본 자동차 등 유럽의 다른 지역과 비슷하였다. 하지만 대부분이 준중형급 이상이었다. 유럽의 다른 곳보다 소득이 낮은 지역이라는 것을 고려하면 선뜻 이해가 되지 않았다.

그러나 사람들이 어떤 규모의 승용차를 소유하느냐 하는 문제는 소득 수준보다도 주거환경이나 도시 발생 시기와 연관이 있다고 보면 납득 못할 일도 아니다. 로마나 파리 시민이 소형차를 선호하는 것은 발트 사람들보다 소득이 낮거나 검소한 생활이 몸에 배어서라기보다는 자동차가 출현하기 훨씬 전, 마차 통행에 맞추어진 좁은 도로 때문이다.

고색창연한 겉모습이 그럴듯해 보이기는 하지만, 도심의 오래된 빌딩이나 거주지에는 주차장이 없어서 좁은 길 가장자리에 주차할 만한 소형 이상의 자동차 소유가 어려운 것이다. 적어도 자동차를 소유하는 문제에 있어서는 발트 3국이 소득이 높은 남쪽 유럽보다 나은 조건을 갖고 있었다. 19세기 이전에 도시화가 시작된 일본도 자동차가 나타나기 전에 이미 좁은 도로와 주거형태가 도심에 틀을 잡고 있었다.

그래서 그곳에 거주하는 많은 사람들이 경차를 선호할 수밖에 없는 환경이 조성되었다. 우리나라와 아시아 지역의 많은 도시에서 소형차를 찾아보기 힘든 것은 그 도시들이 19세기 말 자동차가 출현한 이후 발전하면서 도로가 개설되었기 때문이다.

25. 진정한 힘, 문화

이 조그마한 나라들이 지역 열강들 틈 속에서 독립국가로 살아가는 모습을 보면 기특하기도 하고, 한편 착잡하기도 하다. 주변국들에 오랫동안 시달려 온 우리 입장에서 보면 남의 일 같지 않아서다. 그럼에도 객관적 입장에서 발트3국과 우리나라를 비교하는 것은 좀 무리다. 오직 국토 면적에서 3국을 합하여 한반도의 70%에 이를 뿐 인구, 국력, 국제적 위상 등 모든 면에서 비교 대상이 될 수 없는 나라들이다.

그렇지만 지정학적으로 중요한 위치에 있으면서 주변 국가와 비교하면 상대적으로 약소국이라는 공통점을 안고 있다. 현재 이들은 서방(EC)과 러시아의 관계에 얽혀 있으며, 우리는 미국, 중국, 러시아, 일본 등의 이익 교차점에 위치하면서 분단된 상태로 대치하고 있는 상황이다. 3국의 모든 이해관계가 EC와 같은 방향으로 움직이고 있는 데 반해서 우리는 경제적으로는 중국에, 정치·군사적으로는 미국에 의존하고 있다는 차이가 있다.

민족과 국토를 항구적으로 유지하기 위해서는 물리적 힘을 배양하는 것만큼이나 국가의 근본적인 힘을 키우는 노력이 필요하다. 한국이나 이들 국가가 그나마 독립된 단위로 살아남을 수 있었던 힘의 근원은 군사력이나 경제력만은 아니었다.

에스토니아의 주류가 핀족[24]에서 유래한다고 해도 핀란드와 다른 독자적인 문화를 보전하고 있다는 것. 라트비아와 리투아니아가 폴란드나 러시아, 독일의 영향을 강하게 받으면서 성장했지만, 꾸준하게 자신들의 정체성을 만들어 온 것을 이곳저곳에서 확인할 수 있었다. 이들을 살아남게 한 진짜 힘은 주변국과 구분할 수 있는 독자적인 문화였다. 가장 뚜렷하게 구분할 수 있는 것이 언어다. 말과 글자는 문화의 핵심 코드이다. 자그마한 이 세 나라를 주변 강국과 가르는 국경선은 언어의 경계선이었다.

오늘날 국경선은 물리적 힘의 균형선일 뿐만 아니라 문화의 경계선이기도 하다. 과거에 힘으로 획정된 국경선조차도 문화의 경계선으로 성격이 바뀌어 있다. 경계선 안에서 다양한 문화가 공존하는 나라가 없는 것은 아니지만, 그런 나라에서도 선도하는 주류문화가 있고, 그것이 국경을 이루고 있다. 문화를 만들어가는 다양한 소재 중에서도 핵심적인 것은 언어다. 사실 언어 자체로는 아무 힘이 없어 보이지만, 언어로 생각의 틀이 확립되면 그것을 바탕으로 문화가 견고하게 만들어진다. 문화는 고유한(일관된) 생각의 틀이 다양한 방면으로 구체화 된 모습이라고 할 수 있다. 일단 이것의 원형이 만들어지기만 하면 무력으로도 부수어지지 않는다.

일찍이 김구 선생이 식민지배 하에서도 '세계에서 가장 아름다운 나라가 되기 위해서는 문화의 힘을 배양하는 것이 중요하다'고 말씀하신 이유다. 한족(漢族)이 그들을 무력으로 정복한 몽고족이나 만주족을 소멸시킨 것은 대포가 아니라 한어를 바탕으로 구축한 그들의 강력한 문화였다. 그 문화의 핵심은 한자(漢字)다.

---

24) 핀란드를 중심으로 스칸디나비아반도 등 북유럽에 거주하는 우랄알타이어계에 속하는 인종. (네이버백과사전)

오랫동안 변방에 머물던 우리 문화가 최근 한류라는 이름으로 세계적인 화제를 불러일으키고 있어서 기쁘고 흐뭇하기 이를 데 없다. 힘을 키운 문화가 자연스럽게 외부로 흘러넘치는 일이기 때문이다. 역사적 인물의 이야기나 평범한 일상에 녹아있는 우리 문화가 TV 드라마에 담겨서 널리 알려지는 것, 한글과 우리말을 접하면서 우리 문화에 익숙해진 외국인이 많아진다는 것은 역사적으로도 큰 사건이 아닐 수 없다.

지난 세기 내내 문화는 항상 외부로부터 유입되고 배우는 것으로만 알고 있었기에 더욱 그러하다. 이 기회에 식민지 시대와 해방 이후 받아들였던 외래문화에 손상된 우리 것이 있지 않은지, 필요 이상으로 중독되지는 않았는지 살펴보고 우리 문화의 본질과 근간에 대해서 깊이 생각해 보면 좋을 것 같다. 좋은 것은 살리고 받아들이면서, 버릴 것은 잘라 내어 만대를 번성케 할 일이다.

26. 토지생산성

에스토니아에서 차창 밖으로 가장 흔하게 보이는 장면은 넓은 초지가 하늘과 맞닿아 있는 모습이다. 가끔 보이는 농가는 말 그대로 '푸른 초원 위에 그림 같은 집'이다. 산이라고는 볼 수 없는, 남한 반 정도 넓이에 130만이 산다는 말을 듣고 퍽이나 여유롭게 사는 것이 부럽다고 생각했다. 길가의 드넓은 초지에 비육우나 젖소가 많이 보일 것 같았지만 그런 모습을 볼 수는 없었다.

참 이상하다. 간혹 초지를 개간하여 농사를 짓는 곳이 있었다. 위치로 보아서는 동일한 조건에 있는 듯 보이는데 어느 곳은 농사의 흔적이 있고, 어느 곳은 어떤 흔적도 볼 수가 없었다. 조각 땅만 있어도 상추를 심는 우리 상식으로는 이해하기 어려운 모습이다. 아마 넓긴 하나, 지력이 약하여 식물 성장이 어려워 땅을 돌아가면서 농사를 짓는 것이 아닐까 추측해 보았다.

의문은 안내인의 설명을 듣고 풀렸다. 초지는 그나마 조건이 좋은 곳이었다. 보기에 아름다운 땅의 많은 부분은 늪지로 경제적 가치가 매우 낮은 곳이어서 땅이라고 부르기도 어려운 곳이었다. 널찍하게 사는 이유를 이해할 수 있었다.

'좁은 땅에 많은 인구'가 입에 붙은 우리들이다. 이번 여행을 통해 얼마 되지 않는 좁은 땅에서 그것도 전체 넓이의 10% 내외의 가용면적에서 오천만이 살아야 하는 상황이 반드시 나쁜 것만은 아니라는 것을 깨달았다. 좋지 않은 생활환경으로 알고 있던 우리 땅의 경제적 가치에 대해서 다시 생각해 보는 계기가 되었다. 이곳은 인구에 비하여 넓기는 하나 토지의 생산성이 매우 낮고, 대부분의 땅이 사람이 거주하기 부적합한 환경이라서 인구밀도가 낮은 것이다.

여유 있게 사는 듯 보이지만 사실은 130만 이상의 사람이 살 수 있는 조건이 되지 못하기 때문에 그렇게 사는 것이다. 좁은 곳에서 많은 사람들이 함께 살다 보면 불편한 것이 많기는 하지만, 오천만이 살고 있다는 것은 그만한 삶의 조건을 갖추고 있기 때문이다. 그것이 토지의 생산성일 수도 있고 산업경쟁력일 수도 있다.

어떤 사람들은 우리의 성장이 선천적인 부지런함 때문이라고도 하고, 또 교육의 힘이라고도 한다. 개중에는 물질을 우선하는 이기심이 동력이 되었을 거라는 부정적인 표현을 하는 사람도 있다. 어찌 되었든 분명한 사실은 이들이 수백만밖에 먹여 살리지 못하는 땅 넓이에서 우리는 오천만이 그들보다 더 높은 생활 수준의 삶을 누리고 있다는 점이다.

27. 타르투 대학

에스토니아 제2의 도시인 타르투를 방문하였다. 제2의 도시라고 해도 인구가 10만이 좀 넘는 규모라 시내는 한산하였다. 수백만, 몇조와 같은 거대 단위에 익숙한 나로서는 서울시 2~3개 동(洞) 정도 인구와 동네 주민센터보다 조금 큰, 아담한 시청사를 보고 웃음을 참을 수 없었다.

10만 주민이 사는 곳을 도시라고 해야 하나 하는 생각도 해 보았지만, 사실 도시가 꼭 커야 할 이유는 없다. 큰 것, 많은 것을 기준으로 줄을 세우는 좋지 않은 습관 때문에 보지 못하는 삶이 있다면 오늘 그 모습을 볼 수도 있을 것이다. 에스토니아에서 가장 오래된 대학인 타르투대학을 방문하기 위해서 길을 나섰다.

대학이라고 해봐야 울타리가 있는 것도 아니었다. 시가지 주변 이곳저곳에 건물이 흩어져 있는 것이어서 특별하게 캠퍼스 분위기가 형성되어 있지도 않았다. 가장 인상 깊었던 것은 아담한 조형물이었다. 최초의 에스토니아인 입학생의 동상이다. 동상을 대면하는 순간까지도 입학생을 기념하는 이 사람들의 뜻을 선뜻 이해할 수 없었다.

그런데 안내인의 설명을 들어보니까 이들에게는 의미를 새길 만한 사연이 있었다. 1632년 당시 스웨덴의 구스타브 2세에 의해 설립된 타르투대학에는 지역의 실질적인 지배층을 형성하고 있던 독일 귀족 자제들만이 다닐 수 있었다. 대부분이 농노였던 에스토니아인들은 19세기 이 도시를 지배한 제정 러시아에 의해 농노제도가 폐지되면서 비로소 대학에 입학할 수 있는 자격이 주어졌다고 한다. 농노였던 이들에게 엄청난 축복이 주어진 것이다. 처음 입학한 사람을 영원히 기억하기 위해서 동상을 세울 만큼.

후에 이 학교는 에스토니아의 지성과 문화운동을 이끄는 중심이 된다. 19세기 중반, 이웃 나라 리투아니아의 빌뉴스대학교가 폐교된 이후로는 발트 연안의 유일한 대학교가 되어 3국의 문화적 기틀을 만드는 중심지로 발전한다. 유럽 문명을 출발시킨 곳이 아테네라고 한다면 발트 3국의 문화는 이곳 타르투대학에서 시작했다고 해도 과언이 아니다.

근대 유럽에서 초등교육은 일상생활에서 필요한 기초지식과 생활 습관을 형성시키는 교육에, 중등교육은 직업교육과 사회통합을 위한 가치관 교육에 중점을 두고 있었다. 이에 비하여 대학은 국가, 민족, 지역 사회의 문화와 과학을 보존하고 창조 발전시키는 근거지 역할을 하였다.

대학 교육의 질과 폭은 사회 발전 수준과 정체성의 숙성도를 가늠할 수 있는 척도가 된다. 발트 3국의 정체성은 현지인의 대학 교육이 시작되면서 분명해진 것으로 보인다. 만약 타르투대학이 지역문화 발전을 선도하는 역할을 해내지 못했다면 아마 발트 3국이 오늘날과 같은 독립 국가로 존립하지는 못했을 것이다.

대학 교육의 기능이 시대에 따라 많은 변화를 겪긴 하였지만, 취업에 올인하는 우리 대학과 대학생들의 모습이 안타깝기도 하고 걱정스럽기도 하다. 물론 이런 경향의 책임이 전적으로 대학생들에게 있는 것은 아니다.

28. 라트비아

에스토니아 국경을 넘기 전에 합살루라는 조그만 도시의 기차역 앞 광장에 잠시 들렀다. 역으로서의 기능은 잃어버린 곳이어서 예전에 기차가 머물던 장소 이상의 의미는 없는 곳이다. 때마침 역 부근 광장에는 밴드 공연으로 수백 명의 사람들이 몰려 있었는데 그 많은 사람 거의가 노랑머리인 것이 너무나 신기했다. 할리우드 영화를 수없이 보아왔지만, 장신의 노랑머리가 그렇게 많이 모여 있는 모습을 한눈에 본 것은 처음이었다.

에스토니아와 라트비아의 국경은 조그만 동네 도로의 중간을 가로지르고 있었다. 국경이라고 해봐야 검문소가 있는 것도 아니고, 그저 시골 마을의 조그만 사거리에 눈에 잘 띄지도 않는 이정표가 하나 서 있는 정도였다. 그러나 이곳을 지나서 라트비아의 수도인 리가 쪽으로 갈수록 이전 장면과 다른 모습이 눈에 띄었다.

에스토니아인은 키가 크고 금발에 푸른 눈의 사람들이 많았지만 이들은 좀 작고 금발의 비율이 현저히 낮았다. 낡고 보수가 되지 않은 건물이 자주 눈에 띄었고, 버스는 어디서나 도로 위를 튀어 다니고 있었다. 사회간접자본 관리가 제대로 되지 않고 있었다. 수도 중심가에서도 중앙선 페인트칠이 벗겨져서 구분이 안 되는 곳이 많았다.

대중교통수단으로 버스보다는 트램의 의존도가 높아 보이는데 대부분 차령이 4,50년은 족히 되어 보였다. 최근에 지은 새 빌딩이 가끔 눈에 띄기도 하였지만 전체적으로 구소련의 분위기가 진하게 남아 있었다.

이웃 나라 에스토니아는 방문객이 연 1,000만을 넘을 정도로 관광객이 많은 나라다. 여행을 떠나기 전 TV 광고에 등장하는 수도 탈린의 모습은 마치 동화 속 나라처럼 아름답기 이를 데 없었는데 실제 모습도 그것과 크게 다르지 않았다.

그러나 라트비아의 모습은 좀 달랐다. 여행객 시선을 끌 만한 문화 유적도 많지 않았고, 인구가 에스토니아의 거의 두 배에 육박하였지만, 농업 이외의 특별한 산업이 있는 것도 아니라고 하였다.

자유 관광 시간에 리가 시청 앞 광장 근처에서 볼만한 곳을 찾아보았다. 성베드로 대성당 꼭대기를 오르기로 하였다. 이곳은 높이가 70m 정도로 엘리베이터를 타야 한다. 그런데 탑을 두 바퀴를 돌아보았지만 승강구를 찾을 수 없었다.

때마침 배낭을 멘 동양인이 눈에 띄어 접근해 보았다. 일본 젊은이였다. 몇 마디 말을 건네 보았다. 이 친구는 이 건물을 엉뚱한 다른 성당으로 알고 돌아보고 있었다. 내가 그에게 도움을 받으려 하였지만, 그가 나에게 먼저 묻고 있었다. 해외에서 나보다 나사가 헐렁한 사람을 처음 만나는 순간이었다.

한참을 헤매다가 그날은 개방을 하지 않아서 오를 수 없다는 말을 듣고 포기할 수밖에 없었다. 와중에 광장 한 켠에 '1940~1991 점령기 박물관'이 눈에 띄었다. 입구에는 투명 플라스틱으로 만든 자발적 모금함이 매표소를 대신하고 있었다. 선뜻 10유로를 넣고 2층에 올랐다.

동양인은 우리 둘뿐이다. 하긴 광장에서도 한국인 30여명(＋일본인 1명) 이외에 동양인은 없었으니까 당연한 일이다. 잠깐 동안의 관람으로 이들의 아픈 과거를 모두 이해할 수는 없었다. 하지만 나치 점령 하에서 유대인 수난이 이곳을 피해가지 않았다는 것, 1930년대 연해주에 거주하던 우리 동포들이 중앙아시아로 강제 이주를 당했듯이 2차 대전 후

스탈린 치하에서 독립운동과 관련하여 전인구의 2.6%가 시베리아로 강제 이주 당했다는 것을 알았다.

우리는 아무 관심이 없었지만, 6,70년대 이후에 구소련 치하에서도 미국을 비롯한 서방 진영 국가를 근거지로 지속적인 독립운동을 벌여왔다는 것도 알았다. 독립 투쟁의 먼 길을 돌아오면서 우리와 비슷한 고통을 겪은 사람들이었다.

저녁에 호텔 근처 산책을 하면서 거리를 지나는 낡은 트램 안 사람들의 맥없는 모습을 보았다. 이곳 사람들의 생활이 녹녹지 않다는 것을 암시하는 것 같았다. 많은 어려움 끝에 독립을 쟁취한 라트비아인들이 원하는 대로 발전해서 행복해지기를 충심으로 기원하였다.

29. 리투아니아 망자의 날

안내인에게 재미있는 이야기를 들었다. 리투아니아에는 일 년에 하루 '망자의 날'이 있다는 것이다. 해마다 11월 2일 저녁에 음식을 정성껏 만들어서 가족과 함께 식사하고 돌아가신 조상이나 친지들을 마음에 되새긴다고 한다.

추수가 끝난 후에 조상의 은덕을 기리는 것은 몽골계통 민족의 풍습으로만 알고 있었는데 리투아니아에 비슷한 풍습이 있다는 것에 매우 놀랐다. 이들의 풍습이 우리 제사와 거의 같은 양식이기 때문이다.

미국에 추수감사절이 있지만 그 유래는 우리와 다르다. 추수감사절은 신대륙에 처음 도착한 백인 중에서 살아남은 사람들이 첫 수확을 하면서 정착을 도와준 인디언(이들도 몽골계통이다)에게 감사하는 축제를 연 것에서 비롯된 풍습이다. 그러니까 유럽인들 본래의 풍습은 아니었다.

그런데 망자의 날에는 저녁 음식을 먹을 때부터 창문이나 방문을 열어놓는다는 것과 망자를 위한 음식을 밤새 두었다가 다음 날 걸인들에게 나누어 준다는 말을 듣고는 놀라지 않을 수 없었다. 얼마 전까지도 이들은 음식을 무덤가에 갖다 놓았다고 한다. 제사 때에 우리가 하는 풍습과 같은 패턴의 의식이다.

에스토니아 사람들이 아시아의 피가 일부 섞인 핀란드에서 기원한다는 것은 언어의 유사성으로 금방 납득이 되었지만, 리투아니아 사람들의 기원에 대해서는 확실한 근거를 알 수 없던 차에 퍼뜩 떠오르는 생각이 있었다.

1980년대 이후 알려진 우리 민족의 시원에 얽힌 내용 중 환단고기[25]에 제시된 9민족 12연방에 관한 것이 있다. 실증사학자들은 환단고기의 출처나 내용에 대하여 부정적이지만, 이와 관련해서 최근에 중앙아시아 여러 나라 사학계에서 구체적 증거들을 제시하고 있다.

이 내용에 따르면 12연방은 바이칼호를 중심으로 유목을 하던 9민족(우리를 포함한 동이족도 그 중 한 갈래다)이 시계방향으로 돌아가면서 유목을 하였는데, 활동 범위가 동쪽의 중국 동북부 지역에서 몽골과 시베리아 남부 초원지대를 거쳐 크림반도가 있는 우크라이나 근처에 이르는 광대한 지역에 걸쳐 있었다는 것이다.

크림반도 주변에 몽골 피가 섞인 타타르인이 오래 전부터 거주하는 것으로 우리의 상상력이 사실일 수 있다는 개연성이 엿보이기도 한다.

---

25) 이유립이 1979년에 출간한 책이다. 고대부터 전해지던 역사서 4권을 계연수가 묶은 것이라 주장하였으나 국내 역사학계에서는 위서(僞書)로 판단하여 사료로 취급하지 않는다. (위키백과)

그런데 9민족 중 하나인 동이족의 이동과 연관시킬 수 있는 풍습을 이곳에서 확인한 것이다.

현재 외모를 보아서는 믿어지지 않지만, 핀족(핀란드인)에게 아시아인의 피가 섞여 있다는 것은 이미 알려진 사실이다. 핀어와 에스토니아어는 우리말(우랄 알타이어)과 같이 전치사가 명사의 뒤에 놓인다는 점에서 우랄알타이어(돌궐어, 몽골어, 만주어, 한국어 등)의 영향이 있었다는 것은 틀림이 없는 것 같다.

하지만 그런 언어구조가 어떤 경로로 그곳까지 전달되었는지는 알려진 내용은 없다. 그러나 리투아니아에 유럽의 다른 나라에서 볼 수 없는, 몽골계통과 유사한 조상 숭배 풍습이 남아있는 것으로 보아 크림반도 동쪽까지 영역을 넓혔던 몽골인의 일부, 또는 그들 풍속이 우크라이나와 폴란드를 거쳐서 이곳으로 흘러서 가지 않았을까, 그 흔적이 풍습으로 남아있는 것은 아닐까 하는 생각을 해 보았다.

핀란드어에 남아있는 전치사의 흔적도 시베리아 북쪽 지역을 거쳐 전달되었다고 추측하기에는 기후나, 지형으로 보아 무리가 있기 때문이다. 오래 전, 우리와 하나의 문화공동체 안에 있었던 사람들의 흔적이 리투아니아와 에스토니아에 그리고 핀란드에 점점이 남아있다고 하면 지나친 상상일까.

30. 통합

연전에 받았던 연수 중에 강사 한 분이 "인생은 독고다이"라고 해서 한참 웃은 적이 있다. 독고다이는 일본말로, 스스로 결정하여 홀로 일

을 처리하거나 그런 사람을 속되게 이르는 말이다. 점잖은 분이 외래 은
어를 사용하는 것이 어울리지는 않았지만 공감이 가는 말이기도 하다.

인생뿐이겠는가. 국가가 사는 일이야말로 독고다이가 아닌가 싶다.
독고다이 정신을 잃으면 언제 끝장날지 모르는 것이 국가의 운명이다.
그런 면에서 독고다이로서 살 수 없는 이곳 세 나라의 운명은 자못 심각
하다. 영토, 인구, 자원, 지정학적인 입장에서 아무리 좋은 전망을 해 보
아도 자력으로 나라를 보전해 나가기는 어려울 것이기 때문이다.

발트지역은 13세기 초, 덴마크가 에스토니아 북부지역에 진출하여
탈린을 건설하고 토착민을 정복하면서 역사에 최초로 등장한다. 14세
기 중엽, 덴마크가 이곳을 독일기사단에 매각한 후 16세기 중반까지 독
일의 식민지로, 20세기 초까지는 스웨덴, 폴란드, 러시아의 지배 아래
있었다. 그러다가 1917년 제정 러시아가 붕괴되고 나서 1920년이 되어
서야 비로소 독립 국가로 국제무대에 등장한다.

그러나 그것도 잠시뿐이었고 1939년에 맺어진 독·소 불가침조약으
로 소련의 일부로, 2차 대전 중에는 독일의 점령지로, 전후 다시 소련으
로 편입되었다가 소련 붕괴와 함께 1991년 독립을 성취하였다. 간단히
보아도 소멸하지 않고 독립 국가로 살아남은 것이 신기한, 파란만장한
사연을 간직한 나라들이다.

중국 역사에서는 힘과 문화에서 우월한 지위에 있는 한족에 의하여
주변 대부분의 종족이 통합되어 온 것을 본다. 그러나 유럽에서는 서로
마제국 멸망 이후, 한족과 같은 압도적 지위에 있는 종족이 없기도 하
였지만 통합보다는 분열과 대립을 거듭하며 발전해 온 것이 흥미롭다.

서구 역사에서는 모순되는 두 방향의 움직임을 본다. 물리적 힘에 의
한 정치적 통합을 지향하는 것과 동시에 독립된 문화 단위로 분열되어

가는 과정이 그렇다. 일정한 수준에서 경제 통합을 이룬 EC가 이젠 정치적 통합까지 욕심을 내고 있지만, 1990년대 중반 이탈리아에서 득세하였던 북부동맹의 분리 독립운동, 중앙정부와 지속적인 갈등상태에 있는 스페인의 카탈루니아와 스코틀랜드의 영국으로부터 분리독립 시도 등 곳곳에서 분열 움직임을 보이고 있기도 하다.

1990년대 유고연방의 해체 과정에서는 단지 6개 국가가 문화 주권을 보유하면서 정치통합을 유지하는 것이 얼마나 어려운 일인지 보여준 바가 있다. 2015년 그리스 재정 위기 사태로 불거진 이해관계에 따른 남북 유럽의 분열된 모습도 서유럽의 정치통합이 쉽지 않다는 것을 보여준다.

더구나 발트지역만을 놓고 본다면 정치적 통합이라는 것이 가능한 것인가 하는 의심이 들기도 한다. 세 나라를 다 합쳐서 인구 수백만에 불과한 소국들이 8세기 동안이나 이민족의 지배를 받으면서도 그들에게 통합되지 않았다는 것이 믿어지지 않지만 사실이다. 이질화된 문화와 다양한 이해관계를 하나의 정치체제로 통합하는 것이 얼마나 힘든 일인지는 유럽 역사 곳곳에서 볼 수 있다.

우리 이야기를 하자면, 분단의 시간이 길어지면서 남북 간의 문화가 이질화되는 것을 우려하지 않을 수 없다. 이미 진행된 이질화를 극복하기 위해서는 앞으로 많은 노력이 있어야 할 것이다. 어느 시대, 어느 곳에서나 그랬던 것처럼 우리 역사에서도 통합과 분열 사이에서 끊임없이 갈등을 겪었던 모습을 볼 수 있다.

지금의 갈등을 궁극적 통합으로 가는 과정에서 치러야 할 대가로 받아들이고 함께 노력한다면 통합은 꼭 이루어질 것이라고 믿는다.

VII
서유럽

31. 유럽 중심의 낡은 역사관

현대 역사가 막 출발하던 19세기와 20세기 전반, 유럽인들은 세계 어느 지역보다도 우월한 문화와 역사를 갖고 있다고 자부하였다. 실제로 그들의 자부심을 부인하기는 어려운 상황이었다. 유럽인의 시각에서 식민지 약소국들의 역사는 그들의 주변부로서 또는 제국 역사의 일부로서만 의미가 있었다. 이후로 유럽의 위대함은 우리의 역사교육에서도 부동의 사실로 인정되었으며 별다른 비판 없이 수용되었다.

교실에서도 세계사는 서구역사를 중심으로 학습하였다. 일본의 식민사관은 유럽제국의 관점에서 아시아 역사를 수용한 일본이 동일한 관점으로 한국과 중국을 내려다본 것이다. 19세기 말, 근대화에 성공한 일본은 서구와 이해(利害)를 함께한다고 생각하였다. 유럽에서 이미 지난 세기에 폐기된 이같은 시각을 일본은 아직도 교정할 생각을 하지 않고 있다.

1885년 후쿠자와 유키치가 한 일간지에 게재한 〈탈아론; 脫亞論〉은 일본의 강자동일시 전략이었다. 그는 당시 일본이 '아시아의 고루한 태도를 벗고 서양 문명으로 옮겨 갔다'고 하면서 일본이 조선·중국과 유전적, 인종적으로 또 교육에서 구별된다고 주장하였다. 후쿠자와는 일본을 서구 제국주의 국가와 동일한 수준으로 끌어올리고 싶어 했다.

당시 일본의 실상은 1875년 강화도조약 때만 해도 동원한 전함을 영국에서 빌려 올 정도의 수준으로 우리가 생각하는 것만큼 산업생산의 수준이 높지는 않았다. 그들 자신도 서양 열강과 불평등 조약을 맺고 있는 상황에서 조선과 중국을 미개한 인종으로, 식민의 잠재적 대상으로 보기 시작한 것이다.

그는 1894년에 구체제 개혁과 신분 해방을 주창한 동학농민운동을 평가하면서 조선 사람을 소와 말, 돼지나 개로 비하하기도 했다. 후쿠자와가 세계를 야만과 문명, 미개와 개화의 이분법으로 보는 당시 서구의 역사관을 그대로 수용하고 있음을 보여준다. 이 같은 시각은 제국을 운영한 서구의 관점, 그것의 아류인 일본의 입장에서 기술한 것으로서 우리는 이같은 역사 시각을 '식민사관'이라 일컫는다.

제국주의가 점차 세를 잃어가면서 여성의 참정권이 허용되고 백인 남성 중심의 가치가 소수 인종이나 원주민, 사회의 낮은 계층에게까지 평등하게 적용된 것은 20세기 중반 이후다. 20세기 초까지 세계사의 중심은 영국과 프랑스에 집중되었다가 점차 독일, 이탈리아, 러시아, 스페인으로 넓혀졌다. 그들의 민주적 관점이 비서구지역과 일반 대중의 생활양식으로까지 확대된 건 역사와 경제사에 문화사가 도입되기 시작하는 1980년대 이후의 일이다.

당시에는 정치사 위주의 전통적인 역사 연구가 실제 역사에 큰 영향을 미쳤던 보통 사람의 삶을 반영하지 못한다는 비판에 노출되어 있었다. 이 관점은 한 시대의 사회 정체성을 파악하는 데에 평범한 사람들의 삶이 중요한 요인이라는 생각에서 유래한다. 이런 흐름은 다시 세계의 연결성, 환경, 종교, 인종, 식민 통치로 범위를 넓혀 나아간다.

우리가 일본과 겪고 있는 역사 해석의 문제는 이 같은 역사학의 흐름과 맥을 함께한다. 지나치게 자국 중심이며 고루한 역사 관점에서 벗어나지 못하는 일본과 그것의 시정을 요구하는 한국과의 갈등이다. 후쿠자와 유키치 이후 일본의 역사 관점은 제국주의 시대에 성립한 서구 역사관의 아류 수준을 벗어나지 못하고 있다.

그때의 역사관이 일본의 독특한 국가주의적인 경향과 뒤섞여 형성된 것이 지금까지 큰 변화 없이 이어져 내려온 것이다. 어느 나라도 사실을 말하지는 않지만, 한 국가의 대외정책은 암암리에 자국의 역사관을 내포하고 있다. 한국과 일본 사이의 역사 갈등은 넓게 보면 서구 중심의 낡은 역사관이 힘을 잃으면서 동시에 비서구권의 영향력이 신장되고 있는 경향과 관계가 있다.

서구 중심의 관점을 비판하는 역사관이 힘을 얻으면서 일어나는 자연스런 현상이다. 두 사관이 타협하여 일관된 관점을 갖게 되기에는 꽤 시간이 걸리긴 하겠지만, 아마 그때가 되어야 비로소 갈등이 풀릴 수 있을 것이라고 생각한다. 그러나 역사학은 과거를 어떻게 해석하느냐를 주제로 한 학문이다. 아무리 객관화한다고 해도 특정 관점을 벗어날 수 없다. 관점이 연구자 개인이나 국가의 이해를 벗어나기 어렵다면 어느 일방이 무조건 항복하기 전에는 이 문제가 해결되기는 어려울 것이다. 아마 그런 일은 앞으로도 일어나지 않을 것이다.

32. 영국

영국의 전성시대는 이미 20세기에 들어서면서부터 저물고 있었다. 여전히 드넓은 식민지 영토를 점령하고 있던 대제국이었지만, 본토에서의 생산력은 19세기 말부터 독일에 밀리고 있었다. 1,2차 세계 대전 발발 원인은 영국을 넘어서는 경제력에도 불구하고 거의 식민지를 확보하지 못했던 신흥 강대국 독일과 국력의 규모에 걸맞지 않은 식민지를 지배했던 영국의 충돌에서 찾아야 한다.

양 대전에서 영국이 버틸 수 있었던 것은 또 다른 신생 강국이던 미국의 도움이 있었기 때문이다. 대전 후 최강의 위치는 미국에게 넘겨주었지만, 국제사회에서의 영향력은 여전히 강력하다. 아마 잔존한 영국의 영향력은 경제력보다는 현대사회 성립 과정에서 정치, 과학, 기술, 문화 등 여러 방면에 역사적 기여를 한 것에서 유래하는 것으로 보인다.

현재 금융을 비롯한 3차산업을 중심으로 산업을 재편한 영국의 제조업 생산액은 우리나라의 60% 정도에 불과할 정도로 약해져 있다. 참고로 한국은 현재 중국, 미국, 일본, 독일 다음으로 제조업 생산능력이 큰 나라다. EU에서 독일 경제가 지닌 강력한 힘에 떠밀려 가는 영국의 뒷모습은, 중심에서 변경으로 밀려나는 노대국의 서글픈 자존심을 보는 것 같다. 얼마 전에 영화로도 상영되었지만, 2차대전 개전 초기, 유럽대륙에 주둔하던 영국군이 벨기에 덩케르크 해안에서 독일군에 쫓겨서 쪽배를 타고 황급하게 본토로 철수하던 모습과 겹쳐진다.[26]

반면에 독일은 영국을 상대로 두 번의 대전을 치루고도 이루지 못한

---

26) 영화 〈덩케르크〉는 2017년도에 개봉한 영화로 크리스토퍼 놀란 감독이 2차 대전을 소재로 만든 작품이다.

패권을 매우 평화롭게 차지해 가고 있다. 실패한 역사에서 교훈을 찾고 새로운 길을 찾아가는 슬기로움이 돋보이는 나라다. 서두르지 않고 수십 년, 수백 년을 내다보면서 일관성 있게 목표에 접근해 가는 인내심이 감탄을 자아내게 한다. 유럽의 정치 경제 질서는 기본적으로 지난 세기 두 차례 대전의 결과를 기반으로 형성된 것이다. 유럽 역사에서는 패권 변동이 요구될 만큼 이해가 충돌하면 전쟁에 호소하여 해결하던 것이 지난 세기까지의 모습이다.

브렉시트(Brexit)[27]를 영국과 독일의 대립에서 비롯되었다는 단순한 구도로 해석하기는 어렵다. 그러나 EU의 중심에 독일이 있는 것과 EU에서 규정한 기본 원칙을 지키지 못할 정도로 영국 경제가 취약한 면이 있는 점을 부인할 수는 없다.

영국이 EU를 탈퇴하고 나름의 새로운 발전 전략을 세워가는 모습을 보면 인류의 양식(良識)이 점점 높아지고 있다는 것을 느낀다. 브렉시트가 기본적으로 영국 경제의 쇠퇴에 근거한다는 가정에서 그렇다. 영국인들이 그런 생각까지 하지는 않겠지만 전쟁에 호소하지 않고서도 패권이 이양될 수 있다는 좋은 선례를 남기는 것으로 보이기 때문이다.

평화를 위협해 온 전쟁은 내세웠던 명분과 달리 이면에서는 경제적인 이해관계가 작용하고 있었다. 우리는 이제 무력에 의존해서 해결하려던 문제가 평화로운 협상을 통하여 해결되는 세상에 살고 있다. 오늘날 EU에서 독일의 우월적 지위를 반드시 '패권'이라고 표현하는 것이 어울리지 않을 수도 있지만, 영국의 뒷모습에 그들의 취약함을 인정하고 수용하는 태도가 엿보이는 것은 어쩔 수가 없다.

---

27) 2020년 1월 31일, 영국이 유럽연합(EU) 탈퇴할 것을 뜻하는 말이다.

지금 이 순간에도 지구 곳곳에서는 분쟁과 전쟁이 벌어지고 있기는 하다. 한·일 간, 미·중 간에는 경제 갈등이, 이디오피아, 시리아, 수단 등에서는 정치적인 문제로 무력이 동원되는 혼란을 겪고 있다. 한·일, 미·중 간의 갈등에서는 첨단기술이 무력의 대용품으로 활용되고 있기는 하다. 어찌 되었든 세상에서 일어나는 어떤 갈등도 무력을 동원하지 않고 평화롭게 해결되기를 바란다. 칼 세이건[28]의 말대로 우리가 하나의 종으로서 함께 생존할 수 있는 방안을 찾는 데에 힘을 모아갔으면 좋겠다. 꿈일까.

33. 현대 독일

유럽 지도를 펴보면 독일이 '독일' 일 수밖에 없는 지정학적 이유를 볼 수 있다. 영국이나 프랑스가 대서양으로 쉽게 진출할 수 있는 조건을 갖춘 것과 달리 이 나라는 상대적으로 불리한 위치에 있다. 독일의 젖줄이라 할 라인강과 엘베강은 북해로 유입된다. 얼마 전까지 나는 이 강들이 막연하게 대서양으로 향하는 것으로 알고 있었는데 그렇지 않았다.

라인강은 네덜란드를 거쳐 북해로, 엘베강은 덴마크 아래 함부르크를 거쳐서 북해로 들어선다. 북해는 영국과 프랑스 사이 해협의 오른편에서 시작하여 벨기에, 네덜란드, 덴마크, 노르웨이로 둘러싸인 바다다. 독일은 영국의 동부와 북부지방에 면한 북해를 거쳐야 대서양으로 진입할 수 있다.

---

28) 미국의 천문학자, 천체물리학자, 작가이다. 1980년 TV다큐멘터리 시리즈 《코스모스》(Cosmos: A Personal Voyage)의 제작자이자 공저자로도 명성을 얻었다.

2차대전 당시, 나찌가 일찌감치 노르웨이를 점령한 이유는 지도를 보면 바로 이해할 수 있다. 독일은 태생적으로 영국의 '결재'를 받기 전에는 대양으로 진출하기가 불가능한 나라다. 결재가 나지 않으면 전쟁을 하는 수밖에 없었다. 또 남쪽엔 프랑스가 있지만 이 나라 역시 만만한 나라가 아니다.

독일 위치에서는 오히려 동쪽의 폴란드나 우크라이나를 거쳐 남쪽의 발칸반도 방향으로 진출하기가 더 용이하다. 그곳은 넓은 평야지대로 아무 거리낄 것이 없었고 폴란드와 우크라이나는 영국만큼 정치 군사적인 능력이 없는 나라들이다. 러시아가 개입하지 않는다면 그렇다. 가장 만만한 쪽은 북쪽이었지만, 노르웨이를 통해서 대서양으로 진출하는 데에는 우회로가 너무 길었다.

사방이 막혀있는 위치지만 대서양으로 곧바로 나갈 수 있는 곳이 없는 것은 아니다. 네덜란드와 벨기에 방면이다. 그런데 이곳을 통과한다고 해도 영국과 프랑스 사이 도버해협을 지나야 대서양에 이를 수 있다. 두 나라의 감시를 벗어나서 이 해협을 통과하는 건 불가능하다.

2차대전 당시 프랑스와 교전을 시작하면서 해협 근처의 덩케르크 지역을 공격하여 대서양으로 진출하려 했던 이유다. 당시 이곳에 주둔하던 수십만의 영국군이 본토로 후퇴하는 작전을 소재로 한 영화[29]가 화제에 올랐을 때, 그 많은 영국군이 왜 그곳에 주둔하고 있었는지 의아하게 생각한 사람들이 많았다.

비교적 약체인 네덜란드와 벨기에가 수백 년간 어떻게 독립을 유지할 수 있었는지도 독일에 대한 영국과 프랑스의 견제라는 측면에서 보

---

29) 2017년 크리스토퍼 놀란 감독이 제작한 영화 〈덩케르크〉를 말한다. 이듬해 제90회 아카데미상 편집상·음향효과상·음향편집상을 수상하였다.

면 이해가 될 것이다. 독일의 발목에 친위 세력을 심어놓을 필요가 있었던 것이다. 19세기 말, 통일을 이룬 독일은 대서양을 거쳐서 아메리카 신대륙이나 아시아로 진출하는 것이 영국과 프랑스에 의해 철저하게 차단된 나라였다.

1차대전 당시 독일은 발칸반도에서 러시아를 주적으로 전쟁을 시작한다. 영국과 프랑스가 이 전쟁을 모른 척 넘길 수 없었던 이유는 독일이 러시아를 넘어트린 다음엔 총구를 자신들에게 겨냥할 게 뻔했기 때문이었다.

2차대전에서는 프랑스를 무너트리고 영국을 먼저 대면했지만, 소련이 개입하지 않을 수 없던 이유도 마찬가지였다. 물론 히틀러가 소련을 먼저 공격하긴 했지만, 어떤 상황에서도 두 나라가 격돌하는 건 피할수 없는 운명이었다. 독일이 지정학적 답답함을 깨트리고 세계 최고 강대국으로서의 지위를 확보하려 했던 모험을 구체화한 전쟁이 1,2차 세계대전이었다.

알다시피 이 모험들은 실패로 끝났다. 지금은 독일의 모험을 실패로 몰아갔던 주요한 세 나라인 영국, 프랑스, 러시아의 어깨에도 힘이 빠지고 있는 상태다. 국제사회에서 독일이 국력에 알맞은 또는 공정한 몫을 담당해야 한다고 주장하는 사람들이 많아지고 있다. 전혀 근거 없는 주장은 아니다.

그러나 그들의 공정이 무엇을 의미하는지는 세밀하게 검토해 볼 필요가 있다. 이제 독일인들은 나름대로 그들의 의견을 큰 목소리로 말하기 시작했다. 다행스러운 건 현대 독일인들은 선조들이 갖추지 못했던 중요한 덕목을 갖고 있다는 점이다. 도덕성이다. 어떻게 보아도 현대 민주주의는 수낵의 영국이나 극우가 설쳐대는 프랑스, 트럼프나 바이든의 미국보다 독일에서 더 잘 작동하는 것으로 보인다.

시스템뿐만 아니라 민주주의의 가치를 실현하는 행동에 나서는 데에서도 그렇다. 영국과 프랑스가 시리아 난민에게 전혀 문을 열어주지 않았을 때, 메르켈의 독일은 100만의 난민을 받아들였다. 오래 전부터 세계의 분쟁지역에서는 독일로부터 무기나 무기가 될 만한 상품을 살 수 없었다. 팔리지 않는 것이 아니었다. 분쟁지역에 무기를 팔지 않겠다는 원칙을 철저하게 지킨 것이다.

10여 년 전, 남부 유럽이 재정 위기에 처했을 때, 그리스와 이탈리아의 무책임한 재정정책에 실망하면서도 벌어들인 수입의 상당한 몫을 내어준 나라. 1970년대 초 브란트가 폴란드에서 2차 대전 당시의 범죄를 고백하고 무릎을 꿇은 이후 국제사회에 비친 독일의 모습은 과거의 실수를 만회하기 위하여 반성을 무한 반복하는 것처럼 보인다.

외양으로 나타난 그들의 행동이 진심과 다를 수 있다고 의심을 해 보기도 하지만, 일본을 보면 이런 의심이 합리적일 수도 있지만, 과거 어떤 나라도 이 같은 성찰과 도덕적 원칙을 일관성 있게 고수하면서 희생을 감내하려 한 적은 없었다.

헨리 키신저 박사[30]가 '독일은 유럽에서는 너무 크고 세계에서는 너무 작다'라고 말한 적이 있다. 전후 독일은 경제적으로는 막강한 힘을 키웠지만, 국방과 안보는 미국과 나토에게 의존하고 있었다. 한국, 일본과 마찬가지로 전후 중요한 사안에는 독일도 동맹국 편에 줄을 서기만 하면 되었다. 그들은 손을 더럽힐 일이 없었지만, 미국의 보호를 받

---

30) 헨리 키신저: (1923 ~ 2023)독일 출신의 미국의 정치가이자 정치학자. 하버드대학 교수를 지냈으며 국무장관을 역임하였다. 1973년 세계평화를 위해 노력한 공로로 노벨평화상을 수상하였다. (네이버 지식백과)(두산백과 두피디아)

는 아이들 같은 입장이었다는 점을 부정할 수 없다.

반면에 최근 십여 년 사이에 EU에서 탈퇴한 영국과 트럼프 이후의 미국은 국제사회에서 그들이 쌓아온 신뢰를 스스로 무너트리고 있다. 이런 상황에서 상대적으로 지위가 높아지고 있는 민주주의 국가가 독일이다. 어찌 보면 대단히 불편할 수도 있지만, 독일은 자유민주주의 리더라는 자리를 떠맡게 될지도 모르는 상황으로 가고 있다.

이미 독일은 유럽의 중심이 되었고, 중요한 역할을 수행하고 있다. BREXIT로 EU 안에서 독일의 입지는 더욱 견고해졌다. 미소 냉전의 종식을 '역사의 종언'이라 단언했던 학자[31]가 있었다. 그는 오랫동안 이념 대립으로 혼란스럽던 세계가 평화로워질 것이라고 예언했지만, 이젠 그의 주장이 신기루에 불과했다는 것이 드러나고 있다.

자유민주주의는 또다시 위기에 처할 수 있는 상황으로 가고 있다. 이 새로운 상황에서 지도적 위치에 설 수 있는 나라가 어떤 나라일까. 미국이나 영국이 계속 그 자리를 차지할 수 있을까, 아니라면 독일과 같은 나라가 민주주의 진영의 지도적 역할을 대체할 수 있을까. 역사의 키가 어느 방향으로 돌아가고 있을지는 아무도 알 수가 없다.

34. 로마제국의 후계자들

뮌헨에서 오래 전부터 가고 싶은 곳이 있었다. 마리엔 광장에서는 프

---

31) 프랜시스 후쿠야마는 〈내셔널 인터레스트〉지에 수록된 이 논문에서 1990년대 초반 동유럽과 소련의 사회주의 체제 붕괴와 자유민주주의의 승리를 꿰뚫어보고 "역사는 종언하였다"고 말하였다.

라우엔 교회를 볼 수 있다. 이 교회는 본래 로마 가톨릭 성당이었던 곳이 종교개혁 이후 개신교회가 된 역사적인 장소로 유명하다. 사실 교회보다는 그 앞에 서 있다는 마르틴 루터의 동상을 더 보고 싶었다. 잠시 주어진 자유시간에 광장에서 구글 지도로 찾아보았더니 도보로 12, 3분 거리에 있었다.

결국 촉박한 일정으로 가 보진 못했다. 루터의 동상은 이미 드레스덴의 프라우엔 교회 앞 광장에서 보았지만 또 보고 싶었다. 이 나라에서는 동상 중에 가장 흔한 게 루터 동상 같았다. 개신교의 출발을 고했던 독일에서 헷갈리는 것이 있다.

사실상 '성모'로 동일한 의미인 'Frauen 교회'와 'Marien 교회'가 어떻게 구별되는지, Kirche가 성당인지 개신교회인지 구별할 수가 없다는 것이다. 베를린엔 St.Mary's Church도 있다. 안내인은 모두 성모 마리아 교회로 알면 된다고 아주 간략하게 설명한다.

종교전쟁 당시, 지역에 거주하는 신민(臣民)들은 영주의 종교를 따라야 할 의무가 있었다. 당시 가톨릭 성직자들의 임면권은 로마에 있었지만, 초기 개신교가 막 세를 펴고 있을 때에는 영주가 이 권한을 행사하였다. 영주는 영내 교회 재산에 대한 권리도 가질 수 있었다.

따라서 구교도인 영주가 신교로 개종하는 경우, 영내 모든 가톨릭교회의 재산권과 사제 임명권을 행사할 수 있었다. 개종한 영주가 가톨릭에서 임명한 수도원장을 내쫓고 동생을 원장을 임명하는 경우도 있었다. 이런 식으로 교회개혁이 정치·경제적 이권과 결합하면서 오랫동안 혼란을 겪게 된 것이다. 경우에 따라서는 개신교를 가톨릭으로 개종시키는 영주도 있었다. 종교로 촉발된 전쟁이었지만 종교만의 전쟁이 아니었던 것이다. 아마 이 와중에 Kirche가 교회와 성당을 오락가락했을 것이다.

세속 권력과 교권의 갈등은 이미 16세기 종교전쟁이 벌어지기 훨씬 이전인 11세기 후반부터 표면화되기 시작하였다. 교황 그레고리우스 7세가 신성로마제국의 황제였던 하인리히 4세를 파문하면서 벌어진 '카노사의 굴욕'[32]에서 볼 수 있듯이 황제와 교황의 다툼으로 점철된 독일의 중세사는 복잡하기 이를 데 없다. 신성로마제국은 독일왕국 외에도 보헤미아왕국(체코)과 부르군트왕국(스위스의 국경 인접한 프랑스의 브르고뉴 지방에 있었다), 이탈리아 왕국으로 성립된 다민족 국가였다. 누구나 신성(神聖)이라는 단어에서 로마교황이 제국의 권위를 보장한다는 인상을 받을 것이다.

중세의 독일인들은 이탈리아 반도를 떠난 로마제국의 정통성을 이어받은 나라라고 주장하였지만, 실제 서양사에서 그런 위치에 있었는지는 의심스러운 나라다. 신성로마제국이라는 말이 13세기 이전에는 존재하지도 않은 데다가, 아무리 뜯어보아도 독일의 제후들에 의해 선출된 황제가 지배하는 독일인의 제국으로 밖에는 보이지 않기 때문이다.

그나마 16세기 이후에는 서로마제국의 적자임을 보장하던 교황의 대관(戴冠) 전통마저 단절되어서 게르만의 로마제국은 이름으로만 존재하는 환상의 나라가 되고 말았다. 독일인의 이 환상은 1806년, 나폴레옹이 그들의 땅을 유린할 때가 되어서야 깨진다.

476년, 게르만에 의해 서로마제국이 멸망한 이후 동로마제국으로 불리던 제국의 반쪽은 비잔틴제국이라는 이름으로 남아 있었다. 이 제국

---

32) 카노사의 굴욕: 1080년 성직 서임권을 사이에 두고 교황과 신성로마 황제 사이에 충돌이 있었다. 황제 하인리히 4세가 교황 그레고리우스 7세에게 무릎을 꿇고 굴욕적인 사과를 하는 것으로 마무리된 역사적 사건이다. (네이버 지식백과)

은 1453년, 오스만 투르크에 의해 콘스탄티노폴리스(이스탄불)가 함락될 때까지 실재하였다. 서쪽에 신성로마제국이 있었다면 동쪽엔 비잔틴제국이 동로마제국의 타이틀을 이어받아 건재하고 있었던 것이다. 서양인들이 고대 로마에 얼마나 강한 집착을 가지고 있었는지 확인할 수 있는 역사다.

재미있는 것은 그리스와 튀르키예, 러시아는 지금도 과거 동로마제국의 정통성을 자신들이 계승했다고 주장한다. 기독교의 정통성이 로만가톨릭과 개신교에 있다고 믿어 의심치 않는 우리나라 기독교도에게는 이슬람 국가인 튀르키예가 정체성을 로마와 연결하려는 시도가 비현실적으로 보이겠지만 엄연한 사실이다.

그리스와 러시아는 지금도 동방 정교회를 정통 기독교의 적자로 굳게 믿고 있으며 이 계보를 자신들이 이어받았다고 주장한다. 특히 그리스는 로마 문명 자체가 그리스 문명을 계승·발전시킨 것이며 비잔틴제국에서 공식적으로 사용한 문자가 그리스 문자였다는 점을 동로마 계승의 근거로 내세운다. 러시아는 그들이 그리스문화를 바탕으로 성립한 나라이며 지금도 그리스 문자를 기초로 한 키릴문자를 사용하고 있다는 걸 근거로 내세운다.

튀르키예의 주장은 간단·명료하다. 과거 비잔틴제국의 영토를 실효지배하고 있다는 것이다. 과거 고구려 영토를 지배하고 있는 중국이 고구려사를 중국 역사의 일부로 주장하는 것과 동일한 논리다. 실제로 로마시대 튀르키예는 서유럽의 독일이나 영국보다도 훨씬 로마 문명의 중심과 가까운 곳이었으며 중요한 곳이었다. 지금도 수많은 그리스·로마 유적을 보유하고 있는 나라다.

이들 나라의 공통점은 유럽의 변방에 위치한다는 점이다. 혹시 이 나라들은 로마 문명의 적통을 계승한 유럽 문명권 외곽에 위치한다는 사실로 피해의식이나 열등감을 느끼고 있는 건 아닐까 의심해 보기도 한다. 전혀 다른 문명권 속했던 우리보다 '인싸' 유럽에 대한 컴플렉스가 심할 수도 있겠다는 생각을 해 본다.

35. 전쟁 범죄

이스라엘의 초대 수상이었던 벤 구리온은 "홀로코스트 이후에 성장한 이스라엘 세대는 유대민족과의 연관성을 상실할 위험에 처해 있다. 이는 유대인 스스로의 역사와 연관성을 상실하는 것을 의미한다. 우리의 젊은이들은 유대 민족에게 어떤 일이 일어났던가를 기억해야 할 필요가 있다. 이스라엘 역사에서 가장 비극적인 사실에 대해 그들이 알기 원한다"고 말한 적이 있다.

2차대전 후, 남미로 도피했던 전범인 아이히만이 체포되고 1961년도에 예루살렘에서 진행된 재판과 관련하여 한 말이다. 그는 젊은 유대인들에게 반유대주의로 과거에 어떤 일들이 벌어졌는지를 상기시키고 있다. 그러나 이 발언은 전후에 진행되었던 전쟁범죄자에 대한 재판의 의미를 스스로 깎아내리는 발언으로 해석될 수 있는 여지가 있다. 벤 구리온의 견해는 전범 재판이 인류의 보편적 도덕에 반하는 잔학한 범죄에 대한 재판이 아니라 단지 유대인에게 저지른 범죄만을 단죄하는 것으로 의미를 축소시키는 근거가 되기 때문이다.

그가 의도한 반유대주의는 반인류로 대체되었어야 했다. 앞서 있었던 뉴른베르크의 재판정에 섰던 전범들이 다국적의 피해자를 발생시킨 것에 비하면 아이히만의 범죄행위가 대부분 유대인을 대상으로 이루어졌다는 면에서는 이해하지 못할 바는 아니다. 그러나 유대인에 대한 반감은 20세기 독일에서만 있었던 것이 아니다.

오랜 세월 동안 광범위한 지역에 걸쳐서 존재했으며 2차대전 이후로 약화되었다고는 하지만, 여전히 남아있기도 하다. 예루살렘 법정이 동경과 뉘렌베르크에서 진행된 그것과 다른 의미를 가져야 했던 이유는 전쟁의 피해국에서 진행된 유일한 전범 재판정이었기 때문이다.

지금도 지구 곳곳에서 인종에 대한 차별이 사라지지 않고 있는 현실을 보면 예루살렘 법정은 인류의 보편적 도덕에 반하는 범죄를 단죄하는 대의를 이스라엘이 가질 수 있었던 절호의 기회였다. 예루살렘 재판정은 제2차대전 중 세계 곳곳에서 저질러진 전쟁 범죄를 단죄할 뿐 아니라 인종차별로 어려움을 겪고 있는 모든 이들에게 커다란 꿈을 심어줄 수 있었던 기회였다.

아이히만의 죄목이 유대인을 학살한 죄목이 아니라 인종차별을 포함한 인간의 존엄을 해친 죄로 단죄되었다면 인류 역사에 새로운 이정표를 세울 수 있었던 것이다. 성자들의 도시이기도 한 예루살렘에서 이 위대한 이정표를 세웠더라면 이스라엘의 업적은 현대 민주주의를 출발시킨 서구 민주국가와 나란한 위치에서 높이 평가될 수도 있었을 것이라고 생각한다.

물론 예루살렘 법정 이후로도 이스라엘 정부의 인종차별과 관련한 노력이 뒤따랐어야 가능했겠지만. 그나마 벤 구리온의 말이 법정에서 있었던 것이 아니라는 것에 안도한다.

이스라엘 정부가 비용을 지불한 아이히만의 변호사인 로베르트 세르바티우스(Robert Servatius of Clolgne)는 기자와의 인터뷰에서 "아이히만은 신 앞에서는 유죄라고 느끼지만 법 앞에서는 아니다"고 말한 적이 있다. 세르바티우스가 피고로 하여금 무죄 주장을 하게 한 이유는 그가 기소당한 내용이 범죄가 아니라 '국가의 공식 행위'에 해당한다는 논리에 바탕을 둔다. 따라서 여기에 대해선 어떤 다른 나라도 재판권을 행사할 수 없다는 것이다.

나치 법률 체계 아래에서는 피고가 아무런 잘못도 하지 않았으며 국가 명령에 복종하는 것은 그의 의무였으며 "이기면 훈장을 받고 패배하면 교수대에 처해질 행위를 했을 뿐"이라고 말한다.

이는 법이 국가의 울타리를 넘어서면 힘을 잃는다는 평범한 사실을 확인하는 말이다. 전범들은 전범국의 법에 의해서만 처벌이 가능하다는 세르바티우스의 논리에 따르면 전범 재판이라는 것이 불가능하게 된다. 피고의 행위가 이루어진 국가에서만 재판이 가능하며 '반인륜'만으로 전쟁행위를 단죄할 수 없다는 주장이다.

그러나 전후 서독에서도 나치 전범들이 처벌을 받음으로써 법의 영향력이 공간뿐만 아니라 시간에 의해서도 제한을 받는다는 것은 이미 증명이 되었다. 같은 공간에 선 나라지만 다른 시간에 존재했던 나치의 법을 인정하지 않았다는 뜻이 담겨 있는 처벌이다.

법이 이런 한계를 갖는다면 200여 개가 넘는 국가들이 울타리를 맞대고 사는 현대사회에서는 큰 혼란이 올 수도 있다. 한 나라에서의 범죄행위가 다른 나라에서는 미담이 될 수도 있기 때문이다. 그럼에도 국제질서가 큰 혼란 없이 유지되는 것은 어느 국가에서나 법이 보편적인 윤리에 기초하고 있기 때문이다. 법의 토대가 되는 도덕에 있어서 인간이 지닌 양식에 큰 차이가 없다는 것을 뜻한다. 다만 '범죄행위가 미담이 될 수 있는 가능성'을 현실로 구현시킨 일본은 예외라고 해야 할 것이다.

전쟁 중 아이히만은 그가 지켜야 할 독일의 법을 잘 지킨 사람이다. 아이히만과 같이 어떤 행위가 그가 속한 시공(時空)을 지배하던 법을 어기지 않았음에도 강제규범이 아닌 '반인륜' 타이틀만으로 사후 처벌이 가능한 것인지를 생각하게 한다. 아이히만의 변호인인 세바르티우스 박사는 나치의 법이 보편적인 윤리를 벗어난 것인지 여부를 차치한다면, 전쟁 기간에 이루어진 국가의 공식 행위나 개인 행위를 다른 나라의 법으로 처벌할 수 있는지에 의문을 표시하고 있다.

그의 주장은 논리적으로 합당할 수는 있지만, 보편적 윤리라는 관점에서는 받아들이기 어려운 주장이라고 생각한다. 전범 재판은 인류의 보편적 윤리를 벗어난 법의 효력에 한계를 그은 사건이라고 할 수 있겠다.

36. 전쟁, 단죄

전쟁과 침략을 어떻게 기억하느냐, 기억되어야 하느냐의 문제는 간단하지 않다. 일본의 군국주의자들이 지난 세기 아시아 제국에 안긴 불행에 대하여 일본 정부는, '전쟁은 강자가 행사할 수 있는 정치 수단이며 정치과정'일 뿐이라는 입장을 양보하지 않고 있다. 전쟁이나 식민지인의 불행은 힘에 걸맞는 국제질서를 수립하기 과정에서 겪을 수밖에 없는 비용에 불과하다는 주장이다.

그러나 그들이 미국의 핵폭탄 투하를 빌미로 나가사키에서 벌이는 전쟁 피해자 '코스프레'에서는 그와 다른 잣대가 보인다. 황당하게도 인류에게 엄청난 피해를 준 전범국 일본이 전쟁의 피해자 입장에 선 것이다. 어떻게 전쟁을 일으킨 가해자가 단숨에 피해자로 둔갑할 수가 있을까.

전쟁을 수용하는 그들의 생각은 두 가지로 해석이 가능하다. 하나는 철학이 부재한 사회라는 점이다. 강자가 모든 것을 차지한다는 저급한 차원의 생각을 넘어서는 민주적인 철학이 없다는 것이다. 국가 정체성이 불건전한 나라라고 표현할 수도 있다. 우리 사회도 그들을 꾸짖을 만큼 의식 수준이 높은 것은 아니지만, 명목상이라도 개인의 인권과 자유를 지향하는 민주국가의 정부가 동일한 역사적 사건에 대해서 상반된 입장을 내보이는 것은 비난받아 마땅하다.

다른 하나는 일본의 역사에서 찾을 수 있다. 중세 이후 봉건시대 분권의 역사를 이해하면 그들의 행태가 전혀 이해되지 않는 것은 아니다. 메이지(明治) 유신 이후의 일본이 외견상 일왕을 중심으로 단합된 하나의 국가로 보이지만 그들의 의식은 봉건 다이묘(大名; 영주)들의 지방분권적 통치 체제에서 멀리 나아가지 못한 상태였다.

그렇다면 대전을 마무리한 미국의 핵투하에 대해서 나가사키 지방정부와 중앙정부의 입장이 일치하지 않을 수 있으며 우스꽝스러운 코스프레가 전혀 이해되지 못할 바는 아니라고 하겠다. 중앙정부가 저지른 전쟁 도발과 만행에 대해서 나가사키 지방정부가 책임질 일이 아니라고 선을 그을 수도 있다는 것이다.

그렇다고 해서 일본인의 전쟁범죄가 면죄되지는 않는다. 그들의 도발과 침략으로 수백만 일본 젊은이들이 전장에서 스러졌고 수천만의 아시아인들이 목숨을 잃었다. 게다가 일본인들이 겪은 참혹함이 자초한 것이라는 점에 대해서 한마디의 반성도 보이지 않으면서 미국에게 책임을 묻는 것은 파렴치의 끝을 보는 듯하다.

과연 두 발의 핵폭탄 피해와 그들이 저지른 전쟁·침략·약탈과 전쟁 피해자(피해국)의 희생이 똑같은 가치로 교환될 수 있는 것일까. 나가사키의 방사능이 자신들이 저지른 모든 범죄를 사면하고, 심지어 피해자로 둔갑시켜 줄 수 있는 요술방망이가 되는 현실을 묵인해도 되는 것일까.

이곳 독일에서 바라본 일본은, 물론 독일도 그렇지만, 자신들이 일으킨 전쟁 이전 제국주의 역사를 기억에서 깨끗하게 지워버리고 싶어하는 것처럼 보인다. 그러나 전쟁 중 독일인들이 나치에 협력하였던 역사를 부끄러워하는 것과 비교하면 일본인들 대부분은 적극적으로 제국주의에 동조하였거나 최소한 묵인하였음에도 불구하고 그것을 인정하려하지 않는다.

요즘의 행태를 보아서는 그들의 메모리에서 제국이 저지른 만행이나 침략과 관련한 불쾌한 데이터를 모두 삭제하고 깔끔한 뽀샵 프로그램으로 미화한 후 집단 기억을 시킨 것처럼 보인다. 해결되지 않고 있는 역사 교과서와 관련한 한·일 간의 갈등도 부끄러워해야 할 과거 기록을 자랑스러운 역사로 왜곡하는 것에서 비롯된 것이다. 힘을 앞세웠던 물리적인 침략이 아니라 역사와 관련한 기억과 정보를 조작함으로써 새로운 형태의 침략을 꾀한다고 할 수밖에 없는 짓이다.

이런 관점에서 보면 한반도와 관련된 자국 역사를 비슷한 방식으로 조작하고 있는 중국과 일본의 시각은 한 치의 차이도 없다. 현재 벌어지고 있는 상황을 토대로 생각을 거슬러 올라가면 종전 직후 패전한 일본과 독일에 대하여 미국이 지나치게 관대한 입장을 가진 것이 아니었나 생각하지 않을 수 없다. 만약 그러했다면 그럴만한 이유가 있을 것이다.

2차대전 직후 미국은 독일과 일본에서 동일한 상황에 직면하고 있었다. 소련의 공산주의가 나치의 파시즘이나 일제의 군국주의만큼, 어쩌면 더 큰 위험을 초래할 것으로 판단한 것이다. 미국은 잿더미로 변한 이 두 나라를 다시 일으켜서 대국으로 성장한 소련을 견제하지 않으면 발흥하던 공산주의를 막아내기 힘든 상황에 있었다.

미국 본토는 아시아와 유럽대륙에서 너무 멀리 떨어져 있었고 패전한 두 나라는 소련을 막아낼 역할분담자로서 최적의 조건을 갖추고 있었다. 적대국이던 독일·일본을 성장시키면서 그들과 연대하여 연합국이던 소련을 견제해야만 했던 것이다.

미국의 이 같은 계획은 독일과 일본의 전쟁범죄를 단죄하는 과정에서 잘 나타난다. 뉘른베르크 군사 재판정에는 단지 스물네 명의 나치 전범만이 서 있었고, 동경의 극동국제군사재판에서도 단지 스물여덟 명만 전쟁범죄로 기소되었다. 조속하게 전쟁범죄를 단죄하는 것으로 상황을 마무리한 후, 이들을 앞세워 소련의 위협을 극복하려 한 것이다.

전후 일본의 실질적 지배자였던 맥아더가 소련이 제안한 일본 분할을 극력 반대한 이유도 아시아에서의 급속한 공산주의 팽창에 대한 두려움 때문이었다. 어이없는 웃음이 나오면서도 슬픈 일이지만, 2차대전을 도발한 국가가 아닌, 피해국이 분단된 나라는 대한민국뿐이다.

미국은 마샬 플랜으로 그들과 연합했던 영국과 프랑스를 지원했던 것만큼이나 패전국인 두 나라에 대해서도 막대한 경제 원조를 하였다. 두 나라에서 전쟁범죄에 가담했던 관리들이 복직하는 데에도 많은 시간이 필요하지 않았다. 독일에서는 이들이 '면책증명 시험'이라는 요식을 통과하면 자동적으로 복직하는 시스템까지 마련하였었다.

역사가 어느 방향으로 굴러갈지는 아무도 모른다. 어제의 적대국이 오늘 우방이 되고 우방이 다시 적대국으로 바뀌는 건 밥 먹듯 일어날 수 있는 일이다. 자국의 힘이 약하다고 일방의 입장을 편드는 것이 얼마나 위험한 일인지는 다른 역사까지 들추어서 설명할 필요도 없다.

힘을 합쳐 고구려와 백제를 멸망시킨 후 연합국이던 신라와 당나라가 전쟁을 겪은 일, 일방적으로 쇠락해가던 명나라 편을 들다가 청나라의 침략을 자초한 일, 일본에 편향된 입장에 서다가 결국 일본에게 망한 조선의 역사로 충분한 교훈을 얻을 수 있다.

강대국의 이해관계에 따라서 분단되어야 할 나라가 귀한 대접을 받기도 하고, 아무 잘못을 저지르지 않고도 국토가 분단되기도 하였던 것이 지난 세기의 역사다.

37. 독일 튀르키예

튀르키예가 아시아와 유럽 중 어떤 쪽으로 분류되어야 하는지 헷갈리는 사람들이 많다. 아시아라는 말은 고대 아카드어의 '아수'에서 나왔다. '빛', '일출'을 뜻한다. 고대 그리스에서는 튀르키예의 지중해 연안에 위치한 이오니아 식민 도시들을 아시아라고 지칭했다. 그리스 위치에서 튀르키예를 바라보면서 일출을 떠올렸을 것이다.

우리가 배운 세계사에서는 그 지역을 소아시아라고 불렀다. 애초에 아시아는 오늘날의 튀르키예와 레반트(레바논, 이스라엘, 시리아 일부) 지방을 가리키는 말이었다. 점차 의미가 확대되어 지금은 서아시아 전체와 인도, 중국을 포함한 동아시아까지 포함하는 의미로 사용된다. 그러나 튀르키예가 아시안 게임에 출전하지 않는 걸 보면, 그들 스스로 유럽 국가로 인식하고 있다고 판단할 수밖에 없다.

월드컵 예선전도 유럽으로 출전하며, 유로컵 축구대회에도 당당하게 출전하는 나라다. 오스만투르크 성립 이후로 유럽과 얽히고설킨 이 나라 역사를 보면 이해가 되지 않는 것은 아니다. 튀르키예는 이슬람을 기반으로 아시아에서 성장한 국가지만 아시아보다는 유럽과 엮여 있던 나라였다. 요즘 세계적으로 K-Wave가 유행하고 있지만, 튀르키예는 이미 수백 년 전인 17세기 말부터 T-Wave로 유럽을 휩쓴 적이 있을 정도다.

T-Wave의 시작은 이렇다. 30년 종교전쟁이 끝난 17세기 말, 유럽은 프랑스의 패권 아래 놓인다. 태양왕 루이 14세가 베르사이유 궁전을 건설할 즈음이다. 그런데 독일을 중심으로 한 신성로마제국이 프랑스에 대항의 기미를 보인다. 때마침 루이 14세 앞에 오스만투르크의 사절이 도착한다. 이들은 오스만이 신성로마제국 황제의 도시 빈(Wien)을 공격할 것을 알리면서 프랑스가 중립을 지켜 달라고 요청한다. 태양왕은 이를 쾌히 승낙한다.

서구의 기독교 국가가 이슬람 국가와 편을 짜서 다른 기독교 국가를 곤경에 빠트린다는 것이 이상해 보일 수 있지만, 우리가 아는 것과 달리 십자군 전쟁 때에도 이런 일은 비일비재했다. 지난 세기에도 미국과 이라크, 미국과 사우디가 편을 짜서 다른 이슬람 국가와 전쟁을 한 일이 있었지만, 예나 지금이나 종교가 정치적 이해관계를 넘는 경우는 거의 없었다.

1683년, 마침내 오스만투르크와 신성로마제국의 한판 승부가 오스트리아의 빈에서 벌어졌는데, 예상과 달리 객관적 전력이 윗수였던 오스만이 패하고 만다. 이때, 퇴각한 오스만 군대의 유류품 중에 밤 비슷한 열매가 든 자루가 있었다. 그 안에 들어있던 열매는 바로 비엔나커피의 조상 할아버지가 된다.

커피뿐만 아니라 이슬람의 건축양식과 의상 문화도 유럽에 큰 영향을 준다. 모차르트의 '피아노 소나타 11번 A장조 3악장'은 '터키 행진곡'으로 더 잘 알려져 있다. 이는 지시어로 사용된 Rondo Alla Turca(터키풍으로)에서 비롯된 이름이다. 작곡한 해가 전쟁이 벌어진 해로부터 100년이 지난 1783년이니까 T-Wave가 오랫동안 유럽문화에 영향을 주었다는 분명한 증거가 될 수 있는 곡이다.

그렇게 튀르키예는 근대 초기부터 역사 문화적으로 유럽과 밀접한 영향을 주고받던 나라였다. 그러나 종교를 말하자면 유럽과는 도저히 어울릴 수 없는 나라이기도 하다. 2차대전 후 튀르키예는 지정학적 중요성 때문에 일찌감치 유럽의 안보동맹인 NATO의 회원국이 된 나라다.

그런데 30여 년 전부터 유럽공동체 EU의 회원국 가입을 희망해 왔음에도 뜻을 이루지 못하고 있다. 회원국들이 겉으로 내세우는 이유는 그들의 인권과 언론, 불법 이민 문제를 내세우고 있지만, 사실은 이슬람을 국교로 하는 나라를 정회원국으로 가입시켰을 때 유럽의 주류문화가 맞게 될 충격을 감당하기 힘들 것이라는 우려 때문일 것이다.

튀르키예는 영국이나 프랑스보다 인구가 훨씬 많은 나라다. 통일 독일과 비슷한 8,000만 남짓한 인구와 1차대전 직전까지 아시아와 유럽, 아프리카의 세 대륙에 엄청난 영토를 갖고 있었다. 얼마 전까지만 해도 미국 러시아와 함께 시리아 내전과 이라크전에도 직·간접적으로 개입했던 지역 대국이다. 현재 진행 중인 우크라이나 전쟁에서도 튀르키예를 빼고 이야기할 수 없는 상황이다. 그만큼 지역 영향력이 강한 나라다.

튀르키예는 1, 2차대전 중, 독일 편에 서 있었다. 독일과 똑같이 러시아와 적대적인 관계에 있었기 때문이다. 그래서인지 독일은 지금도 이 나라를 조금은 너그러운 자세로 대한다. 그러나 독일 역시 유럽의 문화가 다른 문화를 지배해야 한다고 믿는 입장에서는 차이가 없다. 통합 유럽의 문화적 다양성, 인권, 관용의 가치가 보호되어야 한다고 믿는다. 우리가 보아도 에르도안 대통령 통치 아래에 있는 튀르기예의 정치 사회적 상황은 기독교·서구적 가치로는 받아들일 수 없는 면이 많아 보인다.

일부 독일인과 오스트리아인들은 이 가치 시스템만으로도 튀르키예의 유럽연합 가입을 막아야 할 충분한 근거가 된다고 주장한다. 그런데 이민의 현실은 좀 다르다. 독일은 인구의 1/4인 2,000만 명이 이민자의 뿌리를 갖고 있다. 이들은 적어도 부모 중 한 명이 외국인이다. 그 중 튀르키예인이 400만 명이 넘는다. 얼마 전까지 독일 국가대표 축구 선수였던 외질도 튀르키예계 독일인이다. 독일의 이민사는 튀르키예를 빼놓고 말할 수 없을 정도다.

1997년 더블린에서 서명된 조약에 의하면 난민 신청자들은 처음 입국한 유럽국가에 등록하고 그곳에 머물러야 했다. 당시 북아프리카의 불법 이민자로 골치를 썩던 남부 유럽 국가들에게는 불공평하고 비현실적인 조약이었다. 지금도 그렇지만 남부 유럽은 아프리카인들이 유럽으로 불법 입국하는 통로로 이용되는 곳이다.

이때까지도 이민에 대한 독일의 대응은 일관적이지 못했다. 다른 나라와 비슷하게 혈통에 근거하여 시민권을 부여한다는 전통적 생각에 기반을 두고 있었다. 주로 튀르키예와 이탈리아인들이었던 당시 독일 내 수십만의 외국인 노동자에게는 국적 취득을 포함한 어떤 권리도 허락된 것이 없었으며, 그들의 의견을 반영할 통로도 갖지 못했었다. 독일뿐만 아니라 대부분의 나라에서 그랬고 그것이 당연한 것으로 받아들여지던 때였다.

그런데 40여 년 전만 해도 소련 영토에는 약 200만의 독일인이 살고 있었다. 이들은 러시아 황실의 며느리가 된 독일 공주 예카테리나 2세가 황제로 재위하던 기간(1762~1796)에 그곳으로 이주한 독일인의 후손들이다. 유럽 동부의 볼가강 주변 지역에 몰려 살던 그들은 그곳에서도 독일의 언어와 관습을 잃지 않았다.

소련 시절에는 자치 공화국의 지위도 인정받았지만 1941년 히틀러가 소련을 침공하면서부터 엄청난 박해를 받게 된다. 그들이 고르바초프 시절에 독일로 돌아오면서 국적을 부여하는 데에는 누구도 이의를 제기하지 않았다. 우리도 그렇지만 순혈주의는 지금도 대부분의 국가에서 국적을 부여하는 첫 번째 기준이 된다.

이민과 관련하여 지난 10여 년 사이에 독일에선 중요한 변화가 있었다. 수백만의 이민족 난민의 입국과 이민을 허용했으며 이들에게 일정한 권리를 부여하는 데에도 주저하지 않았고 이제는 국적을 부여하는 데에도 순혈의 한계를 넘어버렸다.

튀르키예인에 대한 이민 허용은 종교의 장벽까지 거두어 낸 것으로 이는 자국의 이해만 고려해서 내린 결정이 아니었다. 대부분 사람들은 유럽의 지도국으로서 결정을 하였다고 평가한다. 비슷한 시기에 트럼프가 멕시코와의 국경지대에 높은 담장을 쌓은 것과 대비되는, 전후 독일이 보여준 최고의 모습이었다.

38. 거리 동상 광장 화폐

두 번의 대전에서 패한 역사 때문인지 독일에서는 영국이나 러시아, 프랑스에서와 같은 무관(武官)의 동상을 보기 힘든 나라다. 베를린에서 꼭 가 보고 싶었지만 못가 본 곳이 있다. 알렉산더 광장이다. 이유가 어떻든지 간에 수도 중심 광장이 러시아 황제[33]의 이름을 땄다는 이야기를 듣고 어이가 없어서 한참을 웃었던 적이 있었다.

지난 세기에 수천 만의 사상자를 냈던 적성국 황제의 방문을 기념한 광장이라니. 그러나 거기엔 그럴만한 사연이 얽혀 있었다. 아무튼 서울 한복판에 일왕의 이름을 딴 광장이 있거나 동경에 조선왕의 이름을 딴 광장이 있는 것과 마찬가지 상황이다. 상상도 할 수 없는 일이다.

알렉산더 광장은 맷 데이먼이 주연한 영화 '본 슈프리머시'에서 주인공인 본이 자수를 조건으로 CIA 요원들과 밀당하던 곳으로, 광장을 오가던 전차와 시위 군중들, 주변 거리 풍경이 인상적이었던 곳이다. 그곳에 가면 멀리 베를린의 랜드마크인 TV 송출탑과 시청을 볼 수 있고 멋진 역사(驛舍)와 세계 시계 조형물을 볼 수 있다고 하였다. 가 보지 못해서 아쉬움이 남는 곳이다.

뮌헨은 베를린, 함부르크에 이어 독일에서 세 번째로 큰 도시다. 우리 도로에서 흔히 볼 수 있는 BMW의 본사가 있는 곳이며 2차대전 당시 뉘른베르크와 함께 나치 활동의 중심 무대가 된 도시이기도 하다. 이곳도

---

33) 알렉산더 1세: 독일인 러시아 황제였던 할머니인 예카테리나 2세의 손주다. 1812년 나폴레옹은 프랑스군 15만 명과 오스트리아, 프로이센 등 12개국의 원군으로 구성된 60만 대군을 이끌고 러시아로 진격하지만, 러시아에게 패하고 불과 3만 명만이 생존하여 돌아온다. 나폴레옹은 파리에 귀환한 후 퇴위당한 뒤 엘바 섬에 유배된다. 알렉산더 1세는 나폴레옹을 격파한 공로를 인정받으며 전후 처리의 주역으로 활약했다. (위키백과)

시청 앞에 광장이 있었다.

광화문 광장에 익숙해서인지 광장이라면 나라를 구한 장군 동상이 하나는 서 있을 만한데 주위엔 성피터 교회, 성령 교회와 프라우엔 교회가 있을 뿐 동상은 보이지 않았다. 그러고 보니까 지난 며칠 동안 어디에서도 무관이나 전투, 전쟁을 기념하는 조형물을 본 적이 없다. 퓌센, 뮌헨, 뉘렌베르크, 나중에 들른 베를린과 드레스덴에서도 장군의 동상을 볼 수 없었다.

통일 전 동베를린이었던 지역에 소련군의 2차대전 승리를 기념하는 조그만 공원이 있었다. 그곳에도 소련군의 탱크와 야포가 전시되어 있을 뿐 독일과 관련된 기념물은 없었다. 패전을 안긴 나라의 기념물을 철거하지 않고 그대로 두는 것도 예사롭게 보이지 않았다.

지난 세기에만 대전을 두 번이나 일으킨 싸움꾼이라면 그 이전에도 수없이 많은 전쟁을 치렀을 텐데 전쟁이나 무관과 관련한 조형물이 눈에 띄지 않는다는 게 왠지 자연스럽지 않다. 하긴 패한 전쟁이 많았으니까 그러려니 하면서도 흥미를 불러일으키는 나라다.

어느 나라에서나 단순한 심미의 대상물로 동상이나 공공 조형물을 세우지는 않는다. 조형물은 구성원들의 잠재된 집단 기억을 형상화한 것이다. 조형으로 떠올린 기억은 다시 국가나 사회의 새로운 정체성을 만들어 낸다. 조형물뿐 아니라 인물의 이름을 딴 거리 이름이나 화폐에 새겨진 인물을 보는 것만으로도 그 나라가 어떤 역사를 소중히 여기고, 어떤 정체성을 지향하는지 짐작할 수 있다.

10여 년 전, 폭력과 관련한 연수로 프랑크푸르트를 방문했을 때에도 시내에서 괴테와 쉴러, 베토벤의 동상을 본 적이 있었지만, 정치인이나 전쟁과 관련한 동상을 볼 수는 없었다. 그때에는 독일의 거리에서 무

(武)와 관련한 조형물을 보지 못했다는 생각을 떠올리지 못하였다. 최근 며칠 동안 본 것만으로는 독일은 철학이나 문학, 음악 같은 예술을 높이 평가하고 종교개혁을 선도한 역사에 대한 자부심이 강하며, 전쟁으로 인류에 저지른 범죄에 진심으로 반성 중인 나라다. 편견이라고 할까, 나는 독일이라는 나라를 떠올리면서 바로 전쟁과 연결시키는 버릇이 있다.

그런데 이곳에서 전쟁과 관련하여 가장 흔하게 접할 수 있는 것은 홀로코스트와 관련한 유적, 조형물이나 박물관, 기념관들같이 자신들이 가해자로서 피해를 입힌 내용들뿐이다.

패전국이 마땅히 겪어야 하는 고통일 수 있다고 생각도 해 보았지만, 똑같은 이력의 이웃 나라를 떠올리면서 모든 패전국이 겪어야만 하는 고통은 아니라고 생각했다. 내 눈에 그것들은 선조들이 저지른 전쟁 범죄에 대하여 후손들이 겪고 있는 정신적 형벌로 보였다. 스스로 부과한.

서울은 동상이 많은 도시는 아니다. 잘 알려진 것으로는 광화문에 두 분, 남산 공원의 안중근 의사와 김구 선생, 양재동에 윤봉길 의사, 장충동 공원에 유관순과 서울역 광장에는 강우규 의사의 동상이 있다. 광화문의 두 분을 제외한 모든 동상은 지난 세기 구국과 독립투쟁에 초점이 맞추어져 있다. 아는 사람들이 많지는 않지만 광진구에 위치한 어린이대공원에 을지문덕 장군과 한강대교 중간에는 1960년대 중반 낙하 훈련 중 산화한 이원등 상사의 동상도 있다. 한민족의 훌륭한 문화와 지난했던 역사를 보여주는 분들이다.

그런데 공공 조형물의 위치를 선정하는 과정에서 더 신중해야 할 필요가 있다고 생각한다. 광화문의 두 분과 강우규 의사를 제외한 다른 분들의 동상이 좀 외진 곳에 계신 것이 아닌가 하는 생각이 들 때가 있기 때문이다. 지역에 특별한 연고가 있다거나 구색을 맞추기 위한 것이 아니라면 좀 더 많은 사람들이 가까이 다가갈 수 있는 곳에 모셨으면 좋겠다는 생각을 하였다. 후손으로서 그분들을 자랑스러워 해야만 한다는 의무감과 함께 한편으로는 대중 앞에 내세우고 싶어하지 않는, 석연치 않은 감정이 뒤섞여 있다는 느낌을 지울 수 없다.

거리의 이름으로는 세종로, 퇴계로, 율곡로, 을지로, 상도동엔 양녕(대군)로가 있다. 모르긴 해도 이곳저곳에 역사적 인물의 이름을 딴 거리들이 많이 있을 것이다. 바람직한 일이다. 서울에 광장이 많지 않아서인지 광화문 광장과 남산의 백범광장 말고는 떠오르는 이름이 없다.

지금은 사라졌지만, 한때 여의도에 5.16광장이 있었다. 5.16을 어떻게 평가할 것인지를 떠나서 광장에 역사적 기념일이나 위인들의 이름을 붙이는 건 괜찮은 발상이라고 생각한다. 현대 대한민국의 성립과 민주주의 발전에 큰 영향을 준 3.1, 8.15나 4.19 또는 백범광장과 같이 위인들의 이름으로 불리는 광장이 있으면 멋질 것이라고 생각한다.

프랑스엔 대혁명의 현장인 콩코르드 광장이 있고, 런던에는 넬슨의 트라팔가르 해전 승리를 기념하는 광장이 있다. 뉴욕 맨해튼에는 워싱턴 광장이 있다. 혁명, 승전, 독립과 관련한 인물들이다. 독일에도 시청 앞에는 어디에나 광장이 있었다. 그러나 독일에서 정치인이나 무관의 동상이 눈에 띄지 않는 것과 마찬가지로 어떤 광장에서도 그들의 이름을 찾을 수는 없었다.

어떤 이름으로 불리든 간에 광장의 이름을 통해 공동체 구성원들에게 제시하는 메시지는 분명하다.

베를린을 대표하는 랜드마크로 브란덴부르크문이 있다. 열주(列柱) 위에서 갈기를 세운 말들이 마차를 끄는 그 문이다. 1791년 당시 프로이

센의 수도였던 베를린의 위상을 높이고 평화를 기원하기 위해 세워진 '평화의 문'으로 전쟁을 기념하기 위해 지어진 로마의 문들이나 파리의 개선문과 구별된다.

두 차례의 대전이 떠올라서 아직은 평화의 이미지가 독일과 잘 이어지지는 않지만, 승리의 기쁨만큼 패배자들이 쓰라린 고통을 떠올릴 수밖에 없는 '개선'보다 사람들을 두루 행복하게 할 '평화'를 부여한 센스는 칭찬받을 만하다고 생각한다.

내친김에 우리 화폐에 새겨진 인물들도 생각해 보았다. 우리 화폐에 등장하는 분들로는 이황, 이이, 세종대왕, 신사임당, 이순신 장군이 있다. 다섯 분 모두 거리 이름과 겹치는 분들이다.[34] 화폐만으로 본다면 유학이나 유교 사상에 관련된 분 역시 세 분이다. 게다가 인물들이 모두 조선시대 사람들이다. 오천 년 역사에 다양한 사상을 발전시켜 온 우리 역사에 비추어 보면 특정 시대와 사상에 편중되어 있다는 느낌을 지울 수 없다. 훌륭한 분들이긴 하지만 모두 유교 이념으로 무장한 관료이거나 지배자였거나 그들의 어머니였던 사람들이다.

많은 사람들이 오가는 곳에 선 조형물이나 동상, 화폐, 거리의 이름은 그 땅에 거주하는 사람들의 정체성과 분리하여 생각할 수 없다. 그것을 의도하였는지 여부와 관계없이 그곳 사람들이 무엇을 소중하게 생각하고, 어떤 정체성을 지향하는지를 나타낸다. 따라서 동상 하나나 동전 한 닢을 제작하는 과정에서도 전통문화나 역사, 그 사회가 지향하는 가치를 포함한 폭넓은 소양의 검증을 거쳐야만 한다.

인정하고 싶지 않지만, 우리 사회가 아직도 우리 정체성의 문제를 심

---

34) 서울에는 퇴계로, 율곡로, 세종로와 서초동에 사임당로가 있다, 창원시 마산합포구에는 이순신로가 있다.

각하게 생각해 보지는 않았던 것이 분명하다. 정체성이라고 해봐야 '동해물이 마르고 백두산이 닳토록' 이 나라를 오랫동안 보전하고 널리 세상을 이롭게 하여 이웃에 보탬이 되는 인간으로 성장해 가자는 막연하고 추상적인 생각에서 더 나아가지는 못하고 있다.

수천 년의 역사를 주장하면서 고조선 이후 진취적 기상을 지녔던 역사에는 관심이 적고 외침에 방어로 일관했던 역사를 자랑스러워하는 것으로 평화를 이야기한다. 근세 500여 년의 시간에서만 민족 사상의 정통성을 추출하려는 정황은 도처에서 발견된다. 우리의 정신이 쇠퇴를 거듭하던 시간에 이 땅에서 갈려 나간 이웃은 성장하여 아시아의 역사를 아우르는 대국으로 성장하였고 편협함으로 분열되어 갈등을 거듭하는 시간에 머리 꼭대기에는 수십 민족을 통섭하는 거대제국이 출현하였다.

내 발을 딛고 다니는 땅의 이름이나 눈앞에 선 조형물, 아이들이 아이스크림 값을 지불하면서 대면하는 역사는 알게 모르게 정신(정체성)에 커다란 영향을 준다. 그것들은 그들의 역사와 문화를 나타내고 지향하는 정체성을 드러낸다. 제시된 정체성은 그것이 함축한 의미나 의도대로 다시 '우리(후손)'를 만들어낸다. 그 영향력은 학창 시절 국사 시간에 뵙던 그분들에 비할 바가 아니다.

고조선부터 오늘에 이르는 유구한 역사의 시간에서 현대 한국인의 바른 정체성을 뽑아내는 일은 허물어진 우리 역사를 바로 세우는 데에서 시작해야 한다. 반만년의 역사를 말하면서도 교실에서 배우는 역사는 사실상 이천여 년에 불과하다.

이전의 역사를 제대로 밝혀내지 못하였다면 노력하는 모습이라도 보여주어야 하지만, 그런 노력이 있다는 사실이 우리에게 알려진 적은 별로 없었다. 과거 역사를 우리가 어떻게 바라보는지는 거리의 조형물과 이름, 화폐에 그대로 반영되어 있다. 이것들에서 우리 역사나 정체성에 대한 통찰의 흔적이 보이지 않는다. 이 현실이 무엇을 의미하는지부터 깊이 반성해 보아야 한다. 잠깐 살펴보아도 유구한 역사의 시간이 다양한 문화 · 사상과 균형을 잃고 있음을 읽을 수 있다.

뿐만 아니라 민주주의 대한민국의 정체성을 떠올릴 수 있는 것은 아무것도 없다. 어떻게 보아도 미래를 지향하는 국가의 모습이나 후손들을 교육하는 입장에서 신중하게 생각하지 않고 정해졌다는 느낌을 지울 수 없다. 드러난 정체성의 대부분을 차지하는 조선 사회가 여성들이 소외당했던 가부장적 유교 이념에 충실했던 사회였다는 관점으로 보면 우리의 정체성을 잘못 이끌어가는 개연성마저 엿보이기도 한다.

시대가 바뀌면 정치나 경제, 문화와 과학 등 모든 것이 변한다. 과거가 그랬듯이 앞으로 세상이 어떻게 변화해 갈지는 예측하기가 쉽지 않다. 그러나 고유의 역사나 문화와 단절된 국가, 가치의 다양성을 인정하지 않는 사회가 어떻게 쇠락했는지 찾아보는 일은 어렵지 않다.

우리 역사에는 변화무쌍한 세상을 선도할 만한 사상과 가치들, 다양한 문화와 많은 위인들이 후손들의 관심을 기다리고 있다. 편협한 생각을 떨치고, 눈을 크게 뜨고 우리의 새 정체성을 찾아 나서야 한다. 하찮은 일로 몰려다니면서 싸우지들 말고.

39. 우리가 이룬 독립

2차대전 직후에는 독일도 반성적 역사 인식을 찾아보기 힘들었다는 면에서 일본과 크게 차이가 나지 않았었다. 이런 독일인의 태도가 처음으로 저항을 받은 것은 68혁명[35] 때였다. 당시 젊은 세대는 부모 세대가 애써 외면해 왔던 부끄러운 역사를 그대로 수용하지 않았다.

오늘날 독일과 일본이 지난 세기 역사를 대하는 태도가 다른 것은 자신들의 전쟁 범죄를 어떻게 해석하고 수용하느냐의 차이에서 비롯된다. 독일에서 이 같은 움직임은 68혁명 이후, 특히 70년대 브란트 수상 집권 이후에 시작되었다.

우리의 현대사는 독일과 대척점에 위치한다. 20세기 전반, 우리는 침략자로부터 피해를 당하는 입장에 있었다. 따라서 독일인들이 자신들의 역사를 부끄러워하는 것처럼 우리가 대한민국 수립 과정에서 부끄러워할 일은 없다. 어려운 상황에서도 독립을 이루기 위해 희생하고 목숨을 바쳤던 수많은 투사가 있었다.

그런데 일부이긴 하지만, 대한민국의 성립이 미국의 승전만으로 가능했던 것처럼 말하면서 독립 과정에서 희생하고 투쟁한 선조들의 훌륭한 정신을 폄훼하는 이들이 있다. 그런 논리로 말한다면 대전의 실제 승전국인 영국을 제외하면 프랑스를 비롯한 대부분의 유럽과 아시아 국가가 미국의 승전으로 우연한 독립을 이룬 것이 된다.

그러나 스스로 그렇게 고백하는 나라는 없다. 프랑스도 2차대전 중 친독(親獨) 활동을 한 사람이 꽤 많았지만 대전 중 독립을 위해 투쟁한 레지스탕스의 활동을 자랑스럽게 내세우고, 지금도 그들의 위대한 정신과 투쟁으로 전쟁에서 승리하였음을 내세운다.

---

35) 1968년 세계 곳곳에서 벌어진 사회적 분쟁으로, 군 독재정부나 권위주의적 정권에 맞서 정치적 압력을 받던 이들이 일으킨 사회 운동을 의미한다. 이 혁명은 인종주의를 비롯한 여러 차별들에 대한 반대 뿐만 아니라 핵이나 환경 오염, 베트남 전쟁과 같은 여러 사회적 문제에 대한 반대도 포함하고 있다. 서구권에서 이러한 시위는 민권운동의 전환점이 되었다. (위키백과)

독일에게 단지 4년간 지배되었던 프랑스가 그렇다면 우리는 더더욱 자랑할 만한 투쟁 역사를 지니고 있다고 할 만하다. 을사조약이 강제로 맺어졌던 1905년부터 3.1운동이 일어난 1919년까지 의병 활동으로 사망한 선조들만 해도 십수만을 넘어선다. 어떤 외부의 도움도 받지 않는 상태에서 벌어졌던 투쟁이었다.

전국에서 전개된 비폭력 저항운동이었던 3.1운동 기간 동안 최소 7,200명 이상이 사망했다. 희생자 수는 일제의 공식기록에 의한 것이다. 사망자 숫자를 최소한으로 줄였을 것이라는 합리적 의심으로 희생자가 공식기록보다 훨씬 많았을 것이라는 추측이 가능하다. 실제로 얼마나 많은 분이 돌아가셨는지는 아무도 모른다. 조국을 되찾기 위한 희생을 말한다면 프랑스의 레지스탕스에 비할 바가 아니다.

3.1운동 기간 중 전국에서 부르짖은 '대한독립 만세'는 온 국민이 비폭력 투쟁으로 대한민국의 독립을 전 세계에 선포한 어마어마한 사건이었다. 손에 태극기를 든 것만으로 죽을 수 있다는 사실을 알면서 압제자의 총구 앞으로 뛰어나가 독립을 외친, 역사상 전례가 없는 사건이었다.

한 달 후인 4월 11일, 국내외의 독립운동가들은 온 국민의 뜻을 모아 상하이에서 대한민국 임시정부가 수립되었음을 선포한다. 이후 1945년 8.15광복까지 27년 동안 온갖 고난 속에서도 상해를 비롯한 중국 각처에서 그들은 한국인의 독립과 자유를 위해 투쟁하였다.

그런데 '정부라고 하면 국제법상 통치권이 미치는 국토와 국민이 있어야 하는데, 통치권을 행사할 대상이 없었으므로 일반 정부와는 성격이 달랐다'(한국민족문화대백과, 한국학중앙연구원)는 고상한 이론을 근거로 대한민국 임시정부의 법통을 인정하지 않는 사람들이 있다.

기가 막히는 일이다. 어떻게 자국 역사에 이렇게 잔인한 논리를 내세울 수가 있을까. '통치권을 행사할 대상이 없었다'는 해석은 '일본이 합법적으로 한반도 안의 한국인을 통치했다'는 주장을 수용하겠다는 뜻이다. 이는 일본 극단주의자들의 논리이다. 역사에 무지하거나 국적을 의심해 보아야 할 사람들의 해석이다. 더욱 놀라운 일은 현대 한국 사학계의 주류에서도 임시정부의 법통을 인정하지 않는 것으로 해석할 수 있는 행보를 보이는 이들이 있다는 점이다.

선조들의 크나큰 희생으로 수립한 대한민국 임시정부의 성립을 인정하지 않는다는 것은 그분들의 희생에 어떤 의미도 부여하지 않겠다는 뜻이다. 우리 역사해석에서 이보다 더 부끄러운 일이 있을 수 없다고 생각한다. 이들의 의식 수준은 거의 미스테리 수준이다.

1987년 개정된 현 헌법은 전문에 '3.1운동으로 건립된 대한민국 임시정부의 법통을 계승하고'라는 구절을 삽입함으로써 현 대한민국 정부가 임시정부의 법통을 계승하였음을 명문화하였다. 1919년 독립선언을 근거로 수립한 임시정부에 한국인을 통치하는 권력의 정당성이 있었고 대한민국이 그곳에서 기원하였음을 명확하게 밝히고 있다.

3.1운동 100주년을 맞은 2019년 대한민국 국회는 임시의정원의 상징을 물려받아서 입법부도 독립투쟁의 위대한 정신을 계승했음을 천명하였다. 그렇다면 '우리 조선이 독립국이며 조선인이 자주민임을 선언'한 위대한 뜻을 모아 수립한 대한민국 임시정부를 후손들이 '사실상' 인정하지 않는 이유가 무엇일까, 깊이 통찰해 보아야 한다.

우리가 그때의 독립선언을 인정한다면 올해는 독립 105주년이 되어야 한다. 이참에 '해방'과 '광복'을 분리하여 광복은 1945년이 아니라 1919년을 기점으로 삼아야 한다고 생각한다. 3.1운동을 '광복'으로 격상시키는 일은 유관순과 조국 독립에 생명을 바친 수많은 선열들을 대하는 후손들의 최소한의 예의라고 생각한다. 조국을 다시 찾은 날이 광복절(光復節)이 아니면 무엇인가.

40. 건국 105주년

1776년 7월 4일 영국의 식민지로 있던 북아메리카의 13개 주 대표들이 필라델피아에 모여 독립을 선언하였다. 그러나 조지 워싱턴이 초대 대통령으로 취임한 해가 1789년이다. 그 이전 13년 동안 미국은 정부가 없는 국가, 제대로 국가의 틀을 갖추지 못한 나라였다. 그렇다고 미국인들이 첫 대통령이 취임한 해를 기준으로 독립을 기념하지는 않는다. 국가조직이 갖추어지지 않았던 '독립을 선언' 한 1776년을 독립의 기점으로 삼는다.

대한민국 정부수립의 선포가 있었던 해는 1919년 4월 11일이다. 미국과 똑같은 논리로 독립을 선포한 해로 대한민국이 성립한 것으로 받아들이기만 하면 올해로 독립(건국) 105주년이 된다. 이렇게 선언한다고 해서 국제사회에서 갈등을 겪을 일은 없다. 못마땅해하는 나라가 하나 정도 있을 수 있지만, 아마 어떤 나라도 그 주장에 동조하지는 않을 것이다.

그러나 2022년 8.15 기념식에는 '정부수립 74주년' 이라는 타이틀이 걸려 있었다. 무슨 이유인지 모르지만 정부와 국민이 1948년 수립된 정부가 대한민국임시정부를 이어받았다는 사실을 인정하지 않고 있다. 헌법 전문[36]의 내용과는 다른 모습을 보이고 있는 것이다.

지난 세기 대한민국과 일본이 얽힌 외교 사안의 근본에는 일제의 한반도 점령 기간에 대한 법적 해석을 어떻게 할 것인가의 문제가 걸려 있다. 일본이 합법적 절차를 거쳐 대한제국을 합병한 것으로 주장하는 데 반해서 우리의 공식적 입장은 그들의 점령 기간을 불법 강제 점령으로 간주한다. 이 시기를 어떻게 해석하느냐는 점령 당시 발생한 위안부, 강제 징병·징용자 피해에 대한 배상과 관련이 있다.

  일본 입장에서는 '배상'을 인정하면 합병이 불법이라는 걸 스스로 인정하는 것이 된다. 배상과 보상의 차이를 분명하게 할 필요가 있다. 배상은 불법적 행위에 대한 손실을 갚는 것이고, 보상은 합법적 행위에 대한 보전이다. 최근에는 징용의 경우 배상이 가해 (일본)기업이 지급하는 '위자료' 정도로 의미가 축소되어 보상 수준으로 거론되고 있다는 이야기가 흘러나오고 있다.

  만약 우리 대법원이 위자료를 '배상'으로 해석하면, 동시에 이 판결을 일본 정부가 수용한다면 일본의 제국주의 침략 기간 중 아시아 각국에서 벌어졌던 모든 강제노동에 대한 불법성을 논리적으로 인정하는 것이 된다. 따라서 일본으로서는 타국에서의 불법 행위에 대한 엄청난 배상 압력을 받을 가능성을 안고 있는 사안이다.

  우리나라에서 제기된 문제가 우리만의 문제가 아니었던 것이다. 일본이 소송을 지체시킴으로써 배상 당사자의 수를 줄이면서 한치의 양보도 하지 않는 이유는 그 때문이다. 일제가 저지른 과오를 반성하지 않고 오히려 침략의 선봉에 섰던 전범들을 신으로 모시는 현대 일본의 급소이고 딜레마다.

---

36) 대한민국의 헌법 전문(前文)은 '유구한 역사와 전통에 빛나는 우리 대한국민은 3.1운동으로 건립된 대한민국임시정부의 법통과 불의에 항거한 4.19민주이념을 계승하고…'로 시작한다.

또 한 가지, 일본 정부는 당시에 벌어진 피해 배상과 관련한 소송에서 1965년 대일청구권 협정에 의하여 개인의 강제 징용에 대한 배상금을 한국 정부가 대신 수령하였다고 주장한다. 그러나 이 주장은 '불법 강점에 따른 개인 피해는 청구권 협정의 적용 대상이 아니다'라는 우리 대법원의 판결에 의하여 부정되었다. 그러니까 논리적으로 지금도 개인 피해자가 배상권을 발동할 수 있다는 해석이 가능하다.

만약 일본 정부의 주장을 우리 정부가 수용한다면 우리 스스로 일본의 불법점거를 인정하고 대한민국 임시정부를 부정하며, 대한민국의 정체성을 훼손하는 일이 된다. 이는 수천 년 국토를 보전해 온 조상들과 독립투사들을 나락에 떨구는 부끄러운 짓이다. 우리 스스로 독립투쟁의 역사를 부정하는 일로 도저히 받아들일 수 없는 것이다. 결코 벌어져서는 안 될 일이다.

이런 사실로 미루어 볼 때 우리나라는 현재 이상하고 애매한 위치에 있음을 알 수 있다. 일본의 합병을 불법으로 간주한다면 어딘가에는 합법적인 대한민국이나 대한제국 정부가 존재했어야 한다. 그래야 논리적으로 불법성이 객관화된다. 그런 처지에 3.1독립선언의 의미를 폄훼하고, 멀쩡하게 존재한 대한민국 임시정부의 존재를 부정하고 있는 것이다. 도대체 왜 이런 일이 벌어지고 있는 것일까.

2018년에 '폴란드 독립 100주년' 관련 기사를 본 적이 있다. 이 나라 역시 2차대전 기간 중 독일과 러시아에 점령을 당하였고, 런던에 망명정부가 수립되었던 나라다. 우리 임시정부가 상하이와 충칭에 있었던 상황과 다르지 않다. 그렇다고 해도 그들은 점령 기간에 독립의 시간이 멈춘 것으로 받아들이지 않는다. 망명정부의 정통성을 부정하지 않는다.

폴란드인들이 인정한 합법적 정부가 런던에 있었고 미약하나마 연합국의 도움으로 지속적인 독립투쟁을 했기 때문이다. 그렇다고 해서 현 독일 정부가 당시 폴란드의 독립을 부정하지는 않는다. 국제사회에서는 어떤 나라가 언제 독립을 선언했는지, 독립이 몇 주년인지에는 사실별 관심이 없다.

우리가 올해 독립기념일을 105주년이라고 주장한다고 해서 공식적으로 이의를 제기할 나라는 지구상에 한 나라도 없다. 그런 나라가 있다면 스스로 침략자이면서 제국 국가였던 시절의 범죄를 스스로 인정하는 것이기 때문이다. 건국일이나 독립일의 기준은 우리가 정하고 기념하면 되는 일이다. 국제적 공인을 필요로 하지 않는 사안이다.

대한제국은 일제의 한반도 점거와 관계없이 1919년 4월, 대한민국 임시정부가 수립되면서 소멸한 것으로 해석하면 된다. 그래야 숨통이 막혔던 역사가 숨을 쉬게 된다.

과거 역사를 어떻게 해석하느냐는 후손들과 민족의 미래에 심각한 영향을 미친다. 중국의 동북공정과 일본의 역사 왜곡은 간단하게 말하면 자신들의 과거 조작이다. 주변국의 비난을 감수하고 역사를 거짓으로 조작해 내는 것은 과거를 어떻게 해석하느냐에 따라서 후손들의 미래가 달라질 수 있다는 것을 잘 이해하고 있기 때문이다.

그들은 역사에서 강건한 정신을 추출해 전달하지 못하면 후손들의 미래가 위험해질 수 있다는 걸 인식하고 있다. 이런 행태는 비난받아 마땅한 일이지만, 국가의 미래를 걱정하는 그들의 시도를 전혀 이해하지 못할 일도 아니다. 자랑스러운 조국에서 후손들이 더 훌륭한 역사를 창조할 수 있게 할 수 있다면 어떤 비난도 감수하겠다는 자세가 부러울 때도 있으니까. 양식상 그렇게까지는 못하는 나라가 우리나라다.

그 양식을 높이 평가한다 해도 선조들의 위대한 독립투쟁을 폄훼하고 스스로 비하하는 모습을 보이는 나라를 후손들이 자랑스럽게 여기지는 않을 것이다. 이 시대를 사는 우리도 일제 강점시대에 아무 저항 없이 착한(?) 식민지인으로 그들에게 협조한 비굴한 선조들을 역사적 관점에서 자랑스럽게 여기지는 않는다.

독일에서 교회에 히틀러를 신으로 모신다면 어떤 일이 벌어질까. 신도(神道)를 믿는 일본인들은 국가를 위해 희생한 이들의 위패를 신사에 모셔놓고 그 귀신들을 신으로 받드는 신앙을 갖고 있다. 야스쿠니 신사에는 2차대전 전범들의 위패가 자리 잡고 있다. 우리가 일제의 패전과 조국 광복을 축하하는 날, 일본의 수장은 야스쿠니를 참배하고 침략전쟁으로 수천만의 목숨을 앗아간 범죄로 처형된 이들을 추모한다.

이런 어처구니없는 일을 저지르면서 지금까지 버틸 수 있었던 것은 제국주의 시절 일본 제국의 피해국들이 독일과 싸웠던 미국이나 영국이 가진 정도의 힘을 갖지 못하고 있기 때문이다.

우리는 기괴한 모순 속에 살고 있다. 인정하고 싶지 않지만, 과거 백여 년의 우리 현대사를 어찌 해석해야 할지 아직도 갈피를 잡지 못하고 방황하는 나라가 대한민국이다.

지금도 국가기관 청사 앞 독립운동가들의 흉상을 옮기는지 여부에 대한 논란을 겪고 있는 나라가 우리나라다. 왜 이런 모순 속에 우리가 살고 있는지 냉정하게 성찰해야 한다. 영정으로나마 자손들에게 부끄럼 없는 조상으로 기억되고 싶은 생각이 있다면 이 모순을 극복하는 데에 힘을 더 기울여야 한다.

41. 독일에서 생각해 본 통일

중세 독일에서 도시들의 연합체인 한자동맹[37]이 출현한 이유는 신성로마제국의 공권력이 허약했기 때문이다. 국가의 적절한 보호를 받지 못하는 도시 상인들이 안전과 이익을 확보하기 위하여 도시동맹이라는 자구책을 마련했던 것이다.

신성로마제국의 역사를 되풀이하지 않겠다는 강력한 의지 때문인지 모르겠지만, 오늘날 독일은 통합된 정치와 경제체제를 구축하는 데 성공했다. 게다가 과거사에 대한 철저한 반성으로 국제사회에서 도덕성을 확보했으며 패전으로 초래한 분단까지 극복했다. 이보다 더 좋을 수가 없는 역사를 이룬 독일이다.

통일 전이었던 1987년, 헬무트 콜 서독 수상이 동독의 공산당 서기장 호네커를 본으로 초청하여 군사적 예우까지 갖추어 정상회담을 한 적이 있다. 두 사람은 양독의 평화와 긴장 완화를 위해서 각자 책임을 다할 것을 약속했고, 의회에서 연설까지 한 호네커는 서독 대통령을 초청하기까지 했다. 상호 국가로 인정하지 않던 체제에서 공존의 체제로 들어섰다는 사실을 국내·외에 보여준 사건이었다.

아이러니컬 하게도 동독은 교류를 활성화하고 서독에 의해 정치적으로 인정을 받는 순간부터 무너져 내리기 시작한다. 의도하지는 않았지만, 두 정상의 회담은 통독의 첫걸음을 뗀 역사적인 사건으로 해석될 만하다. 이 과정을 지켜본 북한이 어떤 생각을 하였는지 짐작하기는 어렵지 않다.

---

37) 13~17세기에, 독일 북부과 발트해 연안의 여러 도시 사이에서 이루어졌던 연맹. 주로 해상 교통의 안전을 보장하고 공동 방어와 상권 확장 등을 목적으로 했다.

독일의 통일에는 큰 행운이 따랐다. 당시 통일의 가장 큰 장애였던 소련은 침몰하고 있었고, 독일의 멱살을 잡고 있던 고르바초프의 손에서는 힘이 풀리고 있었다. 가끔은 세상을 이해하기 힘들 때가 있다. 전쟁에서 패배한 독일과 승리한 소련의 입장이 한순간에 바뀌고 있었다.

적어도 독일 땅에서는 그랬다. 니케(NIKE)[38]가 미소를 머금고 패배자의 땅을 어슬렁거리고 있는 듯했다. 2차대전의 진짜 승자가 누구인지, 전쟁이 승리자에게 어떤 의미가 있는지 헷갈리는 시대였다.

독일의 통일을 지켜보면서 우리 땅엔 흥분하는 사람들이 많았다. 나도 그랬다. 신문과 방송에서는 북한이 곧 붕괴할 것이라고 호언장담하는 보도가 이어졌고, 대부분의 사람들은 그렇게 될 것이라는 걸 의심하지 않았다. 소련이 붕괴되고 남은 공산국가로 중국이 있었지만, 90년대 초 국제사회에서 중국의 정치적 입지는 보잘것이 없었다. 국가 경제 규모만을 보면 우리나라와 비슷한 수준으로 매우 열악한 상태였다.

그때, D그룹이 지원하는 프로그램으로 베이징과 상하이, 길림성 지역의 교육기관을 방문하고 그곳 교육자들을 만난 적이 있었다. 방문단은 베이징 소재 대학 소속의 역사학자, 공산당원인 안내원, 통역인 각각 한 명과 동행하였는데 그들의 말과 행동을 통해서 중국인들이 외국에 대하여 매우 방어적이고 소극적인 태도를 갖고 있다는 것을 확인할 수 있었다.

그런 태도가 평균적인 중국인이나 중국 정부의 입장과 크게 다르지 않을 것이라고 생각했다. 당시 중국은 사회주의 국가체제가 도처에서 붕괴되는 과정을 지켜보면서도 그 흐름을 저지할 만한 힘도 없었고 의

---

38) 그리스 신화에 등장하는 승리의 여신이다. 티탄 전쟁 때 제우스를 도와 올림포스 신들의 승리에 공헌했다. 간혹 전쟁의 여신 아테나와 혼동되기도 한다.(네이버 지식백과)

지도 없어 보였다. 지금의 중국과 전혀 다른 위치와 상황에 있었다.

　그로부터 30년이 지났음에도 우리는 아직도 통일을 제대로 이야기하지 못하고 있다. 독일 통일에 결정적 장애가 되었던 나라가 소련이었다면 우리의 통일 과정에서 장애가 될 수 있는 나라는 중국뿐만이 아니다. 통일을 이루지 못한 많은 이유가 있지만 가장 중요한 요인은 상황이 독일과 매우 다르다는 점을 제대로 이해하지 못하면서 북쪽을 대하는 우리 자신에게 있다고 생각한다.

　다른 사회주의 국가와 마찬가지로 북한 체제가 무너질 것이라는 단순한 생각은 분단의 역사적 과정과 현 상황을 냉정하게 분석하지 않았기 때문이다. 중국이 소련과 함께 침몰했거나, 침몰 중이었다면 비슷한 행운을 맞았을지도 모르지만, 통독 이후에도 동아시아에서는 정반대의 역사가 전개되었다. 소련이 사라진 후로도 중국은 날로 강해지기만 했으니까. 베를린을 어슬렁대던 니케(NIKE)는 지금도 우리에게 다가올 생각을 하지 않고 있다.

　독일의 통일을 한국에 적용하는 것은 타당하지 않다. 그들이 처했던 조건이 우리와 달랐고 일관된 통일정책과 의지가 있었다는 점에서 우리와 달랐다. 냉탕과 온탕을 오락가락하는 사이 통일은커녕 이젠 전쟁을 걱정해야 하는 상황으로 내몰리고 있다.

　정치인이나 정책 담당자들의 역량이 통일을 감당하기엔 너무나 미약하고 대계를 논하기엔 시야가 좁은 사람들이었다고 할 수밖에 없다. 적어도 주변 네 나라의 한반도에 대한 정책을 꿰뚫어 보는 국가 지도자들의 혜안과 정책, 남북한 주민들이 함께 통일을 이뤄야겠다는 열정을 보이지 않는 한, 분단을 극복하긴 어려울 것이다.

VIII
발칸의 여러 나라

42. 발칸과 튀르키예

지형을 가리키는 이름 중에는 한강이나 나일강처럼 고대로부터 전해 오는 것들이 많지만, 정말 그럴까 싶을 정도로 최근에 붙여진 이름도 많다. 발칸이란 지명이 그렇다. 발칸이란 지명은 200년 전까지만 해도 존재하지 않았다. 원래 '발칸'은 불가리아에 동서로 뻗어 있는 산맥 이름이다. 튀르키예어로 산맥을 뜻하는 일반명사다. '산맥'이란 일반명사가 특정 산맥의 이름이 된 것이다.

사실은 나일강이나 한강도 단순한 '강'과 '큰 강'을 이르던 지역의 일반명사가 고유명사로 전이된 것이다. 고대인들은 활동 범위가 매우 좁은 지역에 제한되어 있었으므로 눈앞의 산이나 강을 다른 지역의 강과 구별할 일이 없었다.

오스만제국 지배하의 발칸은 19세기 말까지도 하나로 뭉뚱그려 '유럽의 터키'로 불렸다. 발칸이 지역 이름으로 고착된 시기는 1912년 제1차 발칸 전쟁[39] 이후다. 그런데 유럽인들 중에는 발칸이란 지명과 함께 폭력, 야만 같은 부정적 의미를 떠올리는 사람이 많다. 19세기에 이후 지속된 이 지역에서의 두 차례 전쟁에서 자행된 대규모 학살과 폭동, 보복 등이 '발칸'이라는 지역 이름에 스며들었기 때문이다.

한 세기 전만 해도 유럽인들은 발칸지역을 유럽의 일부로 여기지 않았다. 19세기 독일과 이탈리아는 오랫동안 분열되었던 소국들을 하나의 정치적 공동체로 통합하는 데에는 성공하였지만, 그렇지 못했던 발칸은 그때의 불안정이 지금도 해결되지 못하고 있다.

발칸으로 여행을 떠나기 직전까지 이 지역에 대한 나의 시각은 공산주의, 폭력, 종교 갈등과 같이 부정적인 것에 초점을 맞추고 있었다. 이곳의 종교 갈등은 이미 초기 이슬람 시대였던 7세기에 시작되었다. 17세기까지 계속되었던 기독교와 이슬람 간에 투쟁은 21세기에도 해결되지 못하고 있다.

1453년, 오스만투르크 제국이 콘스탄티노플(이스탄불)을 함락시켰을 때에 유럽인들은 이 역사적 사건을 기독교 정교도(동방정교)의 타락과 타락한 인간에 대한 신의 징벌로 받아들였다. 또 어떤 사람들은 무능한 비잔티움 제국이 맞아야 할 당연한 결과로 해석하였다. 로마 말기에 분열된 서방가톨릭과 동방정교가 끊임없이 대립하였던 상황을 고려하면 이해 못할 일도 아니지만, 유럽인들이 이교도 국가인 오스만제국을 나

---

39) 1908년 보스니아 · 헤르체고비나를 병합하여 강대해진 오스트리아가 발칸반도로 진출하는 것을 막기 위하여 러시아는 발칸 제국(諸國)과 상호유대와 결속을 꾀한다. 그 결과 1912년 불가리아 · 세르비아 · 그리스 · 몬테네그로 사이에 발칸동맹(Balkan League)이 성립되었다. 그러나 러시아의 의도와 달리 발칸 제국은 투르크 제국에 대항하여 투르크와 전쟁을 벌이고(1차), 이어서 동맹국 간에도 전쟁이 벌어진다.(2차) (네이버 지식백과/두산백과 두피디아)

쁘게만 바라보지는 않았다는 사실을 알 수 있다.

르네상스 시대 사람들은 오스만 황제를 일컫는 술탄을 알렉산더 대왕이나 로마제국의 계승자로 묘사하면서 기독교군의 무질서를 비판하기도 하였었다. 역사적으로 기독교와 이슬람이 항상 적대적이지는 않았다는 의미다.

1525년에는 프랑스의 프랑수아 1세 국왕은 같은 기독교 국가인 신성로마제국(오늘날 독일)에 대항하여 오스만의 슐레이만 대제와 동맹을 맺기도 하였다. 그때는 유럽이 신·구교로 분열되어 대립하였던 때이기도 하였지만, 유럽에는 단일 국가로 오스만제국에 대항할 만한 힘을 가진 나라도 없었던 시대였다.

수백 년 동안 유럽에 영토를 가지고 있었음에도 오스만투르크가 유럽의 일원으로 대접받은 적은 없었다. 투르크는 유럽 문명의 발상지를 통치하는 아시아의 야만인으로 인식되었다. 이런 시각은 인종적, 종교적인 차이에서 비롯된 차별로 정당하다고 할 수는 없다.

그러나 튀르키예 문화가 유럽의 문화적 정체성과 거리가 있는 것은 부인할 수는 없다. 오래 전부터 튀르키예가 EU 가입을 원하고 있음에도 이루어지지 않는 여러 이유 중에 가장 큰 요인은 문화적 정체성의 차이 때문이다. 게다가 튀르키예는 가입이 허용된다면, 국토 넓이와 1억에 가까운 인구, 자원보유량 등에서 타 가맹국의 추종을 불허하는 1위의 위치에 서게 된다.

지금도 유럽대륙에서 인구가 가장 많은 도시를 런던(900만)으로 알고 있는 사람들이 많지만, 사실은 1,600만의 거대도시인 이스탄불이다. 구소련의 남하를 저지하는 역할로 유럽 안보의 한 축을 맡기면서 북대서양 조약기구(NATO) 가입을 허용하기는 했지만 아마 가까운 장래에 튀르키예의 EU 가입을 허용하는 일은 없을 것이다.

발칸을 이야기하면서 오스만제국을 언급하는 이유는 이곳이 역사적으로 튀르키예와 밀접하게 관련되어 있기 때문이다. 발칸에는 우리가 알지도 못하고 이해하기도 힘든 역사가 있다. 기독교(정교회) 국가였던 비잔틴제국의 계승자가 이슬람의 오스만제국이었다는 건 지금도 이해가 되지 않지만 사실이다.

이슬람이 실질적으로 이 지역을 지배한 14세기 말부터 약 400년간 튀르키예의 지배 아래 있던 발칸은 유럽의 역사에서 철저하게 배제되었었다.

43. 발칸 제국의 민족 정체성

19세기 루마니아의 농촌을 둘러본 영국인의 기록 중에는 "왈라키아(루마니아)인들은 빈둥대며 놀고 있다. 그들이 이렇게 놀고 있는 까닭은 뼈 빠지게 일해보아야 세금징수원과 고리대금업자, 십일세라는 명목으로 다 빼앗기고 자신들에게 돌아오는 것은 한 푼도 없다는 것을 알기 때문이다"라는 내용이 있다.

비슷한 시기에 조선을 여행한 영국 여행가 이사벨라 버드 비숍의《한국과 그 이웃나라들》[40]에도 유사한 기록이 있다. 그녀는 남한강 일대를 돌아보면서 비록 조선의 농민이 궁색해 보이기는 하지만, 실상을 들여다보면 그렇게 어려워 보이지 않았다고 기술한다. 그녀는 당시 조선 농

---

40) 이사벨라 버드 비숍 지음, 이인화 번역, 살림, 1996년.

민들의 사정을 열심히 일해보아야 지방 관리들의 수탈을 피할 수 없고 결국 손에 남는 것이 없었기 때문에 빈둥대고 있다고 기록하고 있다.

발칸이나 조선에서 농민에게 중요한 것은 국가라는 추상적 개념이 아니라 생계 수단으로서의 농토, 공정한 세금이었다. 국가가 약탈을 중지하고 생산물에 대한 정당한 소유권을 인정해 주기를 바랐던 것이다. 그들은 한 나라의 백성이기 전에 농민이었고 생존해야 할 인간이었다.

인종과 종교 문제가 난마와 같이 얽혀 전쟁까지 한 현대의 발칸인들이 20세기 초반으로 돌아가서 그들 조상과 만난다면 엄청난 배신감에 휩싸일 것이다. 20세기 초 만해도 이 지역 사람들은 국적의 개념이 없었다. 단지 자신들을 지배자였던 이슬람 투르크인과 구별하여 피지배 관계에 있는 기독교도 자유민으로 인식하고 있을 뿐이었다.

발칸 사람들은 기독교인 이상의 다른 정체성 또는 민족적 정체성을 갖고 있지 않았다. 모든 불가리아 정교 교회당에서는 그리스어로 설교를 하였지만, 어떤 불가리아인도 목회자에 대한 적대 의식을 갖고 있지 않았다. 당시에 두 나라 관계가 좋지 않았음에도 불구하고. 그들은 동네 교회당에서 반드시 자국의 언어로 설교해야 한다고 생각하지 않았다. 그곳은 민족이나 언어가 종교를 넘어서지 않는 곳이었다.

놀라운 사실이지만 20세기 초까지도 이 지역 사람들의 생각에는 현대적인 개념의 인종, 민족, 국가라는 개념이 없었다. 사람들 사이에는 단지 오스만투르크의 지배와 피지배의 정치적·사회적 관계만이 있을 뿐이었다. 거의 2,000년 동안 민족이나 인종을 따지지 않고 동로마제국 (비잔틴)의 기독교와 오스만투르크 제국의 이슬람이라는 종교를 기반으로 통치되었기 때문이다.

오히려 그 두 제국들의 신민들이 현대국가의 국민들보다 훨씬 개방적인 분위기의 사회에서 살았던 것이다. 어떤 언어를 사용하느냐와 동방정교 이슬람으로만 구분될 뿐, 모두 비잔틴이나 오스만의 신민으로 산 사람들이었다. 잔학했던 1990년대 발칸의 기억을 되새겨보면 어이가 없는 이야기다.

44. 갈등의 뿌리

제1차 세계대전의 원인이 사라예보에서 오스트리아 황태자가 암살된 사건이었다고 믿는 사람들이 많다. 이것은 속초에서 날아온 불씨에 양양 주유소 기름에서 발화한 사건을 양양 사람들이 불을 질렀다고 주장하는 것과 같다.

근본 원인은 유럽의 강대국 사이의 갈등에 있었다. 구체적으로 오스트리아의 후원자인 신흥 강자 독일과 러시아가 이 지역에 대한 영향력을 확대하는 과정에서 발생한 정치적 충돌이 세계대전으로 확대된 것이다. 당시 이 지역은 수백 년 동안 오스만투르크 제국의 영향 아래 있던 곳으로 제국이 해체되면서 힘의 공백이 채워지지 않은 상태에 있었다. 발칸은 이 공백을 채우려던 강자들 사이에서 일어난 전쟁이 시작된 장소에 불과했다. 발칸이 아니라도 세계대전은 어디에선가 일어날 수밖에 없던 상황이었다.

19세기, 뒤늦게 산업화에 성공한 신흥 강국 독일과 거대한 영토의 러시아에게 이 지역은 지중해를 거쳐서 대서양과 아프리카로 진출할 수 있는 교두보로 활용할 수 있는 곳이었다. 두 신생 제국은 이 꿈을 실현시켜 줄 발판을 갖고 싶었던 것이다.

1914년, 갈등의 와중에서 러시아의 지원을 받던 세르비아의 한 청년이 독일의 전위 역할을 하던 오스트리아 황태자를 저격한 사건이 일어난다. 사건이 발생한 사라예보는 당시 오스트리아의 점령지였다. 이 일을 계기로 유럽은 두 진영으로 패가 갈리는데 독일의 남하를 저지해야 했던 영국과 프랑스는 러시아 편에, 러시아의 팽창을 두려워한 튀르키예와 불가리아 등은 독일과 오스트리아 편에 서게 된다. 이는 곧 제1차 세계 대전으로 이어진다. 전쟁의 본질은 식민지 확보를 둘러싼 제국들 사이의 갈등이었다.

1990년대에는 같은 지역에서 다른 원인으로 전쟁이 발발하였다. 유고슬라비아연방이 7개의 국가로 분리·독립하는 과정에서 약 20만 명이 사망하고 200만 이상의 난민이 발생하였다. 처음엔 상이한 종교와 문화의 갈등으로 시작되었지만, 점차 지역주의와 민족 감정이 개입되면서 내전으로 확대되었다.

발칸의 여러 나라 사람들이 외견상 구분이 되지 않는 이야기를 나는 눈으로 확인하였다. 분열되기 전 유고슬라비아연방 총인구의 35%는 혼혈이어서 웬만한 집안은 대개 다민족, 다문화, 다종교의 성격을 가지고 있었다고 한다. 각 공화국이 주장하는 전쟁의 대외적인 명분은 독립이었지만 그들이 말하는 독립은 식민지로부터 탈피하는 독립이 아니라 연방으로부터의 탈퇴를 의미하는 것이었다.

더구나 민족해방을 목표로 한 전쟁도 아니었다. 노선투쟁이나 정책이 다른 것 때문도 아니었다. 유감스럽게도 정치인들의 선동이 큰 역할을 하기는 했지만, 진짜 원인은 이 지역 사람들의 머릿속에 얽혀 있는 복잡한 사연과 역사를 이해하지 않고서는 알 수가 없다.

가장 먼저 눈에 띄는 원인은 6세기경 이곳에 이주한 유고슬라브족(남슬라브족) 내부에서 발생한 문화의 이질화 현상이다. 이곳은 유럽의 다른 지역과 달리 평야보다 산이 넓게 분포되어 있어서 지역 간 교류가 원활하게 이루어지지 못하였다. 게다가 이질적인 종교와 제국들이 항상 충돌하고 있는 곳이기도 하다.

어떤 제국이 점령하느냐에 따라 문화 내용이 달라지고 또 다른 제국이 나타나면 또 다른 문화가 뿌리를 내렸다. 제국 정책에 따라서 다른 지역의 주민이 강제로 이주되기도 하였으며 정치적 혼란이나 기아를 벗어나려고 흘러들어온 민족도 있었다.

평범한 길거리에서 독특하고 다양한 문화를 느낄 수 있게끔 한 것은 문자와 종교였다. 슬로베니아나 크로아티아 같은 가톨릭 지역에서는 라틴문자가, 동방정교가 우세한 지역에서는 키릴문자가 사용된다. 하지만 문자가 다를 뿐 말은 거의 같다고 한다.

중국에서는 남쪽 광동성 사람의 말을 북경 사람들이 알아듣지 못한다. 발칸과 정반대로 중국에서는 동일한 문자를 사용하면서 지역에 따라 발음이 달라진다. 발칸과 중국의 역사 전개 과정이 다르다는 조건을 무시하면 문자가 다른 것이 말이 다른 것보다 문화의 이질화에 미치는 영향력을 훨씬 크다고 할 수 있다.

최근 챗GPT의 출현과 관련하여 유발 하라리는 '언어는 인간의 정서 형성에서 시작하여 세계의 성격마저 바꿀 수 있다'고 말하면서 기계언어의 출현이 인류에게 심각한 해악을 미칠 수 있음을 경고하였다. 기계가 언어능력을 갖는다는 것은 기계가 문화를 창조해 낼 수 있다는 것을 의미하며, 인간의 문화 자체를 무력화시킬 수 있다는 주장이다.

그는 말과 글을 뜻하는 언어(Language) 중에서도 글에 더 위험한 요소가 많다고 주장한다. 발화되는 순간 사라지는 말과 달리 문자는 흔적을 남기면서 문화의 정체성 형성에 결정적 역할을 한다. 과거를 기억하고 현실을 분석하며 미래를 대비하는 역사를 기록하는 수단으로 사용되는 것이 문자다. 발칸에서 겪었던 혼란의 뿌리가 상이한 문자가 병용된 데에도 큰 원인이 있다고 생각하는 이유다.

로마가 이 지역을 점령한 초기 기독교 시절, 발칸반도 지역은 동방정교가 우세한 지역이었다. 당시에는 성경책이 그리스어로 표기되면서 그리스 문자가 널리 사용되었지만 9세기 말, 키릴문자가 발명된 이후로 시나브로 사용 범위가 넓어지면서 보편적인 문자로 수용된다.

그런데 15세기 이후로 발칸을 지배하던 오스만제국의 세력이 약해지는 틈을 타서 17세기부터 오스트리아 합스부르크 제국이 이곳을 넘보기 시작한다. 이때부터 오스트리아제국이 점령하거나 영향력이 강했던 지역에는 가톨릭이 전파되고 로마문자가 사용된다. 지역에 따라서 본격적인 문화의 이질화가 시작된다. 다른 문자는 다른 문화를 탄생시켰고 결국 지역에 따라서 상이한 정체성을 갖게 되었던 것이다.

45. 스플릿

로마제국은 꾸준히 북진을 감행하였지만 라인강—알프스—다뉴브 (도나우)강을 경계로 북쪽의 게르만·슬라브족과 경계를 이룰 수밖에 없었다. 로마인들의 기록을 보면 게르만족을 보잘것없는 무기와 형편없는 군사조직을 지닌 야만인들로 비난하고 있지만 사실은 로마의 힘으로도 그들을 프랑스—크로아티아—세르비아—불가리아 이북으로 밀어붙일 수는 없었다. 제국의 힘이 미치는 곳은 그곳까지였다.

이는 한때 중국의 한족이 만리장성을 그들의 북방 한계로 인식한 것과 비슷하다. 로마인들은 그들을 '오랑캐'라고 비하하고 있었지만, 게르만은 로마에 정복당하지 않은 이민족이었을 뿐이다. 결국 AD 476년, 서로마는 이 '오랑캐'들에게 멸망하고 만다.

동아시아에서는 한족과 북방 '오랑캐'들이 지배와 피지배의 역사를 반복하였지만 유럽은 이때 로마를 멸망시킨 오랑캐들의 후손들이 지금까지도 지배권을 놓치지 않고 있다. '동아시아의 오랑캐'는 넓게 해석하면 우리와 핏줄을 나눈 동이족을 통칭하는 말이다.

발칸반도는 남부의 라틴, 북부의 슬라브와 게르만, 동부의 투르크족 등 여러 민족 활동의 교차 지점에 위치한다. 이곳엔 중·서부 유럽같이 개방된 평야 지대가 아니라 높고 낮은 산맥과 계곡이 곳곳에 진을 치고 있어서 일단 자리를 잡고 나면 다른 지역으로 이동하기가 쉽지 않은 곳이다.

슬라브족이 주류를 형성하였지만 그 밖의 소수민족도 모자이크처럼 거주하게 된 원인은 지형에 있었다. 특히 아드리아해[41] 연안에 위치한 크로아티아의 두브로브니크지역은 험악한 지형으로 내륙으로부터 고립된 곳이다. 오히려 산맥 너머 평야지대보다 바다 건너 이탈리아와 교류가 빈번하였던 곳이다. 크로아티아 사람들이 발칸의 다른 지역 사람들과 좀 다른 정서와 문화를 갖게 된 이유는 지형으로 설명할 수도 있다.

발칸반도 동북에 위치한 루마니아는 지금도 'Romania'로 표기된다. 로마시대에 퇴역 군인들이 퇴직금 명목으로 땅을 분배받아 정착해서

---

41) 이탈리아반도 북부지역과 발칸반도 사이에 있는 좁고 긴 해역.

그때부터 '로마인의 땅'으로 불리던 곳이다. 발칸에는 라틴족이 먼저 자리를 잡고 난 후 북쪽에서 슬라브족이 대규모로 이주한다. 수백 년의 오스만제국 통치 기간 중에는 황무지를 개간하려고 유목민인 투르크인들을 이주시키던 시절도 있었으나 성공하지는 못했다. 농업에 적당하지 않은 기후와 지리적으로 고립되어서 교통이 불편한 데다가 치안도 불안하였던 것이 원인이었다.

크로아티아는 발칸의 다른 지역보다 게르만족의 영향이 좀 더 두드러져 보이는 지역이다. 그러나 이곳에 게르만족이 거주하기 시작한 것은 최근의 일이다. 그들의 정착은 19세기 오스만투르크로부터 이곳을 빼앗아 점령했던 오스트리아가 최전방에 자국민을 이주시켜서 군사기지화를 추구했던 역사에서 비롯된다.

아드리아해를 사이에 두고 이탈리아 반도와 마주한 크로아티아 지역은 로마제국의 초기 역사에서부터 등장한다. 베니스를 마주보는 Pula에는 기원 1세기, 콜로세움과 거의 같은 시기에 지어진 원형경기장이 멀쩡한 상태로 보존되어 있다. 다시 그곳에서 수백 km 남쪽에 위치한 Split 해안가에는 로마 황제 디오클레티아누스[42]가 살던 궁전도 있다.

이곳에서 태어난 그는 드넓은 로마 강역을 네 구역으로 분할하여 2명의 정제(正帝)와 2명의 부제(副帝)가 분할하여 통치하도록 개혁을 단행했던 인물이다. 로마 역사상 최초로 스스로 황제직에서 물러나 이곳에서 양배추를 키우며 노년을 보낸 특이한 인물이다.

그러나 엄청난 규모의 개인 궁전에서 그가 누린 호사는 6년을 넘지 못했다. 참고로 로마시대에 이곳은 일리리움으로 불렸는데, 이 지역에

---

42) 디오클레티아누스: 로마의 황제(재위 : 284~305).

서만 로마 황제가 5명이나 배출되었다. 디오클레티아누스는 그중 한 명이다. 그의 궁전은 가로 세로가 약 200여 m 안팎으로 직사각형의 구조인데 그 안에서는 다른 곳에서 보지 못한 이상한 광경을 보았다. 궁 안에는 각종 바와 갤러리, 수많은 상점들이 가득 차 있었다. 옛 황제의 거주지를 민간인들이 점령한 모습에 놀라지 않을 수 없었다.

서양사에서 부르주아(Bourgeois)가 중세 봉건시대에 성(Bourg; 城) 안에 거주하던 유산계급자들을 뜻하였다는 건 잘 알려져 있다. 그러니까 성은 지배자가 독점한 공간은 아니었다. 그러나 궁(Palace)은 오직 지배자만이 거주할 수 있던 공간이다. 비록 퇴임 후에 거주했던 공간이라도 황제가 살던 궁(Palace)에 일반인들이 집단으로 거주하는 곳은 본 적도, 들어본 적도 없었다.

입구에서부터 훼손된 곳이 조잡하게 보수된 흔적이 군데군데 눈에 띄었다. 게다가 지금도 성벽 위에 집을 짓고 있는 모습에 아연실색할 수밖에 없었다. 성벽과 황제의 능, 탑 등이 대부분 잘 보존되어 있기는 하였지만, 이곳이 정말 로마시대의 궁전이었는지, 원형대로 보존되었어야 할 소중한 문화유산이 이렇게 훼손되어도 괜찮은 것인지, 한편으로는 크로아티아 정부의 공공 문화재 보호 의지를 의심하지 않을 수 없었다. 동행한 현지 안내인에게 궁 안 건물과 점포 소유권이 누구에게 속하는지 물어보았다. 그녀는 장황하게 설명을 하였는데, 소유권은 국가가, 개별 건물의 점유권은 민간이 가질 수 있다는 것과 매우 비싼 가격으로 권리 이전이 가능하다는 통역인이 짧막한 대답만을 들을 수 있었다.

여행 후 자료를 찾아보았다. 황제의 궁전은 그의 사후에도 잘 보존이 되었으나 7세기경 Split는 아시아계 민족인 Avar족에게 침략을 당한다. 이 족속은 Hun족[43]과 구별이 되는, 정체가 잘 파악되지 않고 있는 민족이다. 서양사학자 중에는 아바르족이 고구려와 인접했던 유연족의 일 파라고 주장하는 이들도 있다. 그들은 한때 중앙아시아부터 동유럽에 이르는 대제국을 건설한 적이 있었다.

아무튼 Avar족과의 전쟁을 피해 궁 안으로 대피하였던 주민들은 종 전 후에도 그곳에 거주하는 것이 허용되었던 것 같다. 이후 그곳에서 상 업이 발전하고 점차 도시가 확장하여 오늘날 Split로 발전하였다고 기 록은 전하고 있었다.

황제의 궁 안에 점포가 들어서고 주민이 거주하게 된 것 자체가 역사 의 일부라는 사실에 새삼 놀라지 않을 수 없었다. 생각과 달리 훼손은 최근에 이뤄진 것이 아니었다. 웃음을 참을 수가 없었다. 지배자가 거주 하던 공간에 민간인이 거주할 수 있다는 황당한 현실을 상상할 수 없었 던 내 인식의 한계가 폭로되었기 때문이다.

아무리 쇠락한 제국의 유산이라도 황궁 안에 평범한 민간인이 살 수 있다고는 생각해 본 적은 없었다. 멀쩡한 정신을 가진 한국인들이 경복 궁 안에 선 가게 건물에서 핸드백을 살 수 있다는 상상을 하기는 어렵 다. 궁문을 나오다가 광화문과 똑같은 형태의 아치형 돔 천정이 정방형 의 도로포장용 돌로 거칠게 보수된 모습을 보았다. 그것이 훼손된 연대 와 사건, 원형대로 보수가 되지 못한 이유가 무척 궁금하였다. 그러나 누구에게도 답을 들을 수는 없었다. 아마 훼손된 성문 천정을 무너트린 주인공은 예루살렘 십자군이나 수시로 출몰한 해적일 수도 또는 자연 붕괴에 의한 것일 수도 있다.

한참을 바라보다가 만약 이 흔적이 원형대로 복구되지 못한 원인이

---

43) 훈족(—族, Huns)은 4~6세기 중앙 아시아와 코카서스에 존재하던 민족으로, 튀르크 계열로 추 정되는 유목민족이다.

훼손 당시 Split의 피폐한 경제 상황을 반영하고 있는 것이라면 조잡한 복구의 흔적도 그 자체로 훌륭한 역사적 문화유산이 될 수도 있다는 생각을 하기에 이르렀다. 당시 그들이 최선을 다해서 복구하였다면, 아니 최선이 아니었더라도 이미 역사가 된 흔적을 어쩔 수도 없는 일이다. 원형을 복원하여 보존하는 것만이 최상책은 아니라는 생각에 이르러서 나의 지식이 의식을 제한하고 있음을 깨달았다.

황제라는 권위만으로 특정한 공간을 영원히 지켜내지는 못한다는 것, 황궁 안에 도시가 들어선 것 자체가 역사가 된 것으로 얼마나 멋진 장면을 만들어졌는지를 생각하면서 오후 내내 웃음을 참지 못하였다.

역사는 삶을 꾸밈없이 반영한 기록이어야 한다는 것, 그 모습이 어떤 것인지는 중요하지 않다는 것을 깨달았다. 시간은 황제의 삶과 평범한 백성들의 삶을 차별하지 않았다. 그리고 때가 되면 시간은 잠시 인간에게 내주었던 이 모든 것을 거두어 갈 것이다.

46. 6.25와 옛 유고슬라비아연방

흔히 사람들은 1990년대 초, 발칸반도에서 발생한 '여러 전쟁'을 통칭하여 '발칸전쟁'으로 부른다. 그러나 역사 연표에서 '발칸전쟁'은 우리가 아는 것과 달리 1912년과 1913년, 약 400년간 오스만투르크의 지배를 받던 그곳의 나라들이 독립하는 과정에서 겪었던 식민 모국과의 전쟁을 의미한다.

1943년 연방 형태로 출발한 옛 유고연방공화국은 티토의 강력한 리더십이 없었더라면 존립하기 어려울 정도로 애초부터 내부 갈등을 안고 있던 나라다. 결국 1980년 티토가 사망한 후, 갈등이 표면화되면서 혼란을 겪던 옛 유고연방(1943~1992의 유고연방을 뜻한다. 크로아티아와 슬로베니아가 분리 독립한 이후 나머지 국가만의 '유고연방' 과 구별하여 이렇게 표기한다)은 1991년부터 해체의 수순을 밟게 된다.

옛 유고연방은 슬로베니아, 크로아티아, 보스니아(헤르체고비나 포함), 세르비아(코소보 포함), 몬테니그로, 마케도니아 등 6개 국가로 구성되어 있었다. 티토는 크로아티아 출신이었지만, 종주국은 세르비아였다.

1991년부터 시작된 이곳의 혼란은 보통 '유고슬라비아 전쟁' 으로 불린다. 이 전쟁은 다시 1991년 슬로베니아가 연방으로부터 독립을 선언한 후, 10일간 겪었던 짧은 '슬로베니아 전쟁' 을 비롯하여 1991~1996년 까지의 '보스니아 전쟁', '크로아티아 전쟁' 과 '코소보 전쟁' 을 포함한다. 이 내전에서 약 20만 명 이상 인명이 희생되었다.

발칸의 현대사를 살펴보다가 뜻밖에도 우리나라와 옛 유고연방이 이상한 운명으로 엮였던 적이 있었다는 것을 알고 크게 놀랐다. 이와 관련하여 40년의 외교관 생활과 옛 유고연방의 초대 대한민국 대사를 지낸 신두병이 《발칸의 음모》[44]에서 서술한 내용을 간략하게 정리해 보았다.

참고로 그는 옛 유고연방의 갈등이 격화되었던 1992년, 개설된 지 2년 반 만에 대사관이 철수함으로써 이 나라의 첫 번째 대사이자 마지막 대사가 된 희귀한 경력의 소유자이기도 하다.

1945년 이차대전이 이후 티토가 이끌던 옛 유고연방은 서유럽의 공산당(프랑스와 이탈리아, 남부 유럽 국가의 공산당)에 대한 정책에서

---

44) 신두병 지음, 용오름, 2013.

소련과 사사건건 대립을 하고 있었다. 뿐만 아니라 티토는 동부 공산권 국가들 사이에서도 스탈린 못지않은 영향력을 행사하고 있어서 소련에겐 눈엣가시 같은 존재였다. 스탈린은 티토에게 끊임없이 경고와 위협을 날렸지만 전혀 변화를 보이지 않자 결국 1948년, 공산당의 국제조직인 코민포름[45]에서 옛 유고연방을 축출하기에 이른다.

물론 이 갈등은 소련에 대한 맹목적인 충성을 거부하고 나름의 사회주의 길을 추구한 티토의 자주노선에서 비롯된 것이다. 이후로 서방에서는 소련이 옛 유고연방을 침공하기 위해 주변 공산국가들에게 대량의 무기와 군수물자를 제공하고 있다는 뉴스가 보도되고 있었다.

1950년 여름 이후 국제사회에서는 소련이 주도하는 대대적인 유고 침공이 있을 것이라는 예측들이 많았다. 미국을 비롯한 서방국가에서는 티토와 스탈린의 갈등이 '신이 내린 축복'으로 받아들여졌다. 1949년 서방국가들은 유고연방에 대한 경제 봉쇄를 해제하고 경제 원조를 제공하기 시작한다. 게다가 1950년 1월, 옛 유고연방은 소련의 반대에도 불구하고 미국의 지원으로 UN 안보리 비상임이사국으로 선출되기에 이른다.

1950년 6월 25일, 한국에서 전쟁이 발발하였다. 유고연방으로서는 한국전쟁을 '발칸에서 일어날 전쟁이 한국에서 났다'고 보도했다. 한국전쟁으로 인해 소련이 유럽에서 새로운 전장을 만들기가 어려워졌기 때문이다. 당시 유고연방 관영신문은 모든 공산권 국가에서 북침설을 보도한 것과 정반대로 북한이 남한을 침공했다고 보도했다.

옛 유고연방은 UN 안전보장이사회에서 북한을 침략자로 규정한 결

---

45) 공산당―노동자당 정보기구. 1947년 미국/ 서유럽의 반공체제와 투쟁할 것을 선언한 소련/ 동구권 9개국 공산당이 참가하여 창설한 마르크스―레닌주의 공산당의 국제조직이다.(위키백과)

의문 채택에 (거부하지 않고) 기권하였다. 그 결과 안보리 결의문은 '반대 없이' 통과될 수 있었다. 사실상 미국의 편에 선 것이다. 중국 공산군을 침략자로 비난하는 총회의 결의에도 소련의 위성국가들이 거부한 것에 반해 옛 유고연방은 기권표를 던졌다. 이 같은 친서방 노선으로 옛 유고연방은 한국전쟁을 계기로 서방 세계와 더 가까워질 수 있었다.

1951년, 스탈린은 모스크바에서 동유럽 공산국가 국방장관들과 옛 유고연방 침공을 논의하였다. 이에 미국의 애치슨 국무장관은 (1950년 1월, 한국을 미국의 방어선에서 제외한 것과 달리) 만약 소련이 옛 유고연방을 침공한다면 좌시하지 않은 것이라는 경고를 하면서 유고에 무기를 지원하기 시작한다. 이 조치는 소련의 팽창을 저지하려는 미국 세계 전략의 일환이었다. 결국 유럽 국가들이 우려하던 전쟁은 일어나지 않았다.

이 글을 읽기 전에는 한국전쟁 발발을 남북한 이외의 다른 나라와 관련하여 생각해 본 적이 없었다.

김일성과 얽힌 이야기 하나 더. 옛 유고연방의 일원이었던 슬로베니아에는 블레드라는 도시가 있다. 아름다운 호수로 유명한 이곳에는 티토의 별장이 자리 잡고 있었다. 블레드 호수의 가운데에 위치한 별장은 리모델링 되어 관광객을 맞이하는 호텔로 사용되고 있었다. 정확한 연대를 확인하지 못했지만 티토의 초청으로 김일성이 이곳에 두 주일 동안 묵은 적이 있다고 한다. 이후 북한은 김일성이 체류했던 방의 모든 집기와 장식품을 구입하여 가져갔다고 한다. 수많은 국가원수가 그곳에서 머물렀지만 이런 일은 옛 유고연방에서도 전례가 없던 일이라 당시 이곳에서 매우 화제가 되었던 사건이었다고 한다.

6.25를 전후하여 옛 유고연방과 우리나라가 얽혔던 이야기가 생각보

다 장황하게 기술되었다. 우리나라와 얽힐 것이 없을 것 같은 나라가 위기에 처했던 우리의 편에 섰던 이야기라서 신기하기도 하고 한편으로 반갑기도 하였다. 옛 유고연방을 방문한 김일성의 이야기로 짐작하였겠지만, 그렇다고 티토가 공산주의 국가인 북한에 등을 돌리고 남한을 인정했던 인물은 아니다.

그는 김일성과 똑같이 평생 공산주의자였고 그 이념에 충실했던 인물이었다는 점을 놓쳐서는 안 된다. 그러나 이념을 떠나 이야기하자면 힘이 강했던 나라가 아님에도 불구하고 자국의 주권을 훼손시키지 않고 국민과 국가이익을 지켜낸 지도자라는 점에서 높이 평가할 만한 인물임에는 틀림이 없다.

47. 하라리의 각성

이곳의 2,000여 년 전 로마 유적지를 지나면서 동시에 근세 이후 이곳을 뚫고 지나간 역사와 지난 세기말 휩쓸었던 전쟁의 참상을 떠올리면서 도대체 인간이 궁극적으로 지향하는 것이 무엇인지, 우리가 어디로 가고 있는지를 생각해 보았다.

유발 하라리가 인류의 장래를 결정지을 만한 통찰력을 지닌 사람이라고는 생각하지는 않지만, 그는 〈사피엔스〉의 결말에 즈음하여 '우리는 머지않아 스스로의 욕망 자체도 설계할 수 있을 것이다. 그러므로 아마 우리가 마주하고 있는 진정한 질문은 "우리는 어떤 존재가 되고 싶은가?"가 아니라 "우리는 무엇을 원하고 싶은가?"일 것이다'라고 말한다. 이 질문이 섬뜩하게 느껴지지 않는 사람이 있다면, 이 문제를 깊이 고민하지 않은 사람일 것이다.

그의 주장이 BC 2,750년 경 고대 수메르의 영웅 〈길가메시 서사시〉 이야기에서 영감을 받지 않았을까 하는 느낌은 곳곳에서 감지된다. 길가메시는 유프라테스 강변의 도시국가인 우루크의 왕으로 전해지는 인물이다. 신들은 폭정을 일삼는 그를 벌하려 괴물 엔키두를 보내지만, 오히려 둘은 친구가 되어 함께 신들에게 대항한다.

이 장면은 죽을 운명에 저항하는 현대인의 모습과 흡사하다. 자신의 힘만 믿고 타인을 괴롭히던 길가메시는 신들과의 싸움에서 엔키두를 잃고 나서 비로소 죽음의 두려움에 사로잡힌다. 고민 끝에 동쪽의 먼 나라로 영생의 풀을 찾아 나섰던 길가메시는 천신만고를 겪고 그것을 구하기는 하지만, 귀로에 뱀에게 빼앗기고 만다. 결국 불멸의 기회를 놓치고 말았지만, 우르크로 돌아온 그는 자신의 운명을 깨닫고 여생을 신의 소명에 바치게 된다.

우리가 마주한 첫 번째 철학적 질문이 '우리는 어떤 존재가 되고 싶은가?' 가 아니라 '우리는 무엇을 원하고 싶은가?' 라면, '인간의 존재 의미가 무엇일까' 라는 의문에 마침표를 찍게 될지도 모른다. 이 의문은 인간이 '지향해야 할' 곳이나, 무엇이 '되어야만 한다' 는 존재의 당위성에 대한 사유를 약화시키는 결과를 낳을 것이다. 존재 자체에 대한 의문인 'why' 보다 어떻게 살아야 할 것인가에 대한 의문, 즉 'how' 에 집중하게 된다는 것을 뜻하기 때문이다.

실제 인간의 역사는 이 여정을 따라 진행되어 왔다고 할 수 있다. 이 기나긴 사유의 과정은 길가메시의 이야기가 전개되는 것과 매우 흡사하다. 그의 이야기는 죽을 수밖에 없는 존재가 죽음에 저항하다가 그것이 불가능함을 깨닫고 'how' 에, 신이 부여한 운명에 순응하는 과정을 늘어놓은 것이다. 의문을 제기하고 새로운 영역으로 나아가기보다는 주어진 운명 안에서 제 살길을 찾아간다는 의미로 해석할 수 있다.

이것으로 미루어 보면 순수보다는 응용학문이, 현상에 대한 철학적 문제 제기보다는 사회학적 분석이 중요해질 것이라는 예측이 가능하다. 인간 스스로 설계한 욕망에 따라 탄생할 미래세대는 하라리의 예언대로 설계자들의 문화 코드에 따라 나아갈 길이 정해지겠지만, 목표도 없이 어디에 있는지도 모르는 욕망의 종착점을 향해서 가없는 질주를 한다는 것을 의미한다.

수천 년 동안 인간을 괴롭혔던 존재에 대한 '왜' 라는 질문은 털 없는 원숭이들의 순진한 사고 유희였을 수 있다. 이 관점은 소크라테스 시절부터 줄기차게 인간을 괴롭혔던 인간 존재의 본질적 의미가 아직도 정립되지 못하였다는 것을 의미한다. 애초부터 창조주로부터 어떤 이유나 의미도 부여받지 않았던 피조물들의 주제넘은 사유였다는 해석이 가능하다. 마침내 인간은 자신들이 개미나 상어, 나뭇가지와 다름없는 자연의 선택에 의하여 생성된 평범한 유기체에 불과하다는 것을 자인하기에 이르렀다. 인간이 이룩한 위대한 과학적 업적이 오히려 인간을 나락으로 떨어트려 버린 것이다.

절망의 구렁텅이에 떨어진 인간이 나름의 가치를 찾고 새롭게 시작할 수 있는 첫 질문을 '우리는 무엇을 원하고 싶은가?' 로 파악한 하라리야말로 수천 년 동안 철학과 과학, 역사에서 제기된 존재에 대한 의문에 대하여 적절한 답을 제시한 학자라고 할 수도 있다. 그러나 그도 방향을 찾지 못하고 오랫동안 방황하던 인류에게 통합되고 일관된 입장에서 새로운 지향점을 제시하지는 못하고 있다. 우리가 원하는 무엇이 어떤 결말을 가져올지 해답을 제시하지 못하고 있다.

IX
미국

48. 미국과 중남미

1980년대 중남미를 칭할 때 '미국의 뒷마당' 이라는 글귀가 자주 인용되곤 하였다. 상황에 따라서 얼마든지 미국의 뜻대로 좌지우지할 수 있는 지역이라는 뜻이다. 헐리우드 영화에서도 이 지역 국가들이 대부분 미국으로 반입되는 마약과 군부 쿠데타, 불법적인 비밀 군사작전 같은 사건들과 미국의 이해관계가 얽혀 등장하던 때가 있었다.

물론 영화 속 이야기이긴 하지만 국가의 운명이 힘센 나라의 이해관계에 따라 좌지우지되는 모습을 보면서 우리와 미국과의 관계에서 느끼는 복잡한 감정을 떠올린 적이 여러 번 있었다. 이 지역과 관련해서는 7, 80년대 칠레 피노체트 정권, 80년대 니카라구아 사회주의 정권, 90년대 이후 콜럼비아 마약 문제로 익숙해져 있기도 하다.

최근에는(2018년) 중남미인들의 불법입국과 관련하여 민주당 중심의 의회와 트럼프 대통령이 대립하고 있다. 이 지역 국가들의 미국에 대한 지정학적 이해관계가 매우 크고 영향력이 지대하다는 것을 알 수 있는 사안들이다.

미국의 주별 지역총생산(GRP; Gross Regional Product) 통계를 본 적이 있다.(월드뱅크, 2015) 1위는 태평양 연안 아시아 교역의 중심지인 캘리포니아주다. 면적이 일본과 비슷하고 인구가 가장 많은 주로 단일 주(州)만으로 이탈리아의 경제 규모를 넘어선다. 2위는 텍사스주인데 중 남미를 향한 창이라고 불리는 지역이다. 캘리포니아도 그렇지만 중남 미계 라틴인을 가리키는 히스패닉이 몰려 있는 지역이다. 3위가 유럽 교역의 중심인 뉴욕주다.

이 통계만으로 단정하기는 어렵지만 전통적인 산업의 중심지인 동북 부에 몰려 있던 기업들이 남부지역으로 옮겨간 이유를 생각해 보지 않 을 수 없었다. 대외교역의 측면에서만 본다면 제조업의 입지는 큰 시장 과의 교역에 유리한 곳으로 몰리기 마련이다.

태평양 건너 아시아 대륙과 캘리포니아, 대서양 건너 유럽과 뉴욕주, 카리브해 아래 중남미와 텍사스·플로리다를 떠올리면 순위가 갖는 의 미가 작지 아니함을 알 수 있다. 아시아나 중남미 지역과의 교역이 유럽 교역량을 능가하고 있다는 뜻으로 해석될 수도 있으니까. 대외 교역량 이 곧 지역의 경제 규모를 결정하는 것은 아니지만, 남부지역이 동부를 언제 추월했는지도 궁금하였다.

언젠가 '미국은 대륙이면서 하나의 거대한 섬이다'라고 한 표현을 본 적이 있었다. 세계지도를 살펴보면 북미대륙은 왼편에 태평양, 오른편 에 대서양, 그리고 아래에 카리브해가 위치해 있다. 미국은 세 바다의 가운데에 떠 있는 나라로 아시아와 유럽, 남미 국가들과 가장 유리한 위치에서 교역이 가능한 섬이란 뜻으로 해석할 수 있는 위치다.

군사 전략적으로도 그렇다. 재래식 전쟁이라면 유럽과 아시아의 어떤 나라도 미국 본토를 공격하기 어려울 정도로 멀리 떨어져 있다. 태평양과 대서양이 해자 역할까지 하고 있으니 뭐 이렇게 운이 좋은 나라가 또 있을까 싶다. 비교적 약점을 지닌 지역이 남쪽인데 중남미 지역엔 미국을 위협할 만한 세력이 아직은 없다. 조만간 나타날 가능성도 없어 보이고.

최근 중국이 베네수엘라를 지렛대로 위협을 하고 있지만, 과거 구소련과 쿠바의 예로 보아서는 성공하기 어려울 것이다. 머지않아 중국의 경제 규모가 미국을 능가할 것으로 예측되고 있기는 하지만, 그렇다고 그것이 곧 세계 패권 장악을 의미하는 것은 아니다. 미국은 경제적 열세를 상쇄할 수 있는 다양한 정치적, 전략적 수단을 손에 쥐고 있기 때문이다. 세계지도를 펴놓고 두 나라가 얽히고설켜서 대립하고 있는 것을 보면 우리나라같이 정치·군사적으로 미국에, 경제적으로는 중국에 의존하고 있는 나라들의 앞날이 쉬워 보이진 않는다.

49. 미국의 지도력

난기류로 잠깐씩 마음이 불안했지만 3만 리가 넘는 곳에 오백 명이 넘는 승객을 안전하게 내려놓은 날틀을 바라보면서 현대 과학과 기술에 신뢰와 감사의 마음을 갖지 않을 수 없었다. 열네 시간 동안 비좁은 공간에서 함께 용을 쓰면서 어려움을 함께한 이웃에게 새삼 동료애(?)가 우러났다.

이곳에 도달하는 데 필요한 여행자의 비용에는 화폐로 지불한 요금 뿐만 아니라 비행시간 내내 겪어야 하는 불편함과 인내심도 포함되어야 할 것이다. 좁은 공간에 구속된 몸의 고통을 화폐 가치로 계량할 수 있다면.

입국 절차를 마치고 공항에서부터 맞닥트린 뉴욕 시민들의 생활 모습은 우리네와 별로 달라 보이지는 않는다. JFK 공항 주변 환경은 출발지인 인천과 비교가 안 될 정도로 정리가 되어 있지 않았다. 공항에서 버스를 타고 출발할 때부터 한 시간 남짓 본 차창 밖 거리 풍경도 비행기에서 그리던 것과는 꽤 거리가 있어 보였다.

그러나 그것이 이 나라를 낮추어 볼 근거가 될 수는 없다. 지상에 존재하는 어떤 나라도 미국의 영향을 받지 않고 살기 어려울 정도로 강력한 힘을 가진 나라니까. 여행 중에도 중국의 통신기기 제작업체인 화웨이에 대한 미국의 제재는 계속되고 있었다. 제재는 화웨이가 제작한 통신기기의 정보 보안 결함이 문제가 되어서 미국 정부가 화웨이에 내린 조치를 말한다.

이번 사태를 보면서 미국이 자국의 의도에 따라서 세상을 조절할 수 있는 다양한 옵션을 갖고 있다는 것을 새삼 깨달았다. 과연 세상을 이끌어가는 미국의 힘이 어떤 요인들로부터 유래하는 것일까도 생각을 해보았다. 잠시 스쳐 가는 여행자가 생각할 주제로는 꽤 부담스럽긴 하지만, 술자리에서 안주로 올렸던 내용들을 떠올리는 것만으로도 어느 정도는 해답을 구할 수 있었다.

평범함에 진리가 있다는 격언은 삶에서 검증된 귀한 가르침이다. 창밖 시내 풍경을 물끄러미 바라보면서 이런저런 생각에 잠겨 있었는데 바퀴가 열 개나 달린 버스는 허드슨강을 건너 뉴저지의 한 호텔 주차장에 들어서고 있었다.

　호텔에 짐을 풀고 나서 버스 안에서 떠올렸던 생각들을 정리해 보았다. 그것들을 하나씩 떠올려 보았다.

1) '바다'를 지배하는 힘

　바다를 지배한다는 의미는 강력한 해군력으로 필요한 해로를 확보한다는 것이다. 20세기 중반에 발발한 2차 세계대전 이전, 일본과 같이 해외 식민지를 많이 확보한 제국들은 본국에서 식민지로 접근하는 안정된 해상교통로를 확보하는 것이 중요했다. 식민지에서 안정적인 경제적 이익을 확보하기 위해서는 어떤 세력도 자국 상선에 위해를 가할 엄두를 내지 못하도록 강한 해군력을 갖추는 것이 필요했다.

　전성기 때 스페인과 영국은 세계에서 해군이 가장 강력한 나라였다. 객관적 국력에서 영국을 능가했던 나폴레옹의 프랑스가 세상을 지배하지 못한 이유는 해군이 약했기 때문이다. 해군력이 뒷받침되지 못했던 무역 대국 네덜란드도 똑같은 이유로 전성시대를 길게 이어가지 못하였다.

　제국의 시대는 제2차 세계대전으로 종료되었다. 지금은 미국의 함대가 세계 주요 해로에서의 안전한 항해를 확보하고 있다. 가입한 모든 나라가 동의한 규칙 안에서 무역이 이뤄지는 현재의 WTO체제에서도 해로는 가장 힘이 센 나라에 의해서 안전이 확보되어 있다. 해군의 힘, 무력에 의하여 질서가 유지되는 것에는 다름이 없다.

　하지만 제국시대와 다른 점이 있다. 최강의 해군력을 갖춘 나라가 국제 교역의 '규칙 제정'을 주도한다는 점이 다르다. '지배'가 '주도'로 바뀌긴 했지만, 바다를 지배하는 나라가 세계 무역 질서를 이끌어가고 있는 것은 사실이다.

2) 경제력과 시스템 장악

국제사회를 주도하는 힘은 강한 경제력에서 나온다. 지구상에서 아직 경제력으로 미국을 능가하는 나라는 없다. 중국이 경제 규모로는 턱밑까지 와 있지만 질에 있어서는 상당한 차이가 있다. 중국의 막강한 상품 생산 능력은 국제적으로 인정받고 있기는 하지만 세계 질서를 주도하는 것은 또 다른 문제다.

1980년대까지 상품 생산력으로 미국을 위협했던 일본은, 미국이 국제 금융시스템을 자국에 유리하게 조정하는 것만으로도 제어가 가능하다는 것을 보여주었다.[46] 미국은 당시에 겪은 경제적 위기를 달러화에 대한 일본 엔화와 독일 마르크화의 환율을 조정하는 것만으로 벗어날 수 있었다.

경제력으로 미국을 위협할 만한 세력으로 독일을 중심으로 한 EU가 있지만, 2010년대 남유럽 국가들이 재정 위기를 겪을 때에 지원을 둘러싸고 노출된 회원국 분열은 이십여 개 국가가 결합해야 미국과 비슷한 경제력을 갖는 조직이 세계 경제를 지배하기는 어려울 것이라 것을 보여주었다. 미국의 영향력은 경제의 규모와 함께 세계 경제를 제어하는 시스템을 장악하고 있는 데에서 비롯된다. 시스템을 장악하지 못한 상

---

46) 1980년대 대외교역에서 대규모 적자를 보던 미국은 엄청난 재정적자와 무역적자를 개선하기 위해 상대국의 통화가치를 상승시켜 가격경쟁력을 확보하려 한다. 1985년 9월 뉴욕의 플라자 호텔에서 G5(미국, 영국, 서독, 일본, 프랑스)의 재무장관은 미국의 달러화 가치를 내리고 일본 엔화와 독일 마르크화 가치를 높이는 데에 합의를 한다. 이를 '플라자 합의' 라고 한다. 1년 후 일본 엔화는 달러 당 230엔에서 120엔으로 환율이 인하되고 이 조치는 결국 30년 불황을 겪는 중요한 원인이 된다.

태에서 경제 규모만으로 무역 질서를 제어하는 것은 불가능하다.

3) 이념

이념은 '시대 철학' 이나 '가치' 라고 표현해도 의미가 크게 훼손되지는 않는다. 어느 시대에나 그 시대를 지배하는 철학이 있다. 미국이 국제사회에 지도적 국가로 등장한 계기가 된 사건은 제1차 세계대전이었다. 현재 미국이 갖고 있는 힘이 어디에서 왔는지는 이즈음부터 살펴볼 필요가 있다.

미국을 대체할 만한 국가들과 비교할 때 확고한 우위에 있는 것은 미국이 지향하는 이념이라고 생각한다. 최강국이라고 하는 미국도 많은 모순과 문제를 안고 있기는 다른 나라와 다르지 않다. 그러나 적어도 대의명분으로 내세우는 이념에 있어서 만큼은 미국을 능가할 나라가 없다. 바로 '인권' 이다.

1789년, 프랑스대혁명 이후 민주주의의 핵심 가치로 떠오른 것이 자유와 평등이다. 그러나 대혁명의 주체세력은 즉각적으로 모든 사람들에게 혁명의 이념을 적용시키려 하지는 않았다. 20세기 제국주의 시대를 마감하고 세상을 이끈 이념 역시 자유와 평등이다.

비로소 모든 인간들이 자유롭고 평등해야 한다는 인식이 보편화된다. 소련이 애초부터 유지되기 힘든 독재적 정치체제임에도 불구하고 70여 년이나 지탱할 수 있었던 것도 그들이 내세운 평등 이념이 지니는 보편성 때문이었다.

19세기 이후 제국주의 시대에서 1차 세계대전을 분수령으로 패권이 영국에서 미국으로 넘어갈 당시 영국은 군사력이나 식민지를 배경으로 한 경제력, 기술 수준에 있어서 패권을 넘겨줄 정도로 몰락한 상태는 아니었다. 그럼에도 불구하고 주도권을 넘겨줄 수밖에 없었던 것은 튀르키예의 식민지배 하에 있던 남·동유럽 지역을 염두에 두고 윌슨이 제시했던 민족자결주의와 민주주의 이념 때문이었다.

우리가 알고 있는 것과 달리 당시 그가 말하는 자결과 민주의 이념은 지구상의 모든 민족과 국가에 적용되는 것을 의도하지는 않았다. 하지만 윌슨의 이념이 지닌 보편성은 제국의 식민지배 하에 있던 아시아 아프리카의 제3세계 국가로 급속하게 확산되고 수용되었다. 우리의 3.1운동이 그의 선언에 영향을 받은 것은 잘 알려져 있다. 의도하지는 않았지만, 윌슨은 서구에 제한되어 있던 민주주의 이념의 적용 지역을 전 세계로 확대한 것이다.

중국이 경제력이나 군사력으로 미국을 능가할 수 있는 가능성을 완전히 배제할 수는 없다. 그러나 중국은 인권을 능가할 만한 가치를 세상에 제시하지는 못하고 있다. 현 상황으로 보아서는 앞으로도 중국이 인권보다 더 훌륭한 이념을 제시하기는 거의 불가능한 것으로 보인다.

중국은 세계 곳곳에 산재한 공자문화원을 중심으로 세계인들을 중국문화에 접근시키려 하고 있으나 그것만으로 중국이 이끌어가는 세계질서를 만들어가기에는 역부족이다. 이 시도는 K-pop으로 세계질서를 이끌어 간다고 하는 것만큼이나 어려운 일이다.

국제무대에서 러시아가 '언더독'으로 전락한 지 30여 년이 지나고 있다. 경제력으로는 그나마 미국에 가장 근접한 나라가 중국이지만 미국에 대항하면 할수록 경제시스템과 어긋난 정치시스템의 모순은 심화될 것이다. 티벳과 신장·위구르 지역의 갈등, 대만과의 마찰이 맞물려서 내적 갈등이 더욱 커질 수 있다.

그것까지도 극복하고 대항할 힘을 갖춘다고 해도 미국은 유럽이나 아시아의 한국, 일본, 동남아 국가들과 같이 역사적으로 중국의 위협 아래 있던 나라와 결속을 강화하는 것만으로도 일정한 정도 중국을 제어할 수 있을 것이다. 지금 같은 상황에서 중국이 경제 규모에 어울리는 지도력을 국제사회에서 발휘하기는 쉽지 않을 것이다.

스페인과 네덜란드, 프랑스, 영국을 거쳐 미국에 이른 국제질서 주도권이 그곳에만 머물러있지 않을 것이라고 예측하는 일이 어렵지는 않다. 정치와 경제는 동전의 양면과 같다는 말이 있다. 두 영역 중 어느 한 영역만이 발전하고 다른 영역이 낙후될 수는 없다는 뜻으로, 서로 영향을 주고 받으면서 병진(竝進)할 수밖에 없다는 뜻이다.

정치적으로 취약한 경제 대국이 안정적으로 발전하기 힘들다는 뜻으로도 해석할 수 있는 말이다. 약진을 계속하고 있는 중국이 세상을 주도하는 위치까지 도달할 수 있을지는 매우 의심스러워 보인다.

상대적으로 세가 약해지는 최강대국과 정치적으로 취약한 경제 대국이 있다. 첨예하게 대립하는 두 강대국 사이에서 한 나라에는 경제적으로, 다른 한 나라에는 정치·군사적으로 의존하는 또 다른 나라가 있다면, 그 나라가 생존의 균형점을 어디에서 찾아야 할까? 대한민국이 위대한 조국으로 거듭나려면 우리 역사에서 우리가 겪어야 했던 전쟁이나 왕조 교체기 때에 언제나 부실한 외교정책이 개입되어 있었다는 점을 잘 살펴보고 교훈으로 삼아야 할 것이다.

50. 건국의 아버지들

워싱턴의 토머스 제퍼슨 기념관에는 미국 독립선언서를 작성한 다섯

명이 한데 모인 그림 한 점이 걸려 있다. 존 텀블의 '건국의 아버지들 (The Founding Fathers of United States)'로 토마스 제퍼슨, 벤자민 프랭클린, 존 아담스, 로저 셔먼, 로버트 리빙스턴이 그 주인공들이다. 미화 2달러 지폐 뒷면 그림의 원본이기도 하다.

워싱턴 곳곳에 선 조형물과 기념관을 훑어보는 것으로 이 나라가 어떻게 건국되었는지, 독립에 기여한 조상들을 미국인들이 얼마나 자랑스럽게 여기고 있는지 알 수 있다. 올해는 우리도 3.1독립선언 105주년을 맞는 해다. 잠깐 우리의 '아버지들'로 일컬을 만한 다섯 분을 떠올려 보려 하였지만, 제대로 정리가 되지를 않는다. 독립 투쟁의 역사를 100년이 넘도록 체계적으로 정리해 놓지 않은 현실에 새삼 놀란다.

어느 나라든지 독립이나 건국 과정에서 공헌한 인물들이 있기 마련이다. 우리가 독립을 말할 때, 3.1운동, 상하이임시정부, 독립 투쟁의 다양한 세력들을 거론하지만 지금도 그 역사를 체계적으로 정리하여 대한민국 정부수립과 연결시키지는 못하고 있다. 투쟁의 역사와 국가 정체성과의 연계성이 약하다는 것이다.

지금도 대한민국 건국의 시점이 1919년 상하이임시정부가 수립된 날인지, 아니면 1948년 8월 15일인지에 대한 정치 세력 간의 이견이 좁혀지지 않고 있다.

갈등의 뿌리에는 독립 투쟁 과정에서의 이념 분열이 자리 잡고 있다. 게다가 대한민국 건국 과정에 독립 투쟁에 나섰던 다양한 세력들이 참여하지 못하면서 갈등의 뿌리는 더욱 깊숙하게 자리를 잡는다. 이 갈등을 바로잡을 시간적 여유를 갖지 못한 상태에서 동족상잔의 비극이 발생하였고, 이후로는 남북 간 극단적인 이념 대립을 겪으면서 독립 투쟁 세력들이 통합을 시도해 보지도 못한 채 이념으로 갈라서 버린다.

분단이 고착화된 현재의 관점과 이념으로 해방 전 독립 투쟁의 의미를 해석하려는 시도가 제대로 된 결과를 추출해 내기 어렵다.

헌법 전문에 '대한민국 임시정부의 법통을 계승하고' 라고 명시되어 있음에도 불구하고 실제로는 1919년 수립한 임시정부를 부정하는 이상한 현실이 편하지는 않다. 임시정부 존재를 우리 스스로 부정한다면 조선총독부를 우리의 합법적인 정부로 인정하는 꼴이 된다.

일제의 불법적인 침략을 인정한다면 강제 징집과 징용은 합법적인 정부의 정당한 조치가 된다. 논리적으로 일본에게 배상을 요구하는 우리 정부가 불법적인 요구를 하는 우스운 모양새가 되는 것이다. 일제와의 무력 투쟁으로 승리를 거두고 나라를 찾은 것이 아니라고 하더라도 독립 투쟁과 임시정부를 부정하는 것은 우리 스스로를 모욕하는 행위다.

미국과 똑같이 대한민국 건국과정에 '의심의 여지없는', '논쟁의 여지가 없는' 어버이들이 있었고, 합당한 대접을 받아야 하는 정부와 인물들이 있었음에도 불구하고 후손들에게 인정을 받지 못한 상태로 방치되어 있는 것이다. 그렇다면 이 시대의 한국인은 훌륭한 독립 투쟁의 역사를 자랑스럽게 여기지 않는 후손들로 평가받을 수밖에 없는 사람들이 되어버린다. 이런 생각이 들 때면 역사를 조작해 가면서 후손들에게 자국 조상들의 훌륭함(?)을 가르치는 이웃 나라가 밉기는커녕 부럽기까지 하다.

1990년대 초, 오사카시의 중·고등학교 몇 곳을 그 지역 장학사와 함께 방문한 적이 있었다. 두 번째 학교를 방문했을 때에 첫 방문학교와 똑같이 별도의 역사교육실이 있는 것이 별스럽게 생각되어서 내부를 보고 싶다고 하였으나 거부를 당하였다. 단순한 호기심으로 요청한 것이었음에도 불구하고 당혹스러워 하는 지역 장학사의 모습이 무엇을 뜻하는지 당시에는 전혀 눈치를 채지 못하였다.

몇 년이 지나고 나서야 모든 학교에 그들의 역사를 가르치는 별도의 교실이 있다는 것과 국외자, 특히 한국인에게는 공개하지 않는다는 사실을 알게 되었다. 그 공간이 실제와 다른, 자국의 역사를 미화하는 내용으로 채워져 있으며 우리 고대사와 관련하여 왜곡된 내용들이 다수 게시되어 있다는 이야기도 전해 들었다.

그로부터 10여 년이 더 지나서 중국이 우리 고대사와 관련하여 역사를 왜곡하는 '동북공정'을 진행하고 있다고 하여 떠들썩했던 적이 있다. 일본과 똑같이 이들도 역사를 조작까지 해 가면서 조국과 조상의 '위대함'을 후손들에게 주입시키고 있었다.

우리는 기록과 유물·유적을 근거로 사실로 입증된 역사만으로 역사교육을 실시한다. 그러나 이웃의 두 나라는 역사적 사실과 역사교육을 분리하는 것으로 보인다. 역사 시간에 실증된 역사만을 가르치지는 않는다. 역사교육의 목표가 사실을 정확하게 전달하는 것보다 바람직한 정체성을 확립하고 사회를 통합하는 기능에 더 중점을 두고 있는 것이다.

이런 행태가 바람직해 보이지는 않지만, 사실에 근거한 훌륭한 역사적 사실조차 제대로 계승하지 못하는 우리의 모습은 어떻게 보아도 자랑스럽다고 말하기는 어렵다.

미국 건국의 아버지들이 훌륭한 것은 자유, 평등과 인권 같은 인류의 보편적 가치를 실현시킬 수 있는 새로운 정치 시스템을 도입한 데에 있다. 권력의 형태와 도출 과정을 상세하게 규정하고, 임기 제한이 있는 왕(대통령)과 대표자들을 시민들이 선출하게 함으로써 권력을 시민의 손에 쥐어준 것이다.

위대한 자격이 있는 '아버지들'이다. 그러나 아버지들을 자랑스럽게 만든 것은 후손들이다. 그들의 업적을 높이 평가하고 훌륭한 정신을 계승해서 발전시킨 후손이 있었기에 아버지들이 훌륭해질 수 있었던 것이다. 제퍼슨 기념관의 그림과 별도로 미국인들은 합중국의 첫 대통령인 조지 워싱턴을 국부(The Father of His Country)로 인정한다. 국부는 보통 건국에 크게 기여한 사람을 일컫는다. 또는 만델라나 바웬사같이 실제로 새 나라를 세운 것이나 다름없는 업적을 남긴 지도자들을 가리키기도 한다.

인정하는 것이 내키지 않지만 우리는 일제의 압제가 시작된 이후 현대에 이르기까지, 독립투쟁을 한 분들과 정치나 경제, 과학, 문화 등의 분야에서 후손에게 훌륭한 업적을 남긴 분들을 발굴해 내는 노력을 제대로 하지 못하고 있는 것으로 보인다. 쓰러진 나라를 다시 세워서 이만큼 발전하기까지 조국을 위해 목숨 바쳐 일하고 투쟁한 많은 분들이 있었다. 선대의 훌륭한 정신을 발굴하고 정리해서 발전시키는 것은 우리를 훌륭하게 만들 뿐만 아니라 조상과 후손들까지도 훌륭하게 만드는 작업이다. 조상을 훌륭하게 만드는 것은 후손들이지만 훌륭한 조상을 욕되게 만드는 것도 후손들이다.

51. 뉴욕 젊음

현대 음악가 필립 글래스(Philip Glass, 1937~)의 자서전을 읽었다. 1930년대 후반, 볼티모어 출생의 유대인으로 불같은 열정으로 현대 미국 음악사에 큰 자리를 차지한 인물이다. 자서전은 2차대전 후 미술과 무용, 문학 등과 관련하여 등장하는 다양한 인물들의 삶을 서술하고 있어 미국 대중 예술을 이해하는 데 큰 도움이 되었다.

책에는 시카고대학을 거쳐서 맨해튼 복판에 위치한 줄리아드에서 수학한 데다가, 그가 평생의 활동무대로 뉴욕을 들락거렸던 관계로 뉴욕 구석구석의 지명과 기관명이 소상하게 기술되어 있었다.

그의 글을 읽으면서 별 준비 없이 감행했던 작년 봄의 뉴욕 여행을 후회하지 않을 수 없었다. 잠깐 스치고 지나가기엔 뉴욕은 너무 많은 것을 담고 있는 도시였다. 패키지여행의 한계로 뜻대로 보폭을 넓힐 수도 없긴 하였지만 미련은 어쩔 수가 없었다.

어려서부터 영화나 TV를 통해서 알게 된 미국은 동화 속 보물섬 같은 나라였다. 지금도 많은 미국 영화가 뉴욕을 배경으로 스토리가 전개된다. 작년 여행은 영화 속에서 수없이 보았던 뉴욕을 발로 밟고 눈으로 확인하는 좋은 기회였다. 돌아보니까 여행 이전에 알고 있었던 이 도시에 대한 수많은, 그러나 어정쩡한 정보들이 오히려 여행으로 얻을 수 있는 많은 것들을 손에 넣을 수 없게 한 원인이 된 것 같았다.

상식 수준에서 접한 다양한 정보를 가지고 있었던 것이 준비를 소홀하게 하고 흥미와 의미를 감쇄시킨 것으로 보인다. 방문지를 선택할 수 없는 여행이라 꼭 들러 보고 싶었던 곳을 눈앞에 두고 발을 구른 적이 몇 번 있기도 했다.

워낙 큰 도시인 데다가 정치, 경제, 예술 등 거의 모든 분야에서 세계의 중심이 되는 도시라서 짧은 시간에 감당할 수 있는 곳은 아니었지만, 제대로 된 정보를 바탕으로 여행을 준비하지 않은 것을 후회하지 않을 수 없었다.

어린 시절 마음에 그렸던 미국은 끝없이 펼쳐진 평원, 수많은 이민자들의 꿈이 만들어 낸 이상향, 치솟은 빌딩과 수많은 자동차, 멋진 사람들이 사는 그런 곳이었다. 그 시대에는 한국과 미국 사이의 교통·통신의 교류량이 매우 적었고, 두 곳 사이의 경제적 격차가 너무 컸기 때문이었겠지만 미국의 모든 것이 긍정적으로 인식되던 때였다.

미국은 무적이었고 어떤 상품이든지 미제(美製)라면 최고로 평가되었으며 한 번이라도 그곳을 다녀온 적이 있는 사람은 특권을 가진 사람처럼 행동하여도 자연스럽게 받아들여지던 때였다. 그 나라를 대표하는 지역이 뉴욕이었고 맨해튼이었다.

그때를 생각하면 우리의 나약함, 간난과 초라함이 그들의 강력함 앞에서 여과 없이 드러나는 것 같아서 얼굴이 달아오르기도 한다. 당시에는 학교에서는 미국에서 원조한 옥수수 가루로 만든 빵이 점심으로 제공될 만큼 식량 사정이 좋지 않았던 시대였다. 뻔뻔스럽게도 원조에 의존하여 사는 처지가 부끄럽다는 생각도 들지 않았던 때였다.

그 고마움을 잊지 못하고 강한 힘과 부에 의존하려는 사고가 심화된 모습은 독립선언 기념일인 삼일절에 성조기를 자랑스럽게 흔들거나, 미국의 정책이나 국익과 조금이라도 빗나간 모습을 보이면 사상전을 벌이는 사람들에게서 볼 수 있다. 도움을 준 것이 고맙긴 하지만, 좀 지나친 면이 있는 장면들이다.

당시 정치나 사회 환경이 우리의 정체성 형성에 어떤 영향을 주었는지 분명하게 말하기는 어렵다. 하지만 성장기에 목도한 그들의 압도적인 무력과 물질, 문화는 당시 우리로서는 극복 불가능한 신기루와도 같은 것이었다. 미국의 힘에 의존해서 정부가 수립되고 비참한 전쟁과 기아에서 벗어날 수 있었으며, 그곳의 문화 코드에 맞추어 새로운 세상을 만들어 가던 시대였다. 그때는 미국에 의존하지 않고는 국가의 생존이 불가능했던 시대였다.

성장기에 형성된 가치관이나 정체성은 스스로의 노력이 따르지 않으면 발전적 방향으로 변화되기가 힘들다. 영혼의 성장을 꾀할 틈도 없을 정도로 평생 바쁘게 살았던 사람들은 인식하지 못하는 사이에 시나브로 형성된 자신의 정체성이나 가치가 비난받는 현실을 받아들이지 못한다. 오히려 그것을 모욕으로 받아들이는 경향이 있다. 나이가 든 세대일수록 살아온 시대와 자신을 동일시하거나, 과거의 가치를 지나치게 높이 평가하는 경향이 있기 때문이다.

자신의 에너지로 사회를 변화시키는 과정을 눈으로 보고 몸으로 겪었던 시대가 비판 당하고, 그 시대의 아이콘이 부정당하는 현실을 받아들이기 어려운 것이다. 열악한 근무 환경에서 장시간의 노동을 견뎌내며 국가 발전에 기여했던 자신의 정직한 삶이 전면적으로 부정당하는 것으로 받아들일 수도 있는 것이다.

나이 든 사람들 중에는 젊은이들의 자유 분망한 가치와 행동 방식을 비난하면서 그들의 '철없는 언행' 을 비난하는 이들이 많다. 세대 사이의 갈등은 사회 발전의 새로운 동력을 잃게 할 뿐 아니라 혼란을 가져오기 마련이다.

돌아보면 우리가 살아온 시대에는 언제나 젊은이들이 늙은이보다 많았다. 또 그때에도 세대 사이에 갈등이 없었던 것도 아니었다. 많은 희생이 따르기도 했지만, 혼란 속에서 조금씩 젊은이들의 새로운 생각이 공동체에 반영되면서 오늘에 이르렀다고 할 수 있다.

그때와 달리 이제는 정치적인 세 싸움에서도 노인들의 영향력은 만만치가 않다. 하지만 노인들의 완고함이 변동의 동력을 약화시키고 사회를 쇠퇴시킬 수 있다는 것을 잊지 않아야 한다.

'나이 들면 지갑은 열고 입은 다물라'는 격언이 있다. 젊은이들을 후원하되 그들의 생각이 나의 기준에 부합되지 않더라도 제 방향을 찾아갈 것이라는 믿음을 갖고 기다리라는 의미다. 역사에서 젊은 세대가 노세대의 훈수를 따르지 않아서 쇠퇴한 적이 거의 없었다. 오히려 그 반대의 경우가 더 많았다.

이 시대의 젊은이들도 전철을 벗어나지 않을 것이라고 나는 믿는다. 변화 속도가 빠른 요즘은 젊은이들의 순발력과 창의성이 어느 때보다도 더 요구되는 때이기도 하다. 늙은이의 기준으로 그들을 재단하는 것은 새 세상을 꿈꾸면서 치고 나가던 젊은 시절의 자신을 부정하는 일일 뿐만 아니라 새로운 시대의 흐름을 방해할 수 있다는 점을 인정해야 한다. 앞으로 나아가도록 젊은이들을 격려해야 할 위치에 있다는 것을 망각하고 오히려 가던 길을 멈추고 그림자를 좇아 달리라고 요구하는 어리석은 짓이다.

젊은이의 새로운 도전에 대한 늙은이들의 반응은 과거 경험을 벗어나지 못하는 한계를 노출시킬 때가 많다. 그들의 도전은 변화에 맞추어 세상을 리모델링하려는 시도다. 이 과정에서 실수와 오류를 범하고 고뇌하며 좌절하지만 젊음은 그것을 바로잡고 고쳐서 다시 세울 수 있는 시간을 갖고 있다. 그들이 겪는 어려움은 다시 사회 발전에 견고한 디딤돌이 될 수 있다.

나는 대로에서 젊은이들을 계도(?)하는 노인의 깊게 패인 주름을 보면서 연민을 느끼곤 한다. 그러나 '나의 젊음을 불살라 오늘의 대한민국을 건설하였으므로 수혜자인 당신들은 나의 주장을 받아들이는 것이 마땅하다'는 생각에는 고개를 갸우뚱할 수밖에 없다.

그들이 젊었을 때, 전쟁의 참화와 독재 체제에서 조국을 구해낸 앞선 세대의 어른들이 젊은이들의 주장이 잘못된 것이라고 비난하지는 않았기 때문이다. 자기 세대의 가치관만이 시대를 초월한 보편적 기준이 되어야 한다는 주장은 교만함으로 비판받아 마땅하다.

 영화 속에서 언제나 그랬듯이 뉴욕은 활기에 차 있다. 400년 가까운 역사를 가진 도시지만, 연륜보다는 패기나 젊음의 기가 훨씬 강하게 느껴진다. 한 해에 수천만의 관광객이 다녀가는 도시임에도 관광객보다는 이 땅의 주인들이 생활하는 모습이 강렬하게 각인되는 곳이다. 아마 미국인들의 활력이 집약된 도시이기 때문일 것이다.

 한밤 타임스퀘어에 운집한 사람과 광고 앞에서 놀란 것은 그곳의 화려함보다 수많은 인종의 관광객과 다양한 국적의 광고를 보고 나서다. 세계의 모든 국가와 인종과 계층에 개방된 곳으로 세계의 중심이 될 만한 자격이 있는 곳이었다. 뉴욕에서는 오래된 도시의 완성된 모습이 아니라 과거로부터 끊임없이 벗어나면서 첨단으로 달리는 곳이라는 인상을 강하게 받는다.

 미국이 오늘에 이른 힘이 '젊음'에서 유래함은 따로 말할 필요도 없을 것이다. 젊음이 뜻하는 것은 언제 어디서나 같다. 새로운 사고, 새로운 시대 흐름에 적극적으로 대응하는 것, 어떤 것도 받아들일 수 있는 개방성과 포용 능력 같은 것들이다. 설령 그들이 조금 궤도에서 벗어나더라도 그들을 지지하고 도와주어야 하는 것이 앞선 세대의 본분이다.

 혹 젊음이 범하는 오류가 있다면 올바른 길을 찾는 데에 지불하는 수업료로 생각하면 된다. 대개 노년기에 지나친 욕심을 내는 것은 이루어질 수 없는 헛된 노탐으로 손가락질 받기 마련이다. 시간은 언제나 젊은 이들 편이었다.

X
남아메리카

52. 스칸디나비아인과 스페인인

《총·균·쇠》에서 재러드 다이아몬드는 '아메리카의 면적이 유라시아의 76%에 달할 만큼 넓었고, 가축화할 만한 야생 동물이 많아서 식량 생산에도 불리하지 않았음에도, 또 중앙아메리카에서는 문자와 바퀴가 발명되었음에도 불구하고 그것을 생산 수단으로 연결시키지 못한 것'을 안타까워 한다.

콜럼버스가 도착하기 이전 그곳이 유라시아 대륙에서처럼 발전하지 못한 결정적인 이유를 신대륙의 선주민들이 넓은 지역에 산재한 사회를 서로 연결시키지 못한 것에서 찾는다.

아메리카 대륙에 야생 식물과 가축화할 만한 동물이 많았음에도 농·축산물을 거래하는 시장이 발달하지 않은 것은 그것들이 상품화할 만큼 희소한 자원이 아니었기 때문이다. 재배하거나 가축화하지 않아도 필요할 때 야생에서 쉽게 구할 수 있는 상황이었다. 이 환경은 이웃 집단과의 연결 포인트를 형성하지 못하는 중요한 이유가 된다.

그러나 문자와 바퀴를 발명해 놓고도 구대륙 사회처럼 생산으로 연결시키지 못한 점에 대해서는 좀 다른 관점에서 살펴볼 필요가 있다. 당시 이곳 사람들의 교육에 대한 생각이나 독특한 생활 관습에서 생각해 볼 여지가 있다.

바퀴를 단순한 장난감의 수단으로만 생각하였다는 건 우리의 상식으로 납득할 수 없는 일이지만, 한민족의 고대 조상이 머리 뒤가 튀어나온 것을 배신의 두상으로 인식하여서 아기들의 뒤통수를 맷돌에 두었던 것 같은, 현대인이 도저히 이해할 수 없는 독특한 믿음이나 인식 때문일 수도 있다.

기록되지 않은 시대에 일어났던 사안에 대하여 현대인이 겪는 혼란 중에는 영국의 스톤헨지나 이스터섬의 거대석상 같은 것들도 있다. 그곳에 석상을 세운 이유는 아직도 수수께끼로 남아있다. 현대는 생활에서 효율성을 최우선시하는 철학을 바탕에 깔고 사는 세상이다. 대부분의 건물이 사각형에 가깝다거나, 한 건물에 수십 세대가 사는 아파트의 구조, 일주일 중에서 5일만 근무하는 시스템도 따져보면 공간과 노동력을 효율적으로 이용하기 위한 구조이거나 시스템이다.

만약 우리가 이 사고방식을 조금 수정한다면 빌딩의 모양이 다른 형태를 가질 수도 있으며, 일주일에 이틀이나 사흘만 근무하는 노동 시스템이 도입될 수도 있을 것이다. 지금과 다르게 주거 공간이 효율성보다 때 묻지 않은 자연과의 접촉 가능성에 더 가치를 두는 사회라면 도심 아파트 가격은 시외 한적한 곳에 위치한 주택가격의 수분의 일에 불과할 수도 있다.

우리가 그들을 이해하지 못하는 것은 그들의 원시성 때문이 아니라 그 시대를 관통했던 생활철학을 이해하지 못하기 때문이다. 제러드 다이아몬드는 철저하게 우리 시대를 지배하는 철학을 바탕으로 그들을 역사의 패배자로 바라보고 있는 것이다.

15세기 말까지도 아메리카 대륙에 구대륙 사람들이 대규모로 이주하지 못했던 이유는 또 다른 관점에서 설명이 가능하다. 스칸디나비아인들은 이미 10세기 이전에 캐나다 동부 뉴펀들랜드에 도착하였었고 오랫동안 머문 흔적이 발견되기도 하였다. 하지만 그곳에 정착하지는 못하였다. 식량 생산과 기술, 정치 조직과 같은 유럽인이 가지고 있던 이점이 제대로 발휘될 수 없었기 때문이다.

그들은 이런 장점이 제대로 발휘하기 위해서 필요한 최소 규모의 인구와 사회 인프라를 구축할 수 없었다. 스칸디나비아인들이 철기를 가지고 있었음에도 불구하고 돌과 뼈, 나무로 만든 도구를 지닌 에스키모나 인디언 수렵인들을 당해내지 못하였던 것이다.

이 상황은 오스트레일리아의 드넓은 대륙에 수렵 채집민들이었던 원주민의 인구가 수십만 명을 넘지 못하였던 것과 다르지 않다. 당시 원주민의 농업 기술 수준은 건조하고 척박하던 환경에 더 많은 사람이 거주하는 것을 허용하지 않았다.

북미대륙 북부의 에스키모도 고립되어 있기는 이들과 다름이 없었다. 그들도 금속기, 문자, 복잡한 정치 조직과 기술을 확보하지 못하고 있었으므로 10세기에 그곳에 나타났던 스칸디나비아인들의 정복 대상이 될 만하였다. 하지만 고립된 그곳에서 구대륙 문명의 지원을 받는 것이 당시로서는 불가능했고 정복할 만한 매력을 갖지도 못한 환경이었다.

그러나 15세기 말 콜럼버스의 상륙 이후, 비교적 따뜻한 아메리카 지역에서는 구대륙의 문명을 충분히 활용할 수 있었기 때문에 성공을 거둘 수 있었다. 게다가 당시 스페인은 스칸디나비아 지역보다 인구도 많고 탐험을 지원할 만큼 부유한 나라이기도 했다. 비로소 구대륙이 역사의 전면에 나타날 수 있게 된 것이다.

53. 페루 첫인상

상파울루에서 리마행 라탐항공에 탑승하고 나서 놀랐던 것은 승객 대부분이 백인이라는 점이었다. 출고된 지 얼마 지나지 않은 에어버스 A350은 빈 좌석 하나 없이 승객으로 가득 차 있었다. 그런데 비백인은 아프리카계 가족 한 팀과 백인과 인디오의 혼혈인 메스티조로 보이는 한 팀, 한국인 여행객 13명, 그리고 정장을 한 중국 젊은이 두 명뿐이었다. 내가 알고 있는 남미 대륙의 인종별 인구 분포와 꽤 어긋난 모습이다. 옆자리에서 중국 젊은이들의 입국 신고서를 곁눈질해 보았다. 이런저런 상품의 샘플 목록을 작성하고 있었다. 비즈니스맨들이다.

세 시간이 넘는 비행이었지만, 실내 분위기가 정숙하고 승객들의 매너가 세련되어서 매스컴을 통해 알던 남아메리카에 대한 부정적인 생각이 편견일 수 있겠다는 생각을 하였다.

여행 전 자료에서 확인한 페루는 원주민 40%, 메스티조 30%, 백인은 전체 인구의 12%(나머지 기타)에 지나지 않았다. 남미에서도 원주민 비율이 높은 국가로 분류되어 있었다. 통계가 좀 낡은 것일 수도 있고 행사에 참가하는 사람들이 단체로 탑승했을 수도 있다고 해도 기내의 인종 분포는 이해하기 힘든 면이 있었다. 페루가 과거 잉카제국의 중심 지역이었던 점을 고려하면 더욱 그러했다.

어쩌면 이 모습은 남미의 현실을 가장 잘 보여주고 있을 수도 있었다. 남미의 어려운 형편이 개선되지 못하는 원인 중에는 빈부격차 문제가 있는데 이것도 인종 문제와 결부되어 있어서 해결하기가 쉽지 않다는 것은 이미 알고 있었다. 기내 인종 분포가 이 문제점을 그대로 반영하는 것이라면 정말 심각한 문제라고 생각하였다.

소득 불균형을 개선하는 가장 좋은 방법은 저소득층 자녀에게 좋은 교육 기회를 제공하는 것이다. 양질의 교육은 생산성이 낮은 산업이나 직종에 종사하는 계층의 자녀가 고소득 직종에 접근할 수 있는 기회를 제공한다. 저소득층의 능력 있는 재원들이 좋은 직업을 갖게 되면 계층 간 이동이 원활해지면서 소득 편차가 개선되고 소비가 안정되면서 경제 기반이 탄탄해질 수 있다.

따라서 자산과 소득의 불평등은 교육으로 개선하는 것이 가장 바람직하다. 그러나 저소득층이 양질의 교육을 받는 것이 불가능할 정도로 교육비가 비싸거나 구조적으로 접근을 가로막는 장애 요인이 있는 사회라면 빈곤의 악순환에서 벗어나기가 쉽지 않을 것이다.

한국이 빠른 경제성장을 이뤘던 힘은 이 두 가지 요인, 즉 저소득층의 교육 접근과 계층 간 이동이 원활하게 이루어진 데에서 기인한 것이다. 1980년대 국제 경제학에서는 남미의 저개발과 관련한 '종속이론'[47]이 유행한 적이 있었다. 그렇지 않기를 바랐지만 공항 도착 후에 마주한 리

---

47) 국제 무역에서의 불평등한 교환으로 2, 3차산업의 고부가가치 상품을 생산하는 '중심부' 선진국과 1차산업의 저부가가치 상품을 생산하는 '주변부' 후진국의 차이가 구조화되면서 선진국으로 부의 편재가 심화된다는 이론이다. 7, 80년대 남미를 중심으로 유행하였다.

마에서는 그때 상황과 비교해서 크게 개선되지 않은 것 같다는 의심을
할 수밖에 없었다.

기내에서의 인종 분포가 비로소 이해가 되었다. 생산성 낮은 농업과
부가가치가 낮은 서비스업 이외에 소득원이 없는 대다수 원주민의 소
비활동은 제한적일 수밖에 없어 보였다. 반면에 백인 고소득자의 소비
활동은 대개 고가의 수입 상품과 해외에서 발생하는 것으로 알려져 있
었다. 이런 소비 구조에서는 고소득자의 소비활동이 국내 산업 성장에
도움을 주지는 못한다.

고소득자의 소비가 저소득 원주민의 소득을 증가시킬 기회를 차단하
고 따라서 자녀들이 좋은 교육에 접근하기도 쉽지 않게 된다. 취약한 산
업구조가 개선되기 어려운 것은 물론이다. 백인 승객들이 그 고소득자
들이고 부가가치가 높은 업종이나 비지니스에 종사하는 사람들이었다
면 기내의 불균등한 인종 분포는 페루의 현실을 그대로 보여준 것이다.

리마 시내를 벗어나지 마자 팬아메리칸 하이웨이[48]로 들어선다. 차창
밖 안데스 산맥 모래 비탈에 아무렇게나 지어진 낮은 슬라브 집들은 바
람 불면 바로 날아갈 것 같이 가벼워 보였다. 말 그대로 '사상누각' 이었
다. 기초공사를 어찌 했는지 모르겠으나 비탈에 삐딱하게 기울어진 집
들은 조그만 충격에도 미끄러져 넘어갈 것 같은 모습이다. 리마 시내 해
안 가까이 있던 고층 아파트와 호텔 근처 단독 주택이 있던 곳과는 전혀
다른 세상이 그곳에 있었다.

여행을 하면서 불가피하게 맞닥뜨리는 불편한 순간들이 있다. 시내
음식점에서 놀랄 만한 핑거링을 보여준 기타리스트의 남루함과 곳곳의

---

48) 미국 알래스카주의 페어뱅크스에서 아르헨티나 남단까지 아메리카를 종단하는 국제도로.

오두막을 드나드는 원주민의 모습이 그렇다. 개선되기 힘든 사회의 구조적인 문제에 대해서 생각을 정리할 수 있는 계기가 되었다는 것으로 만족하는 수밖에 없었다. 잠시 이곳을 스쳐 가는 과객이 어찌 하겠는가.

54. 인간의 존엄성과 불평등

'모든 인간은 태어날 때부터 자유로우며, 누구에게나 동등한 존엄성과 권리가 있다.' 1948년 6월 국제연합 인권위원회가 마련한 '세계인권선언' 제1조는 그렇게 시작된다.

와카치나로 향하는 버스 안에서 검색한 사전에서 찾은 내용이다. 리마에서 해안도로를 따라 남쪽으로 내려가면서 대조적인 두 형태의 삶을 보고 있다. 부의 편재는 지구상 어디서나 사회 문제가 되고 있다. 빈곤이 인권 문제를 제기할 정도로 심각한 상태로 발전하는 것을 원하는 사람은 아무도 없다. 그런데 이곳의 현실은 심각하다.

프랑스 노란 조끼 시위만 해도 그렇다. 두 세기 전에 '민주'의 기치를 높이 들고 새로운 국가체제를 창안해 낸 나라, 보편적 복지가 뿌리내린 나라로 알려진 프랑스가 빈부차로 갈등을 겪고 있는 것을 보면 이 난제를 해결하는 일이 쉽지는 않을 것 같다.

페루를 비롯한 남미에서 빈부 문제가 심각한 양상을 띠는 것은 다른 지역과 달리 빈부에 따른 계층 분리가 인종 문제와도 결합되어 있기 때문이다. 리마에서 머문 하루가 백인과 원주민의 소득 격차를 느끼는데 부족한 시간은 아니었다. 이곳을 돌아보면서 빈부의 문제는 한 국가민의 구조적인 접근방법을 넘어서 인류의 차원에서 해결책을 모색해야 할 것이라는 생각을 갖게 되었다.

빈곤은 인권 문제와 분리해서 생각할 수 없다. 인간이 누리는 권리를 동물에게도 확대해서 적용해야 한다는 주장이 제기되는 시대다. 이틀 전만 해도 과다 섭취와 비만이 사회 문제인 곳에 있던 사람이 기아를 거론하는 것이 자연스러워 보이진 않지만, 소말리아 앞바다에는 해적질에 목숨 건 굶주린 인간들이 있는 것이 우리 사는 행성의 현실이다.

지구에서 생산되는 식량의 절대량이 인간이 필요로 하는 양보다 적지는 않다고 한다. 그러나 한편에서는 살을 빼려고 돈을 지출하는가 하면 다른 한편에서는 굶주리는 인간이 있다. 이것만 보면 빈곤 문제가 자원이나 상품의 교환과 분배시스템을 개선하는 것으로 일정한 수준에서 해결될 수 있을 것 같이 보이기도 한다.

하지만 근본적인 해결책은 인간 존엄성의 차원에서 접근해야 한다고 생각한다. 그러나 그들이 인간으로서의 온전하게 존중받기 어려운 것이 현실이다.

부의 편재와 불평등이 문제가 되지 않았던 시대는 없었다. 따라서 지나치게 비관적인 생각을 가질 필요는 없다고 생각한다. 지나친 빈부의 차가 시정되기는 해야 하지만 인간이 무리를 이루어 살기 시작한 시점부터 나타난 불가피한 사회 현상이었음을 인정해야 한다.

그 차이를 완벽하게 시정할 수는 없다는 건 역사로 증명이 되었다. 부와 높은 사회적 지위는 누구나 가질 수 있는 무한정한 자원이 아니라는 것과 애초부터 모든 사람의 욕망을 국가가 충족시켜 주는 일도 불가능하다는 것을 인정해야 한다.

페루는 페루대로 프랑스는 프랑스대로, 미국은 미국대로 성, 인종, 고용 형태에 따른 다양한 구조적 차별이 있을 수 있다. 어디서나 핵심은 임금의 격차 문제로 축소된다. 이는 다시 격차가 어떤 원인으로 발생하는지에 대한 통찰을 필요로 한다. 지역을 불문하고 원인과 대책에서는 공통적인 귀결점이 있다. 빈자들에게 균등한 교육 기회를 제공하는 일이다. 구조의 개선도 중요하지만, 장기적으로는 좋은 교육을 제공함으로써 소득 격차가 개선된다는 실증 자료는 차고도 넘친다.

인간의 위대함은 완벽하게 이상이 구현된 세계가 불가능한 것인 줄 알면서도 그것의 실현을 위해 끊임없이 노력해 왔다는 데에 있다. 인간의 존엄성 실현을 위해 노력하는 것은 이 시대 민주 시민으로서의 권리이자 소명이기도 하다.

55. 캐리비안 해적

스페인 식민지였던 중·남미에서 약탈한 금과 은을 둘러싼 해적들의 이야기를 소재로 한 할리우드 영화가 유행하던 때가 있었다. 영국이 유럽 변방에서 얼쩡거리던 15, 16세기 유럽의 최강자는 스페인이었다.

이 나라가 세계 최강의 위치에 오를 수 있던 힘은 식민지였던 이곳에서 약탈한 대량의 금과 은에서 나온 것이었다. 유럽으로 옮겨진 은은 국가 간 상품 거래에서 결제 도구로 사용되었다. 오늘날 달러의 역할을 담당하고 있었다.

18세기, 유럽 국가들이 차, 비단, 자기를 중심으로 청나라와의 교역을 활성화하는 데 가장 큰 역할을 한 것이 남미에서 생산된 은이었다. 유럽과의 교역으로 청나라에 대량 유입된 (남미의) 은은 청나라의 조세제도까지 변화시켜 버린다. 청나라가 모든 세금을 은으로 납부하도록 한

'지정은제'⁴⁹⁾를 도입한 것이다.

유럽에서는 은을 매개로 다른 지역과 교역이 촉진되면서 다양한 물품이 오가고 생활 수준을 향상시키기도 하였지만 경제규모에 비하여 지나치게 통화량(은)이 많아지면서 물가가 대폭 상승하기도 하였다.

요즘 상황으로 말하자면 달러의 통화량이 늘어나면서 국제 물가가 폭등하는 것과 같은 일이 벌어진 것이다. 경제사에서는 이때를 상업자본주의 시대라고 부른다. 교역으로 부를 축적한 상인들이 산업의 중추 세력으로 떠올랐던 시절이었다. 18세기 말, 영국의 산업혁명으로 출현하게 될 산업자본주의의 전(前)시대에 해당한다.

당시 은과 스페인의 위력은 스페인 곳곳에 남아있는, 그 시절에 건축된 성당을 보면 실감할 수 있다. 건축사적 가치로 높이 평가받는 이탈리아 성당도 화려함에 있어서는 스페인 전성기에 지은 성당을 따라가지는 못하는 것들이 꽤 있다.

그러나 스페인은 거기까지였다. 축적된 상업 자본으로 다음 시대의 주인공으로 등장한 나라는 자본을 정부 재정과 잘 연결시켜 군사력을 키워나간 영국이었다. 남미에서 은이 채굴되어 스페인으로 운송될 때, 길목인 카리브해 인근에서 해적질로 이름을 날리던 이들 중에는 영국 출신들이 많았다. 당시의 해적은 20세기 할리우드 영화의 좋은 소재가 되었고 스토리는 대개 모험과 낭만으로 가득 차 있다. 그러나 실제 그들의 활동은 영화 속의 낭만과는 상당히 달랐다.

유럽과 아메리카 대륙을 오가던 상선의 선원들은 본연의 역할을 잘

---

49) 청나라의 조세는 토지(地)세와 부역(賦役: 국가가 백성에 부과하는 노역으로 세금의 성격을 갖는다)세로 구분할 수 있다. 이 두 가지 세금을 하나로 통합하여 은으로 납부하도록 한 조세제도가 지정은제다.

수행하다가도 상황에 따라서는 다른 배에 실린 물건을 강탈하기도 하는 Two-Job 집단이었다. 때때로 선원들은 무장 도적 집단으로 돌변하곤 하였다. 최근 아라비아해 인근에 출몰하는 해적과는 좀 다른 면이 있었는데, 그들은 국가의 지원을 받는 준군사 조직의 성격을 갖고 있었다.

국가가 유사 해적 집단을 지원한다는 것이 요즘 상식으로 이해가 되지 않는 일이지만 당시의 군함들은 기동력이 약해서 해군력만으로 원거리 무역 항로를 보호하는 것이 불가능하였다. 따라서 원거리 항해에 나서는 상선들은 자구책으로 무장을 할 수밖에 없었다. 그렇게 무장한 상선들이 상황에 따라서는 해적질에 나서기도 하던 시대였다. 국가에서 이들을 지원하는 것이 조금도 이상한 일이 아니었다.

영국만 그랬던 것은 아니다. 정도의 차이가 있을 뿐, 네덜란드와 프랑스, 스페인의 상선도 똑같은 상황에 있었고 같은 짓을 하였다. 그러나 피해는 스페인과 포르투갈이 훨씬 컸다. 1623년부터 1638년까지 네덜란드의 서인도회사[50] 소속 선대에 의해 나포 또는 약탈당한 포르투갈과 스페인의 상선 수가 오백 척이 넘었다는 기록도 있다.

그러나 Tow-Job 집단을 가장 잘 활용한 국가는 영국이었다. 16세기 말에 이르면 스페인의 무적함대가 도버해협에서 영국 함대에게 패하면서 국운이 기울기 시작한다. 이 해전에서 큰 역할을 한 이가 프란시스 드레이크 백작이다. 그는 본래 스페인 보물선을 표적으로 카리브해를 주름잡던 해적이었다. 카리브해는 남미 대륙 북동쪽과 플로리다 앞바

---

50) 당시 네덜란드, 영국, 프랑스 등은 아프리카와 남아메리카의 식민지를 경영하기 위한 '동인도회사' 또는 '서인도회사'를 설립한다. 이 조직은 소속국의 무역 독점권을 갖고 있었으며 군사력도 갖추고 있는 조직으로 오늘날의 회사와는 성격이 달랐다.

다, 쿠바와 자메이카가 위치한 곳이다.

우리나라에서도 몇년 전에 울릉도 근해에서 러일전쟁 당시 보물을 싣고 침몰한 러시아 군함을 인양했다고 해서 화제가 된 적이 있었지만, 지금도 카리브해 근처에는 당시 보물을 싣고 본국으로 항해 중 난파한 보물선을 찾는 보물 사냥꾼이 꽤 있는 것으로 알려져 있다.

56. 문자, 소통

인간이 문자를 발명하지 못했다면 어느 수준까지 발전할 수 있었을까. 남미에 오면 해답이 될 만한 유적들을 볼 수 있다. 잉카 문명에는 문자가 없다. 남아메리카 대륙에 거주하던 대부분의 종족이 문자를 갖지 못한 것을 보면 기록 욕구가 인간의 보편적인 것이라고까지는 할 수 없을 것 같다. 하지만 한 사회가 '일정한 수준'의 발전 단계에 이르면 기록을 남기려 했다는 고고학적 흔적은 지구상 곳곳에 남아있다. 지금도 문자를 갖지 못한 종족이 있다고는 하지만, 이들은 대개 '일정한 수준'에 이르지 못했거나, 바깥세상과 교류 없이 오랫동안 단절된 생활을 한 종족들이다.

잉카처럼 제국 수준까지 발전한 국가가 문자가 없었다는 것은 이해하기 힘든 일이다. 잉카 유적지를 거닐다 보면 이 대제국이 문자 없이도 멀쩡하게 존재했었다는 것이 다소 황당하기까지 하다. 사실은 그들 스스로 잉카를 제국이라고 부른 적은 없다. 그들은 제국이 무슨 의미인지도 모른다. 그러나 제국이라 할 정도로 국가 규모가 컸던 것은 사실이다. 13세기부터 16세기 중반에 걸쳐 남미 대륙에 존속했던 잉카의 영토는 오늘날의 에콰도르, 콜롬비아, 페루, 볼리비아, 칠레에 이르는 안데스산맥 거의 전 지역과 아마존 밀림 북부의 광대한 지역을 포함한다.

잉카의 놀라운 업적 중에는 태양의 운행을 정확하게 관측하고 있었다는 것도 있다. 하지(이곳은 지구의 남반구다. 북반구의 동지에 해당한다.) 때에 농사를 시작하는 축제가 있었고, 동지 때에 농사를 마감하는 축제가 있었던 것으로 미루어 보아서 그렇다. 몇 가지 더 추가하면

1) 어제 방문한 해발 4,200m에 위치한 '모라이 농업연구소'를 말하지 않을 수 없다. 유럽에 전해져서 주식이 되다시피 했던 많은 종류의 감자와 옥수수 종자를 개량했던 잉카제국의 연구 기관이다. 지금 전 세계에서 재배되는 대부분의 감자와 옥수수는 잉카제국이 건재하던 수백 년 전 이곳에서 품종 개량이 이루어졌던 종자들이라고 한다. 옥수수는 현재 지구상에서 가장 많이 재배되는 작물이기도 하다.

   연구소는 직경이 약 1km 정도 되는 원형 분지 꼭대기에서 아래쪽으로 2m 정도 파 내려가면서 10여 층의 계단식 축대로 쌓은 형태다. 멀리서 보면 야구경기장 안쪽을 내려다본 모습과 비슷하다. 신기한 것은 한 층의 온도 차이가 대략 1°C 정도 나도록 설계되었는데 이 시설의 활용 방법은 이렇다.

   특정 품종의 감자를 10층에 1년간 재배한 후, 다음 해에 한 층 내려간 9층에 재배한다. 그 다음 해엔 8층에 재배한다. 이 과정을 반복하면서 기온과 고도에 따라 잘 적응할 수 있는 수백 가지 새 품종을 개발했다고 한다. 이와 비슷한 연구 시설은 잉카의 곳곳에 산재해 있었고 개량된 품종은 제국 전역에 보급되었다.

2) 적도 부근 에콰도르의 키토부터 칠레 산티아고 부근까지 약 5,000km

에 이르는 도로가 있었는데 이 도로는 조선시대 역참제도와 비슷한 시스템으로 운영되었다. 9km마다 전령이 쉬는 숙소가 있었고 20km마다 객사도 마련되어 있었다.

문자가 없었던 제국에서 전령 내용이 어떤 방법으로 이루어졌는지 밝혀지지 않고 있지만, 학자들은 막대에 고리 모양을 만들어 사용했을 것으로 추측하고 있다. 어제는 전령이 사용하던 길을 멀리서나마 볼 수 있었다.

3) 한때, 스페인을 세계 최고의 부자나라로 만들 만큼 금과 은을 많이 보유하고 있었다. 스페인은 통치 기간 내내 이곳에서 금을 약탈해 갔지만 당시 스페인이 빼앗아 간 양은 잉카제국이 보유하고 있던 것의 4분의 1이 채 안 되었다고 한다.

그 밖에도 믿기지 않을 만큼 정교한 돌의 가공 기술, 해시계, 정확한 방위 측정 등 놀랄만한 내용들이 많았다. 그중에는 장시간에 걸쳐서 관찰하거나 연구해야 하는 것들이 있었는데 문자 없이 그런 연구 활동이 어떻게 가능했는지 알 수 없는 일이다.

많은 고고학자들의 노력으로 숨겨진 잉카의 역사가 조금씩 밝혀지고 있기는 하다. 그러나 약 2만 년 전부터 아시아 대륙에서 알래스카를 거쳐 이곳으로 이주한 이후 다른 문명권과 단절된 상태에서 구축된 잉카문명을 현대문명의 프레임으로 해석하는 데에는 한계가 있을 수밖에 없다. 다른 문명인의 눈으로 잉카문명의 기초가 되었을 철학이나 사고방식을 바라보게 되면 황당한 내용들이 많은 이유다.

두 문명 사이에 도저히 건널 수 없는 '갭(Gap)'이 있었다. 이는 나스카의 벌판에 그려진 물고기와 앵무새가 도대체 누구를 대상으로 어떤 내용을 전달하려 하는지는 아직 아무도 풀지 못한 수수께끼로 남아있는 이유이기도 하다.

문자는 소통하기 위한 도구다. 구성원 서로의 생각을 전달하는 표준화된 기호(문자)가 없었다면 인간이 지금과 같은 거대한 문명을 발전시키기는 불가능했을 것이다. 그럼에도 선·후세대 사이에서는 물론이고, 동시대인끼리도 소통이 제대로 이루어지지 않아서 발생하는 어려움들이 많다. 다양한 통신 수단과 문자를 갖고 있는 현대인들 사이에서도 소통하기가 어렵다고 하소연하는 이가 많은 것은 우리 마음에 때가 많이 묻어서 그런 것이 아닐까 의심해 본다.

57. 나스카

비서구인의 입장에서 현대문명의 적통성을 그리스·로마 문명에서만 찾으려는 서구인의 입장에 전적으로 공감하기는 어려운 부분이 있다. 최근에 밝혀진 바로는 그리스·로마 문명의 모태가 된 헬레니즘에 오리엔트나 페르시아적 요소가 알려진 것보다 훨씬 더 많았다는 주장이 있다.

하지만 현대문명이 전적으로 그리스·로마에서 유래된 것이 아니라고 해도 정치, 경제, 교육, 과학 등 거의 모든 사회 시스템과 지식이 그것을 바탕으로 서구에서 발전시켜 온 공로에 토를 달기는 힘들다. 그들이 출발시킨 모든 것이 이제는 우리 모두 공유하는 것이 되었다.

나스카 고원으로 거대한 그림을 보러 가는 버스 안이다. 리마에서 4시간 반을 달려가야 볼 수 있는 이 그림은 광활한 황무지를 캔버스로 하여 2,000여 년 전부터 15세기까지 그려진 것으로 지상에서 300m 이상 위에서 보아야 제 모습을 파악할 수 있을 정도로 거대하다.

직선, 삼각형과 같은 기하학적 문양과 새·거미·꽃 등의 자연물 형상이 수백 개가 그려진 이 '맨땅 위의 갤러리'는 1930년대 발견된 이후, 많은 연구에도 불구하고 왜 그렸는지, 무엇을 의미하는지 알 수가 없다고 한다.

그저 종교적 이유나 천문학과 관련성이 있지 않을까 추측하고 있는 정도인데, 한편에서는 UFO와의 관련성을 제기하는 이들도 있다. 원작자인 나스카인들은 기원 직전부터 기원후 15세기까지, 그러니까 잉카 문명이 발생하기 직전까지 '작품 활동'을 한 것으로 알려져 있다.

지난 80여 년간의 연구에도 불구하고 나스카인들의 그림에 담긴 뜻을 해석하지 못하고 있다는 사실에서 받은 충격이 있다. 수백만 년 동안 같은 DNA를 갖고 있던 인류 사이에서도 20,000년이라는 진화론적 입장에서 비교적 짧은 시간에 겪은 생활환경 차이가 사물 인식에 커다란 차이를 유발할 수 있다는 점이다. 복잡한 개념이나 객관화되기 어려운 신념을 반영한 비구상화도 아니고, 평범한 피사체를 그린 단순한 구상화임에도 그림의 의미를 현대인들이 짐작조차 못하고 있다는 것은 인간의 인지 능력이 얼마나 협소한 울타리 안에 갇혀 있는지를 알 수 있는 사례가 될 만하다.

만약 잉카인들이 세상을 정복했고 우리가 그들의 문명권 안에서 살고 있다면 모차르트의 음악도 소음에 불과할 수 있으며, 피카소의 그림도 쓰레기통에 처박힐 수 있는 것이다.

나스카인이나 로마인이 아니더라도 같은 시대, 같은 공간에서 함께 사는 사람 사이에서도 서로 이해하지 못하는 것이 너무나 많은 세상이다. 더구나 요즘같이 경쟁이 극심한 사회에서는 자신이 똬리를 튼 울타리만 넘어서면 무관심하거나 적대적 입장에 서기가 십상이다. 전문화된 현대사회에서 피할 수 없는 현상이기도 하지만, 평범한 사람들의 인식의 한계를 악용하는 나쁜 인간들은 생활 주변에서 어렵지 않게 볼 수 있다.

약간의 믿음이나 신념의 차이를 침소봉대하여 분열과 대립을 부추기는 사람들이 그들이다. 대개 그들의 주장에는 돈이나 권력과 얽힌 이해관계가 개입되어 있기 마련이다. 혹은 정의를 독점하려는 독선적인 사람이거나, 다른 사람의 말과 행동을 이해하지 못하고 자신의 주장만을 앵무새처럼 떠들어대는 환자일 개연성이 큰 사람들이다.

58. 고산증, 적응

지난 여름, 남미여행을 대비해서 고산지역 적응 훈련으로 후지산을 등반한 적이 있다. 8년 전에 사고로 왼쪽 폐를 조금 잘라낸 병력이 있어서 안데스산맥 여행이 쉽지 않을 것이 뻔하였기 때문이었다. 사전 테스팅을 하기에는 정상고도가 3,800m 정도인 이 산이 적합하다고 판단해서 시도하였는데 결과가 좋지는 않았다.

등반 전날 저녁, 동경 서북쪽 야마나시(山梨)현 요시다 루트의 5부 산장에서 도착하여 잠깐 눈을 붙이고 새벽 2시경 시작한 등산은 초반부터 시작된 고산증세로 고전을 면치 못했다. 출발하고 30분도 되지 않아서부터 숨이 가쁘고 멀미가 심해지면서 몸은 중심조차 잡기가 쉽지 않았다. 지척 분간이 어려울 정도로 캄캄한 데다가 바닥이 화강암 요철인 곳이 많아서 앞으로 나아가기는 더욱 어려웠다.

　몸에서 힘이 다 빠져나간 듯한 무기력증을 잦은 휴식으로 달래면서 힘겹게 오르면서 불쑥 하산을 할까 하는 생각이 떠오르기도 했다. 그러나 고산증으로 후지산 등정을 포기한다면 남미여행은 시도하기 어려울 것이라는 부담 때문에 포기할 수도 없었다. 증세가 시작된 초반에 일행과 헤어져 천천히 오르면서 상태를 점검해 보았다.

　속도를 늦추면 등반에 무리는 없는 듯했다. 그러나 한참을 오르다 적응이 되었나 싶어서 속도를 올리면 다시 어지러워지곤 하였다. 3,000m 조금 못 미치는 8.5부 능선에 이르렀을 때 계곡 건너편 멀리 일행으로 보이는 무리들이 하산하는 모습이 보였다.

　일정을 다시 확인해 보았다. 내 속도로 정상까지 오른 후, 하산한다면 일행과 귀경 일정을 맞추기가 어려워질 상황이었다. 부득이 중도에서 하산할 수밖에 없었다. 그래도 위안이 되었던 것은 좀 더 시간을 확보할 수 있었다면 등정이 불가능하지는 않았다는 것이다.

　고산병 증세가 나타날 것이 뻔한 여행이라 출국 전 병원에서 처방을 받아 대비했지만 별 효과를 보진 못했다. 증세는 여행 5일차 쿠스코에 도착하고 몇 시간 지나지 않아서 나타났다. 고도가 대부분 3,600m에서 4,300m 정도로 수시로 달라지면서 폐가 적응하기 쉽지 않았던 것도 원인이 되었을 것이다.

　3,600m 이틀 > 4,000~4,300m 하루 > 다시 2,600m 하루 > 3,800~4,300m 이틀, 뭐 이런 일정이었다. 볼리비아에서 칠레로 넘어가는 고개는 거의 5,000m에 가까웠다. 내 옆에는 오락가락하는 고도로 이곳에 도착한 지 사흘이 지나서도 어지럼증으로 쓰러지는 이가 있었다.

　그러나 가장 흔한 증세는 두통이었는데 약간의 두통 증세는 일행 대부분이 겪고 있었다. 증세가 심한 사람 중에는 며칠 만에 타이레놀 20알을 다 먹었다고 하는 이도 있었다. 후지산에서 무기력으로 고전했던 것과 달리 이곳에선 사흘 정도를 졸음과 두통으로 시달렸다. 두 곳에서 겪은 증세에는 조금 차이가 있었다.

지속적인 근육운동을 요구하는 후지산 등산에서는 근육에 산소공급이 원활하게 되지 않아서 무기력증을 겪었지만, 이곳에서는 차를 타고 이동하는 시간이 길어서 근육운동이 심하지 않았으므로 증상이 약하게 나타났다는 점이 달랐다. 오히려 끼니때마다 또박또박 목구멍을 넘긴 음식이 소화되는 과정에서 산소가 대량 소모되고, 따라서 뇌에 산소 공급이 줄어들면서 졸음과 어지럼증이 지속적으로 나타난 것일 수도 있다. 일행들이 겪는 증세는 개인에 따라 차이가 있었다.

어떤 이는 구토와 두통, 또 어떤 이는 소화불량으로 내내 힘들어 하고 있었다. 여행 중 겪는 이런저런 증세가 고산증인지 여부가 불확실한 경우도 있었다. 그러나 일주일 정도 지나자 대부분 편안한 상태에 이른 것으로 보였다.

후지산에서의 실패에도 불구하고 이곳 여행을 시도할 수 있었던 것은 소위 고산증이라고 하는 것은 고산지역에서의 늦은 적응 속도에 따른 증세를 의미하는 것이지 병이 아니라는 점이다. 후지산에서 얻은 결론이었고 이곳에서도 검증이 되었다.

볼리비아 라파스에는 4,000m가 넘는 곳에 수백만 명이 살고 있기도 한 것으로 보아 고산증이 생사를 가름하는 것도 아니었다. 저지대 생활에 최적화된 폐의 호흡능력에 필요한 양의 산소를 제때 공급할 수 없어서 나타나는 증세에 불과하였다. 증세가 나타나는 사람과 그렇지 않은 사람 사이에는 적응 속도에서 차이가 있을 뿐이었다. 몸이 겪고서 얻은 고산지역에서의 대처방법은 다음과 같다.

  1) 몸을 천천이 움직일 것
  2) 물을 한 모금씩 나누어 자주 마실 것
  3) 음식을 조금씩 나누어 먹을 것
  4) 체온을 유지할 것
  5) 머리가 따뜻하도록 모자를 쓸 것

　여행자들이 고산증에 대비하여 준비한 처방약은 대부분 각 기관에 산소공급의 양을 늘려서 증세를 완화하는 혈관확장제였다. 그러나 반드시 효과가 나타나는 것은 아니었다. 오히려 증상을 완화하기 위해서는 두통약이나 소화제를 복용하는 이가 더 많았다. 유의 사항을 잘 지키면 좀 고통스럽긴 해도 시간이 지나면서 누구나 적응할 수 있다는 것을 알 수 있었다.

　산소공급을 늘리기 위해서 허파꽈리의 기능을 향상시키거나 확장하는 것이 적응 의지만으로 가능하지는 않다. 그것이 가능하려면 의지를 실행하는 생물학적 장치를 구동할 몸 내부의 소프트웨어가 작동해야 할 것이고 동시에 에너지도 공급되어야 한다. 기계 장치가 과제를 수행하기 위한 구동 프로그램과 전기에너지를 필요한 것과 마찬가지이다.

　의지만으로 단시간에 몸의 물리적인 구조를 변경시키지는 못한다. 하지만, 몸이 유기물로 에너지를 생산하고 저장해 놓고 있으며 나의 의지를 실행하는 다양한 프로그램을 보유하고 있는 것은 분명하다. 신기한 시스템이다.

　몸의 주인이 의식하지 못하는 시스템이 몸 안에서 작동하고 있다면 몸의 진짜 주인은 누구일까 하는 의문도 생긴다. 스스로 판단을 내리고 행동을 지시하는 AI가 스스로의 주인이 아닌 것과 마찬가지로 우리 몸의 주인도 우리 자신이 아닐 수 있다는 논리가 틀리지 않아 보인다.

그렇다면 태고에 우리를 만든 존재가 몸의 주인이라고 할 수 있을까. 그런 것이 존재한다면 그것이 무엇일까. 신, 혹시 그것이 빅뱅 이전의 무엇과 관계가 있을까. 빅뱅이 단순한 우연이 아니고 목적성을 지닌 것이라면 그것을 신성(神性)이라고 할 수 있을까. 이기적 유전자의 단순한 생존 논리로 인류가 존재한다고 하기에는 지나치게 또렷한 목적의식을 지닌 것이 우리들 아닌가. 실존과 존재의 의미를 다시 새겨 보아야 할 것 같다.

59. 사회통합

페루 북부지방에서 남으로 내려가면서는 개발도상국들에서 볼 수 있어야 할 역동적 모습을 보기 어려워서 안타까운 마음을 금할 수 없었다. 호텔, 시장, 대도시 도심 어디에서도 활력이라고 표현할 만한 모습을 보지 못하였다. 또 한 가지 잘 이해가 가지 않는 것은 도심에서 눈에 띄는 사람들의 대부분이 메스티조라는 점이다.

인종별 인구 분포에서 약 30%에 이른다는 인디오가 비율만큼 눈에 띄지는 않았다. 아마 그들이 주로 산악지역에 거주하기 때문일 것이라고 추측을 하였다. 비슷한 과정을 거쳐 신대륙에 성립된 국가임에도 미국과는 인종 분포에 있어서 차이가 있다. 미국과 같이 인종을 지역분포로 구별할 수 없는 용광로(Melting pot; 인종과 무관하게 섞여 사는 형태) 형(型)이 아니라, 인종에 따라 지역별로 뭉쳐 사는 샐러드 볼(Salad Bowl) 형태로 분포된 것으로 보인다.

버스로 이동 중 산악지대에서 창을 통하여 인디오 장례식을 볼 수 있었다. 집단으로 모여 있는 그들을 처음 목격한 것이다. 이후로 산악지대를 자주 지나치게 되면서 고유의상에 등짐을 진 여성, 알록달록한 수공예품을 파는 노점상과 큰 눈망울에 피부가 갈색으로 짙게 그을린 아이들을 자주 만났다.

스페인의 지배에서 벗어난 지 200년 가까이 되었지만 페루는 정복자와 피정복자 사이에 존재했던 문화와 계층 구분, 차별이 시정되지 않은 모습을 도처에서 볼 수 있었다. 페루에서 역동적인 모습을 보기 힘든 이유는 사회통합이 이루어지지 않는 데에 있는 것 같았다. 냉정하게 표현하여도 미국보다는 통합의 속도가 느린 곳이라고 말할 수밖에 없는 곳이었다.

링컨의 위대함은 노예 해방보다 (당시 많은 유럽 국가들은 이미 노예제를 폐지한 상태였다) 인종과 지역, 계층으로 분열되어 가던 미국을 하나의 생활권 안으로 흡수시켰다는 데에서 찾아야 한다는 생각이 들었다. 후일 미국이 강대국으로 발전할 수 있는 가장 중요한 조건을 만들어 놓은 것이다.

이 지역에서 아직 통합을 이루지 못하고 계층·인종의 울타리 안에서 격리된 모습을 보면서 링컨의 통찰력을 높이 평가하지 않을 수 없다. 한국이나 독일, 일본이 전쟁 폐허 속에서 단기간에 일어설 수 있었던 요인 중에는 세 나라 모두 문화와 인종적으로 통합된 사회였기 때문에 불필요한 사회적 갈등을 겪지 않았던 것도 있다.

쿠스코에서 태양신전이 있었던 와카이야망으로 넘어가는 산기슭에서 내려다보면, 유난히 크게 보이는 축구경기장이 있다. 인구 30만 정도의 빈한한 이 도시를 기반으로 하는 축구팀의 전용 경기장이라고 한다. 분지 산비탈에 위치한 도시에는 나지막한 슬라브 슬럼이 가득 차 있다. 기슭에 앉아 축구장을 내려다보면서 어쩌면 이 도시와 국가의 발전의 실마리가 축구장에 있을 수도 있겠다는 생각을 하였다. 어떤 형태로든 사회를 통합시켜 나가는 역할을 스포츠가 해낼 수 있기 때문이다. 인종과 계층의 벽을 넘어서는 사회통합은 발전을 이루기 위한 첫째 조건이다.

300여 년 전 잉글랜드에 병합된 스코틀랜드나 400여 년 전 스페인에 병합된 카탈루니아가 독립을 부르짖는 것을 보면 통합이 말처럼 쉬운 일은 아니다. 이와 관련한 기사를 볼 때마다 분단이 통일로 이어졌을 때, 남북 간에 원만한 통합을 이룰 수 있을 것인지 걱정이 앞서긴 한다. 하지만 이미 1,400여 년을 통합 속에서 살았던 역사와 선조의 지혜를 바탕으로 우리 노력이 더해지면 어렵지 않을 것이라고 생각한다.

페루와 같이 인종·역사·언어가 전혀 다른 이들 간의 통합도 아니고, 잉글랜드와 스코틀랜드, 스페인의 여타지역과 카탈루니아처럼 수백 년 갈등 끝에 통합되는 것도 아니니까. 무엇보다 공동체 구성원들의 통합을 향한 의지가 분명하다는 점은 신속한 통합의 가장 큰 동력이 될 것이다.

60. 우유니사막

태평양 쪽 해수면 아래 나스카 지각판이 아프리카 대륙에서 떨어져

나온 대서양 쪽 남미판을 밀어 올리면서 만들어진 주름이 안데스산맥이다. 3,700m 높이인 이곳은 땅바닥이 모두 소금이다. 솟아오른 바닷물이 태양을 만나 소금사막을 만든 것이다.

소금은 인간 생명을 유지하는 데에 필수적이다. 음식을 신선하게 유지하는 데에 도움을 주고 생명을 살리기도 한다. 그래서 우리 조상들은 소금을 '小金'이라고 하였다. 금만큼이나 귀하게 여겼던 것을 알 수 있다. 그러나 이곳에서 본 소금은 생명을 죽이는 소금이다. 이 소금 벌판에서는 어떤 생명도 살 수 없다.

대개 사막은 과소한 강수량이 생성의 직접적 원인이 되지만, 우유니는 사막이 될 만큼 강수량이 적은 곳이 아니다. 어제 저녁에도 갑작스런 강수로 일몰 구경을 단념할 수밖에 없었다. 사막이 된 이유는 단 하나, 소금 때문이다.

생명이 존재할 수 없는 죽음의 사막이 아름다울 수 있다는 것을 보여주는 곳 또한 우유니 사막이다. 내키는 대로 때를 가리지 않고 내리는 소나기는 땅거죽에 침전된 소금을 녹여서 장화를 신고 들어갈 정도의 야트막한 물웅덩이를 이곳저곳에 만들어 놓는다. 웅덩이의 수면은 매끄러운 거울 같아서 지평선이 하늘과 닿는 이곳을 환상적 분위기로 바꾸어 놓곤 한다.

사막의 일출은 소금물에 비친 허상과 어우러져 환상적인 그림이라고 할 수밖에 없는 풍경을 만들어 낸다. 새벽에 본 사막은 '외계에 아름다운 행성이 있다면 혹시 이런 모습이 아닐까' 하는 생각이 들 정도로 비현실적이다. 우유니에서 일출을 보는 것만으로 여행 중 겪었던 좋지 않은 기억을 모두 지워 버리고 남을 만큼 충분한 보상을 받은 듯하였다.

1950년대까지 이 지역은 소금 광산으로 큰 수입을 올리고 있었다. 많은 사람들이 몰려들어 북적대었고, 흥청대던 곳이었다. 그러나 화학 소금이 나타나면서부터 이곳에서 소금을 실어 나르던 우유니의 기관차는 역사(驛舍) 한구석에서 녹에 스러져 가고 있었다.

적자생존 경쟁에서 도태된 오늘날 볼리비아 경제의 실상을 상징하고 있는 것 같은 모습이다. 맨발의 인디오 아낙네가 등짐을 지고 가는 모습과 겹치면서 그지없는 연민을 자아내는 모습이다. 볼리비아는 아름다운 곳이고 착한 사람들이 사는 곳이지만 살아내기가 힘든 곳이다.

61. 라파스

엘 알토 공항을 빠져나와 라파스 외곽에 들어서면서 이웃 페루와 크게 다른 도시 분위기에 놀란다. 같은 언어, 비슷한 역사와 문화에도 불구하고 볼리비아의 수도인 이곳의 분위기는 이웃 나라와 사뭇 다르다. 개발이 덜 되기도 하였거니와 주류 인종에서도 차이가 있어 보인다. 리마가 메스티조의 도시라면 라파스는 인디오의 분위기가 강하게 느껴지는 도시다.

갖고 있는 자료에 의하면 볼리비아는 전체 인구의 60%가 인디오다. 특이한 것은 도심이 좁은 저지대로 외곽 언덕에서 도시를 내려다보면 연꽃 모양이라고 할까, 거대한 콜로세움이라고 할까, 도봉산, 관악산, 북한산으로 둘러싸인 서울에서 중심에 위치한 남산을 깎아내고 다시 1/10 정도로 축소한 형태다.

저녁에 야경이 훌륭하다고 소문난 야트막한 깔리깔리 언덕에 올랐다. 사방의 비탈이 예쁜 백열전등으로 가득 찬 모습이 장관이었다. 낮에 그곳의 힘든 삶을 본 사람들에게는 아름답다고만 할 수 없는, 서민의 애환이 서린 서글픈 장관이었다.

일몰 전 돌아본 도심은 외곽과 달리 인디오보다 백인과 메스티조가 훨씬 많이 눈에 띈다. 보통 서구 도시들이 외곽 'Uptown'에 부유층이 'Downtown'에 서민 거주지역이 몰려 있는 것과 대조적인 모습이다. 업타운은 인디오, 다운타운은 백인과 메스티조의 거주지였다.

한반도의 다섯 배가 넘는 넓직한 국토에 천만 인구가 사는 나라에서 하필 이런 지형에 거대 도시가 위치한다는 것이 이해가 되지 않는다. 사방이 비탈이고 골짜기인 이 도시에서는 지하철이나 버스가 대중교통의 중심으로 자리 잡는 것이 애초에 불가능했던 것으로 보인다.

윗동네와 아랫동네는 5~6개의 텔레페리코라고 불리는 케이블카로 연결된다. 대량수송과 스피드가 생명인 대중교통수단으로 관광지에서나 어울릴 케이블카를 사용하는 것도 납득이 안 되었지만, 그렇다고 별 뾰쪽한 수도 없을 것 같았다. 중요한 상업 활동이 공항 방향의 분지에서 이루어지고 있는 데다가 도시 중심 지역이 시민들의 경제활동과는 유리되어 있어서 위·아래 동네의 교통량이 많지 않을 수도 있겠다는 추측을 해 보았다.

도시는 왕복 2차선 정도 폭의 좁은 도로가 거미줄처럼 퍼져 있었고 그 길을 누비는 대중교통 수단은 봉고형 승합차가 대부분이었다. 외곽에서는 승용차보다 승합차가 많아 보일 정도다. 산소 농도가 낮은 고지대 좁은 길에서 낡은 승합차가 내뿜는 독한 매연 냄새는 봄철 서울에서 미세먼지로 숨 쉬는 것이 사치스럽게 느껴질 정도다. 호텔에 돌아와서 오염된 공기가 콧속에서 새카만 고체 덩어리로 정화되고 있음을 확인하였다.

우리나라에는 개발도상국에 대한 원조에 곱지 않은 시선을 던지는 사람들이 있다. 그런 여유는 국내의 빈곤층으로 돌리는 것이 마땅하다는 논리이다. 더 독한 사람들은 '내 능력으로 번 돈을 왜 남한테 주냐'는 논리를 펴기도 한다.

그런 논리로 살다 큰 피해를 입었던 것이 1994년 LA폭동 때 한인들이었다. 이제는 우리가 국제사회의 보편적 '룰'에 적응하지 못했던 시절에 겪었던 옛이야기가 되어버렸지만.

선진국들의 개발도상국에 대한 원조는 시장 상인들이 재화나 서비스를 지역사회 발전을 위하여 기부하거나 봉사활동을 하는 것과 똑같은 논리를 근거로 한다. 선진국의 원조는 개발도상국과 거래하여 얻은 수익 일부를 되돌려준다는 의미를 갖는 일종의 기부행위다. 수익의 일부를 발전기금으로 기부하는 것은 자체로 좋은 일일 뿐만 아니라 그것을 종자로 수혜자가 일어선다면 더욱 뜻깊은 일이 되는 것이다.

개발도상국이 선진국의 원조로 일어선다면 그것으로 좋은 일일 뿐 아니라 시장 확대에도 도움이 된다. 이 시스템 최대 수혜자로 선진국까지 된 나라가 우리나라다.

국제사회에서 원조는 단순한 자비 행위가 아니다. 교역으로 부를 축적한 국가가 불우한(?) 이웃 국가로 축적한 부의 일부를 이동시키는 것은 인류 공영에 이바지하는 일이라고 할 만하다. 이 시스템으로 일어선 우리가 다시 다른 개도국이 일어설 수 있도록 도움을 준다면 홍익인간 이념으로 옛 조선을 열었던 단군 할아버지께서 크게 좋아하실 것이다.

62. 칠레로

새벽에 고양이 세수를 하면서 머리에 살짝 물칠을 했다. 바로 현기증
이 일었다. 똑바로 서 있을 수가 없었다. 머리가 차가우면 고산증세가
나타난다는 말이 생각나서 전열 장판을 머리에 두르고 10여 분을 가만
히 누워 있었다. 꼴이 우스웠다. 혼자 소리 내며 한참을 웃었다. 그러나
증세는 거짓말처럼 사라졌다.

우유니에서 칠레 쪽 국경으로 가면서 특이한 경관을 즐길 수 있었다.
관광객들의 발길이 덜 닿은 곳이라 자연의 모습을 그대로 간직한 곳이
다. 4,000m가 넘는 곳에서 만난 간헐천, 초지와 야생 라마, 노천 온천,
수시로 색이 변하는 호수와 홍학, 사막여우 등은 금방이라도 어린 왕자
가 튀어나올 것 같은 동화 속 모습이다.

하계(下界)에서 꿈에서나 볼 수 있는 풍경을 감상할 수 있었다. 비경 속
에 서는 것은 오지에 도전하는 자만이 누리는 특권이라는 생각이 들면
서 가슴이 뿌듯해졌다. 고산 초지에서 나를 행복에 텀벙 빠트린 이 생명
들이 살 수 있는 것은 화산지대 지표에서 뿜어내는 열기가 땅을 덥히고
있기 때문이다.

자동차로 이틀 반을 달렸지만 이동거리는 300km가 채 되지 않았다.
길이 험하기도 하고 몸은 지쳐 있었다. 하지만 이곳의 아름다움은 이것
들을 날려 보낼 만큼 압도적이다. 맑은 공기와 파란 하늘이 녹아 흐르는
빨래터에서 영혼은 때를 벗기고 있었다. 호숫가에서 다목적 차량(Suv)
의 서스펜션이 낡은 몸을 온전하게 보전하는 데 도움이 된 것을 인정하
지 않을 수 없었다.

이 코스는 바퀴 달린 차라고 해도 차체가 높으면서 강한 힘과 튼튼한

서스펜션을 갖추지 못하면 주파하기 어려운 곳이다. 남미를 여행한 사람의 기행문에서 좋지 않은 도로 사정으로 인해 힘들었다는 내용을 보았는데, 이곳을 종단하면서 그럴만한 사정을 여러 곳에서 발견할 수 있었다.

호텔에서 출발한 후 완만하지만 계속 오름이던 길이 드디어 정점에 이르렀다. 볼리비아와 칠레의 국경이 코앞에 있었다. 거의 5,000m에 육박하는 곳이다. 출국 절차가 진행되어야 할 곳엔 군인으로 보이는 몇 사람이 보일 뿐 별도의 건물이 보이지 않았다. 여권을 확인하는 것으로 간단하게 출국이 허용되었다.

칠레의 입국 절차는 그곳에서 다시 십여 분을 이동한 후 진행되었다. 친절하지만 꼼꼼한 세관원들의 태도가 오히려 낯설게 느껴졌다. 조금 전 출국 절차와 대조적인 모습이었다. 칠레의 안정적인 행정 시스템을 가늠해 볼 수 있었다. 안심이 되면서도 몸은 긴장하고 있었다. 허술했지만 인간적인 세상에서 세련되지만 빡빡한, 익숙한 삶의 고향으로 돌아온 것을 몸이 먼저 알아채고 있었다.

국경을 넘어 버스로 갈아타고 한 시간 남짓 갔을까, 칠레 북부 산페드로 데 아타카마 사막에 도착하였다. 연 강수량 1mm 이하로 세상에서 가장 건조한 곳이다. 이 조건으로 지구상에서 천문대가 가장 많이 몰려 있는 곳이다. 건조할수록, 지대가 높을수록 우주 관측에 유리하기 때문이다.

안내자의 친절한 설명을 듣고 졸다가 깨어나니 버스는 이미 혼잡한 시내 중심의 호텔 앞에 와 있었다. 안타까운 일이 있었다. 이곳에 도착한 날 밤에 육안으로 관측 가능한 월식이 있었다는 것을 안 것은 다음 날 오전 비행기 편으로 산티아고에 도착한 후였다. 얼마 전 TED[51]에서 일식을 보는 것이 인생에서 얼마나 큰 행운인지를 알았지만, 그날 저녁 난 술에 취해 일찌감치 곯아떨어지고 말았다.

산티아고 데 칠레. 친구가 다녀왔다는 스페인 북부의 산티아고 데 콤포스텔라와는 달만큼이나 멀리 떨어진 곳에 있는 도시다. 원래 산티아고는 성인 야고보(St. James)의 에스파니아어 이름이다. 칠레 인구 천칠백만 중 5백만 이상이 이 도시에 몰려 살고 있다.

남미 대륙은 정말 흥미진진한 곳이다. 자연경관이 그럴뿐더러 인문사회 환경도 그렇다. 국경 하나를 넘어섰더니 아주 다른 세상이 기다리고 있었다. 안쓰러운 모습에 내내 마음이 불편했던 인디오의 나라 볼리비아의 옆에는 유럽인의 나라 칠레가 있었다.

시내 중심의 묵직한 석조 성당, 궁전, 박물관과 오가는 사람들을 보고 있으면 유럽의 도심 어딘가에 있는 듯하였다. 점심에 아르마스 광장을 지나 시장과 거리를 돌아다녔는데 활기에 차 있으면서도 차분한 인상을 준다. 5,000km에 달하는 해안을 끼고 있어서인지 시장에서는 해물 식재료가 많아 보인다.

시장 한컨에는 노량진에서처럼 회를 썰어놓고 손님을 기다리는 가게가 있었지만, 일정에 쫓기는 참새는 방앗간에 짐을 풀 수 없었다. 이웃 나라와 달리 유럽인의 나라가 된 연유가 궁금했지만 상세한 내막을 설명해 줄 사람은 아무도 없었다. 피사로가 파괴한 잉카 중심에서 벗어난 지역 밖에서의 식민화 과정과 독립 당시 사정이 궁금해졌다. 태평양을 길게 품고 있는 이 나라가 앞으로 그 이점을 어떻게 살려 나갈지도.

---

51) TED(Technology, Entertainment, Design)는 미국의 비영리 재단에서 운영하는 강연회로 유튜브로 볼 수 있다. 최근에는 과학에서 국제적인 이슈까지 다양한 분야와 관련된 강연회를 개최한다.

새벽 2시에 깨어서 공항에 간 날, 구름이 한쪽 하늘을 가리고 있었지만 별을 볼 수는 있었다. 오랫동안 보지 못한 별이었다. 공교롭게도 성당의 오래 묵은 안채를 개조한 호텔에서 묵었던 그 날, 서울 신월동 살레시오 미래교육원 원장 신부님이 선종했다는 소식을 전해 들었다.

지금 생각해 보니까 여행 떠나기 얼마 전에 병상에서 뵈었던 그분의 쾌활함과 동행했던 신부님의 어색함이 당신의 죽음을 암시했던 것 같다. 아둔한 자들이 늙어서야 깨달은 것을 새파랗게 젊은 나이에 행동으로 실천한 분, 아무것도 소유하지 않았지만 모든 것을 소유했던 분이다. 죽음의 문턱에서 겪어야 했던 고통 속에서도 누군가를 위해서만 존재해야 했던 분, 그분이 하느님 곁으로 가신 것이다. 새삼 떠오르는 말이 있다.

사람은 그의 행동으로 정의된다.

이젠 편안하신가요.

63. 세상의 끝

푼타 아레나스!
세상의 끝이다.

공항 밖엔 바람
몸을 가누기 힘들 만큼 강하다.
어깨에 오를 만큼 키 큰 풀이 땅바닥 가까이 뉘어져 흔들린다.

아름답다.

달리는 차창 밖엔
바람을 버티고 선 풀만 무성하다.
빈 공간은 바람 소리로 가득 찼다.
굉음 속에서 적막함을 느끼는 것이 이상했지만 분명 그랬다.
적막함의 실체는 존재하지 않는 '없음'은 아니었다.
자연에서 사람의 온기를 뺀 적막함이었다.

파악되지 않는 친숙함이 있었다.
그것이 무엇인지 한참을 생각했다.
고흐였다.
풀밭 위로 날아가는 까마귀가 있었다면
이곳이 더 근사했을 것이다.
별이 빛나는 밤에는 그를 만날 수도 있는 곳이었다.

오른편 낮은 언덕 너머로 바다가 보인다.
버스가 바짝 다가선다.
마젤란 해협.
500년 전 그는 대서양에서 이곳을 거쳐 태평양으로 나아갔다.

그가 보았던 풍경 그대로
그곳을 보고 있는 현실이
믿어지지 않았다.

뱃길이

그를 죽음으로 인도하는 길일 줄 알았더라면

애초에 나서지 않았을 것이다.

하지만 그의 탐욕은 새 시대의 문을 활짝 열어 놓았다.

그때에는 무지와 탐욕이 엄청난 역사를 만들어 내곤 하였다.

거친 파도소리,

거센 태평양 바람에 대서양 쪽으로 씰그러진 나뭇가지들

바닷가에 바짝 다가선 백두(白頭)의 산과

백야(白夜)가

이곳의 정체성을 분명하게 밝힌다.

희미한 빛 아래서

키 작은 나무가 그들과 공생하고 있었다.

벌판을 가로질러 조그만 찻집과 조우한다.

찻집 주인이 손님을 반겼던 것보다

손님들이 그녀를 더 반겼던 것은

고립에 대한 두려움과

잠깐의 외로움도 견디기 어려워하는

사회적 동물의 나약한 속성을 폭로한다.

푸에르도 나탈레스!

낡은 승용차는 이곳 자연과 어울리지 않았다.

스무 해를 넘지 않았을 푸죠의 바랜 페인트는

수백 해나 더 오래 묵은 백두의 밝음에 스러지고 있었다.
때 묻지 않은 자연은 인간의 손을 탄 것들을 낡아 보이게 하는
특별한 재능을 갖고 있었다.
인간은 그들의 발치까지 접근해 있었다.
인간의 손이 닿는 순간 자연은 연기처럼 사라지곤 하였지만
이곳은 아직 오래된 젊음으로 가득 차 있었다.

마젤란의 선원들은
세상의 끝을 돌아서 제자리로 돌아온 첫 번째 사람들이다.
세상의 끝이 가장 멀리 떨어진 곳이 아니라
그들이 사는 곳이었다는 사실을 증명한 사람들이다.

문명은 지상에 존재한 수많은 종(種) 중에서
오직 한 종의 이기심에서 비롯된 것이다.
이기심으로 파괴된 자연은
다시 문명을 존망의 기로로 몰아가고 있다.
혼란에 빠진 자연과 타협하지 않는다면
인간은 자멸할 것이 분명해졌다.

세상의 끝은 먼 곳에 있지 않았다.
언제나 내가 선 그곳이 끝이었다.

끝은 항상 시작과 같은 곳에 있었다.

　　　　　　　　　　– 푸에르토 나탈레스에서

XI
에필로그

차이와 차별을 극복하고 공존과 통합으로

말이 인간과 동등한 지위를 가질 수는 없다. 다른 속성을 갖고 태어난 것이 원인이 된 차이는 어쩔 수가 없다. 하지만 후천적으로 발생한 차이는 개선의 노력으로 완화하는 것이 가능하다. 인간의 삶도 그렇고 다양한 문화 사이의 발생한 차이도 그랬다. 여행자의 눈에 비친 삶과 문화의 다양함으로 알 수 있었던 것은 차이가 나쁜 결과만을 가져오지는 않았다는 것이다. 차이를 메꾸는 과정에서 발전의 동력을 얻을 수 있기 때문이다.

상황에 따라 달라지는 지위는 무수한 관계를 발생시킨다. 누군가는 가정의 가장이면서 직장의 중간 관리자이고 버스를 타면 승객이 된다. 부모에게는 자식이고 아내에겐 남편이다. 각각의 상황과 지위에서 맺어지는 관계가 있다. 관계는 수평적일 수 있으나 그렇지 않은 경우가 더 많다. 동등한 수준에서 맺어지지 않는 관계에서는 차별이 발생하기 쉽다.

베를린 영화제는 2021년부터 남녀를 구분하지 않고 주연과 조연상을 시상한다. 생물학적 차이에 따른 성의 차별을 없애기 위해서다. 차별은 개인의 문제로 끝나지 않는다. 특히 집단을 대상으로 하는 차별은 부당할 뿐 아니라 개인의 차별과 비교할 수 없는 큰 재앙을 초래한다.

2023년 12월, 로마교황청이 '동성 커플에 대한 축복을 허용함'으로써 사실상 동성혼을 인정하는 파격적인 조치를 취하였다. 그러나 신앙교리청은 '축복'의 허용이 결혼을 의미하는 것은 아니라고 밝혔다. 교황청도 성소수자와 관련한 교회의 전통적인 입장에서 '아직' 이성애자와 동등한 권리를 인정하지는 않는다. 나는 동성애를 지지하지는 않지만, 동성애자들이 시민의 한 사람으로서 누릴 정당한 권리가 침해당하는 것에는 동의하지 않는다. 어떤 인간에 대한 차별도 허용하지 않는 예수의 사랑이 동성애자라는 이유로 차단되어서는 안 된다고 생각한다.

미국의 남북전쟁은 노예노동에 기반한 남부 농업경제와 임금노동자에 의존한 북부 산업경제 체제의 차이에서 발생한 갈등으로 벌어졌다. 남부지역은 대량의 면화 생산에 노예 노동력이 절대적으로 필요한 상황이었지만, 북부는 산업사회로 접어들면서 숙련된 노동력의 부족을 겪고 있었다.

남부와 달리 흑인을 노예가 아니라 노동자로 필요로 한 곳이었다. 흑인의 노동력을 확보하기 위해 전쟁까지 불사한 배경에는 남북의 경제 여건의 차이가 있었던 것이다. 그러나 북부에서도 노예가 노동자로의 전환되는 것을 꾀했을 뿐, 노예들에게 정치 사회적으로 백인과 동등한 권리를 부여하려 하지는 않았다.

한반도에서 남북이 이념의 차이로 선을 긋고 대립하는 형국은 언제든지 한민족을 비극에 빠트릴 수 있다는 것을 우리는 알고 있다. 분단과 전쟁, 수십 년의 대립으로 심각한 상황으로 치닫고 있는 분열이 민족의 특성으로 각인되지 않을까 우려하지 않을 수 없다. 북한은 한·미·일의 군비증강과 군사훈련이 핵무장의 동기라고 주장하고 남에서는 북한의 위험한 군사행동을 제어할 수 있는 최선의 방법이 군비 확충이라고 말한다.

이제는 남북이 한 하늘 아래에서 함께 살 수 없는 것처럼 상황이 악화되고 있다. 최근엔 미·중 관계가 나빠지면서 한동안 사이가 괜찮았던 중국까지도 적으로 부각되고 있다. 무력을 앞세운 수많은 대립이 역사에서 어떻게 귀결되었는지는 기억조차 떠올리고 싶지 않다.

종교나 종파의 대립도 똑같은 원인에서 출발한다. 갈등은 세상을 바라보는 관점의 차이에서 비롯된다. 예수는 세상 사람들을 죄인으로, 부처는 이 세상 자체가 고통으로 가득 차 있다고 보았다. 동일한 현상을 다르게 표현한 것으로 볼 수도 있지만, 같은 현상을 보면서도 다른 진단을 내리고 있다. 앞으로도 다른 현자가 나타나 또 다른 시각으로 세상을 설명할 수도 있을 것이다.

종교는 일관된 관점에서 사람들이 공감할 만한 논리로 세상을 설명한다. 그러나 일정한 단계에 이르면, 그때부터는 '제 논에 물대기'가 시작된다. 논리나 합리를 떠나 자신들의 관점으로만 세상을 설명하려는 무리(無理)를 동원하기도 한다. 종교적 신념이 국제사회에서 갈등의 중요한 원인이 되는 이유다. 수백 년 동안 지속된 십자군 전쟁의 가장 큰 원인은 관점의 차이로 기독교와 이슬람의 이해(利害)가 어긋났기 때문이다.

통일 독일 과정은 우리에게 많은 것을 시사한다. 1970년 초, 동·서독 사이에 신뢰를 쌓기 시작한 빌리 브란트 수상은 미·소의 첨예한 대립 상황에서 궁극적으로 통일의 열쇠는 동·서독이 쥐고 있다는 판단 아래, 어느 편에도 치우치지 않는 외교로 통일의 기초를 닦아놓은 인물이다.

1990년, 헬무트 콜 총리 때에 이룬 통일의 공은 사실 그 이전의 빌리 브란트에게 돌아가야 한다. 남·북한이나 주변 강국들 사이에서도 브란트와 같이 서로의 생각 차이를 인정하고 존중하며 공유할 수 있는 것을 찾아 나서면 사이좋게 공존하지 못할 이유가 없다.

한반도에서의 통일은 단순히 무력으로 한쪽을 압도한다고 해서 이루어질 수 있는 상황이 아니다. 주변국의 협조 없이 통일을 이루는 것은 현실적으로 불가능하기 때문이다. 무력은 평화를 담보하지만, 평화는 상호 신뢰를 쌓지 않고서는 정착될 수 없다.

이 땅에서는 남북의 신뢰뿐만 아니라 주변 4강이 함께 신뢰할 수 있는 조건이 조성되지 않으면 현실적으로 분단 극복은 불가능하다. 주변국들의 이해가 얽힌 이스라엘과 팔레스타인의 갈등은 현대 세계에서 무력으로 평화를 정착시키는 일이 얼마나 힘든지를 보여준다.

난 만델라가 대단한 사람이라고 평가한다. 그는 자신을 감옥으로 보낸 적대적인 백인들과 갈등을 봉합하고 흑백이 화합하는 새로운 나라를 만들어 내었다. 어디에서나 그렇지만 남아공의 인종 문제는 두 그룹이 처한 정치 사회적 지위의 차이와 차별에 뿌리를 두고 있다. 완벽하게 해결할 수는 없지만 그곳에서는 차이를 완화하는 정책만으로도 차별은 자연스럽게 완화되기 시작하였다. 차별을 해소하려는 노력을 보여주는 것만으로도 갈등은 해소될 수 있다.

만델라가 남아공의 문제를 모두 해결한 것은 아니다. 다만 그는 조국의 정책이 무엇을 지향하는지를 분명하게 제시했을 뿐이다. 그의 관점은 평범한 민주주의의 원칙과 생활 윤리를 실천하는 데에서 시작한다. 그의 생각은 이미 수백 년 동안 수많은 사람들과 국가가 추구한 보편적 가치에 바탕을 두고 있었다.

다양성을 인정하면서 갈등을 유발하는 차이들을 시나브로 줄여 나가다 보면 평화적으로 해결되지 못할 일은 없다고 믿는다. 세상의 차이들을 완화하고 차별을 극복하는 일이나 남북이 현존하는 갈등을 넘어서 통합에 도달하는 일도 그렇게 시작되어야 할 것이라고 믿는다.

나라 사랑(愛國心)과 누리 나들이(世界旅行)

— 한솔 여행 에세이《차이 속의 공존》발간에 즈음하여

김 정 오

역사의 진수(眞髓)를 찾아 땅구슬 나들이(地球村旅行)

수필가 한솔(본명; 한영호)은 땅구슬 나들이(地球村旅行)를 좋아한다. 그 것은 역사의 숨결을 찾기 위함이다. 진리를 찾아 길을 나서는 구도자처럼 역사의 현장을 자주 찾으면서 나라 사랑으로 점철(點綴)된 역사적 진실을 글월로 밝히고 있다.

"지구를 떠돌고 싶다"고 말했던 여류작가 송영옥의 말이 떠올랐다. "욕망 중에서 가장 강렬한 것 중의 하나다. 세계 지도를 펴놓고 어디로 갈까. 어느 하늘 아래부터 먼저 볼까. 크고 작은 나라들을 들여다볼 때마다 나는 그 옛날 하렘성의 궁녀를 선택하던 군주처럼 조급하고 탐욕스러워진다"[1]라고 했었다.

세상은 넓고, 보아야 할 곳은 많다. 그래서 그런 생각을 할 수 있을 것

---

1) 송영옥,《이 지구를 떠돌고 싶다》서문에서, 미리내.

이다. 그러나 역사를 알고 떠나야 나들이 맛을 제대로 알 것이다. 역사를 모르는 나들이는 세계 속의 한국이나 한국 속의 세계와는 거리가 먼 그냥 나들이일 뿐이다.

역사학자 정수일이 말했다. "세계 속의 한국은 바깥에서 세계의 만남이고, 한국 속의 세계는 안에서 세계와의 만남이다. 이 두 개념은 세계성에서 서로 접합된다. 세계성이란 한 마디로 세계에 대한 앎을 추구하고, 세계와 삶을 함께하는 정신을 말한다. 미래의 비전으로 굳어져 가고 있는 세계화나 국제화의 바탕은 바로 이 세계성이다."[2]

역사를 알고 땅구슬(地球村) 나들이를 하는 사람만이 느낄 수 있는 묘미(妙味)일 것이다. 아는 만큼만 보이기 때문이다. '아는 만큼만 보인다'는 말은 유홍준 교수가 《나의 문화유산답사기》제1권의 머리말에서 처음 썼던 말이다.

이와 비슷한 말이 조선 정조 때의 문장가 유한준(兪漢雋)[3]이 당대 수장가 김광국의 화첩 '석농화원(石農畫苑)'에 쓴 발문에도 나타난다.

지즉위진애(知則爲眞愛)

애즉위진간(愛則爲眞看)

간즉축지이비도축야(看則畜之而非徒畜也)

"알면 곧 참으로 사랑하게 되고, 사랑하면 참으로 보게 되고, 볼 줄 알게 되면 모으게 되니, 그것은 한갓 모으는 것은 아니다."

---

2) 정수일, 《한국 속의 세계》 머리글에서.

3) 유한준(兪漢雋, 1732~1811); 목민관(牧民官)으로서 전정(田政)·군정(軍政)·환곡(還穀) 등 삼정(三政)의 폐단을 지적했다. 나산책(羅山策) 등 현실 비판적인 작품들을 통해 실천적 목민관으로서의 현실 개혁을 시도했고, 실학자 류형원(柳馨遠)의 정신을 잇고자 하는 실사구시적 정신의 글을 썼다.

이 글에서 유홍준 교수는 '아는 만큼 보인다' 라는 명언을 찾은 듯싶다.

여행 문학! 그 아름다운 향기

여행을 하면서 보고, 듣고, 생각하고, 느끼고, 깨달았던 일들을 글월로 남긴 것을 기행문학(紀行文學; travel literature)이라 한다. 서경문(敍景文)의 특성을 지닌 1인칭 고백체(告白體) 글월로서 수필의 범주에 들어가는 글월이다. 특히 기행문은 여행의 경로를 구체적인 사실들과 함께 서사적으로 제시하며 감동적으로 그려(描寫) 내는(表現) 글월이다.

여행에서는 외면적 목표보다 뜻밖의 사실을 알게 되기도 하고, 그것을 통해 자신과 세계에 대해 놀라운 깨달음을 얻게 될 수도 있다. 이때 지역의 특색을 잘 드러낼 수도 있으며, 현지에서 느낀 서정적 특징을 강하게 드러낼 수도 있다. 또 낯선 환경에서의 객창감(客窓感)도 드러낸다. 그래서 시간이나 공간에 따른 추보식(推步式; 直列式) 전개가 원칙이나 형식에 따라 수필체와 편지체, 일기체, 보고문체 등으로 쓰기도 한다. 그러나 기록문학의 경우 지은이의 남다른 관찰력과 깊은 교양과 사상이 종합적으로 드러날 때 기행문의 특성이 더 잘 드러난다.

문장 연구가 장재성[4]은 기행수필이란 '사실성과 낭만성이 씨줄 날줄로 엮어지는 글월' 이라고 말했다. 다시 말해 리얼리티(reality)[5]와 로맨티스트(romantist)[6]의 어울목[7]이라는 것이다. 사실성은 내용 소재의 현실감이요, 낭만성은 문체 표현의 서정성이다. 이 두 어울목을 빚어내는

---

4) 장재성; 일본 오사카대학 대학원 졸업, 일본 파견교사, 문교부 고교 국어교과서 편찬위원, 제주대학 교수 역임. 저서《현대문의 지름길》외 다수.
5) 리얼리티(reality); 진실성/ 현실성/ 실재성(實在性).
6) 로맨티스트(romantist); 성격이나 분위기가 현실적이기보다는 환상적인 데가 있는 사람.
7) 어울목: 병치 문맥의 4대 조건 분명하게: 어우러지는 목, 즉 합류점을 말한다. '같은 품사' 를 쓰고, 길이는 비슷하게 '독립' 이 가능해야 한다.

글월이 기행문이다.

수필가 윤오영(1907~1976)은 '흔들리는 구슬들 사이에서 반짝이는 그 윽한 불꽃이 수필'이라고 하였다. 또 프랑스의 문학평론가 알베레스(R. M. Alberes, 1921~)는 《20세기 문학의 총결산》이라는 책에서 '수필은 지성을 바탕으로 한 정서적, 신비적 환상적 이미지의 글'이라고 정의했다. 결국 소설이 사색적일 경우 소설과 수필의 다른 점을 찾기가 어려워진다는 것이다. 세계적인 기행문의 백미(白眉)는 질풍노도(疾風怒濤)[8] 시대를 이끌면서 《파우스트》로 세계 문단을 흔들었던 괴테의 《이탈리아 기행》(1788)이다. 그는 이 글월에서 자연과 더불어 자신을, 또 다른 삶의 객체를 찾아 꿈을 찾고, 또 다른 객체에 비추어 새로운 자아를 찾는 여행의 진수(眞髓)를 보여주었다.

우리나라에서는 그보다 1,060여 년이나 앞선 723년부터 만 4년 동안 신라의 혜초(慧超)[9]가 세계여행을 하고 여행기를 썼다. 인도 카슈미르 (Kashmir)[10], 아프가니스탄, 중앙아시아를 둘러보고 727년에 중국 장안 (長安)[11]으로 돌아와서 쓴 《왕오천축국전(往五天竺國傳)》은 현재 세계의 보

---

8) 질풍노도(疾風怒濤; Sturm und Drang): 18세기 후반(1765년~1785년) 독일에서 일어난 계몽주의, 고전주의·낭만주의 시대에 과도적인 역할을 했던 문학·연극 운동.

9) 혜초(慧超, 704~787): 신라 성덕왕 22년(723) 당나라에 유학, 동남아시아 각멸(閣蔑), 나신국(裸身國)을 거쳐, 인도에 도착했다. 이후 중앙아시아, 중동 페르시아를 여행했다. 파미르 고원을 넘어, 727년 안서도호부가 있는 쿠차를 거쳐 733년 당나라에 돌아와 경전 《대승유가금강성해만주실리천비천발대교왕경(大乘瑜伽金剛性海曼珠實利千臂千鉢大教王經)》을 연구했다. 혜초의 인도 기행문 《왕오천축국전(往五天竺國傳)》은 1908년 프랑스의 동양학자 펠리오에 의해 둔황 막고굴에서 발견되어 고대의 동서 교섭사 연구에 귀중한 사료로 평가받는다.

10) 카슈미르(Cashmir): 인도령으로 잠무 카슈미르, 파키스탄령으로 아자드 카슈미르, 중국령으로 아크사이친 등 3개 나라의 영토로 나누어져 있다.

11) 장안(長安): 중국 서북부 산시성(陝西省) 시안(西安) 지역. 약 13세기 동안 중국의 여러 왕조와 제국의 수도로서 중국 역사상 중요한 도시이다. 당(唐) 왕조의 수도일 때 '황금시대'로 불리면서 다양한 문화 발전과 외국과의 교류가 이루어졌으며, 정치·경제·문화의 중심지였다.

물로 지정되어 프랑스 파리 국립도서관에서 귀중하게 간직하고 있으며, 여러 나라 말로 번역되어 있다. 그리고 《좁은 문》, 《교황청의 지하실》을 쓴 지드[12]의 《콩고 기행》(1927)과 《소련 기행》(1937) 등은 당시 날개 달린 책(best seller)이 되어 온 누리에 큰 반향을 일으켰다.

우리나라의 감동적인 여행기록들

우리나라는 조선 선조(宣祖) 때 정철(鄭澈)의 〈관동별곡(關東別曲)〉, 김진형의 〈북천가〉, 홍순학의 〈연행가〉를 비롯하여 우리 역사상 처음 쓴 해외(일본) 기행가사로 김인겸의 〈일동장유가(日東壯遊歌)〉(1764)[13]가 있다.

그리고 북학파 실학자 박지원(朴趾源, 1737~1805)의 중국 여행기 《열하일기(熱河日記)》(1780)[14]와 서유문(徐有聞)이 쓴 전 6권의 《무오연행록(戊午燕行錄)》(1798)[15]이 있고, 유길준이 미국 유학 체험을 한글 산문체로 쓴 《서유견문(西遊見聞)》(1895)[16]은 서구 문화를 다루는 한국 첫 근대적 여행

---

12) 앙드레 지드(Andre Paul Guillaume Gide, 1869~1951): 프랑스의 작가, 인도주의자·모럴리스트. 1936년 소련을 방문하고 돌아와 쓴 《소련에서 돌아와; Retour de l'U.R.S.S.》(1936)와 《소련을 되돌아봄; Retouches a mon retour de l'U.R.S.S.》(1937)에서 소비에트 연방체제에 대한 환멸감을 드러냈다. 1947년 6월 옥스퍼드대학교 문학박사 학위를 받고, 11월에는 노벨 문학상을 받았다.

13) 김인겸(金仁謙)이 1763년(영조 39년) 일본 통신사로 갔을 때 지은 〈일동장유가(日東壯遊歌)〉는 조선 통신사에 관한 기록으로 가사조선의 도서 훈민정음 100대 한글문화 유산이다. 〈연행가〉와 함께 대표적인 기행가사로 꼽히며 일본의 문화에 대해 수용과 함께 적대감도 드러내고 있다. 원본은 국립중앙도서관본, 가람본(서울대학교 중앙도서관 소장)이 있으나 가람본이 많이 영인되고 있다.

14) 〈열하일기〉는 《연암집》에 실려 있는 중국 여행기인데 《연암집》은 연암 박지원이 1780년 청나라를 여행하면서 보고 들은 것을 기록으로 남긴 26권 10책이다. 당시 사회제도와 양반사회의 모순을 신랄히 비판하는 독창적이고 사실적인 문체의 글월이다. 1901년 필사본을 김택영이 처음 책으로 간행했다. 1~7권은 여행 경로를 8~26권은 보고 들은 것들을 기록했다. 박지원은 이 책에서 이용후생을 비롯한 북학파의 사상을 말하고, 명분론에 사로잡혀 있는 사고방식을 풍자하기 위해 사실과 허구의 복합 구성을 도입했다.

15) 1798년(정조 22) 10월 삼절연공 겸 사은사(三節年貢 兼 謝恩使)의 서장관으로 연행(燕行)하였던 지은이가 다음해 4월 초2일 복명(復命)하기까지 왕복 160여 일을 일기로 쓴 기행문이다.

기로 평가받는다.

그런데 특이한 여행기록이 있다.《홍어 장수 문순득 표류기》이다. 문순득(文淳得, 1777~1847)은 조선시대 지금의 전라남도 신안군에서 어물 장수를 하는 사람이었다. 평범한 어물장수였던 그가《조선왕조실록》에 올라 있다. 그 까닭은 이렇다.

1801년 12월, 24살의 청년 문순득은 흑산도 가까운 곳에서 홍어를 사서 배를 타고 돌아오는 길에 거친 풍랑을 만나 표류했다. 문순득이 탄 배는 망망대해를 2주일이나 떠다니다가 어느 낯선 섬에 닿았다. 류큐 왕국의 '대도(大島)'라는 곳이었는데 오늘의 일본 오키나와다.

다행히 그곳 사람들이 친절히 대해 주었기에 문순득은 거기에서 8개월을 머물면서 그 나라 말과 풍습을 배우면서 적응했다. 그리고 조선으로 돌아가는 방법을 알아보았다. 그 방법은 류큐 왕국의 조공선이 중국으로 갈 때, 그 배를 타고 중국을 거쳐 조선으로 가는 방법이었다.

1802년 10월, 문순득은 중국으로 가는 배를 탈 수 있었다. 그러나 배가 떠난 지 얼마 되지 않아 또 풍랑을 만나 동남쪽으로 흘러갔고, 열흘후에 스페인 제국의 필리핀 도독령(都督領)이던 루손 섬에 이르렀다. 문순득은 그곳에서 9개월간 머물면서 현지어를 익히고 서양 문물을 배웠다. 그 뒤 문순득은 마카오, 광저우, 난징, 연경을 거쳐 조선 관리를 따라 1805년 1월에 조선으로 돌아왔다. 홍어를 사서 배에 오른 지 3년 2개월이 지난 뒤였다.

그의 이야기는 흑산도에서 유배 생활을 하던 정약전이 쓴《표해시말

---

16) 유길준이 미국 유학 중 여러 일을 국한문 혼용체로 쓴 책. 1885년 집필 시작하여 1889년에 끝냈으며 1890년 고종에게 바친 뒤 관리들에게 주었고, 1895년에 출간했다. 근대 국문학이나 신소설에 영향을 끼쳤으며 당파 이야기, 어린이 양육법, 친구 사귀는 법, 여자에 대한 예절 등을 실었다. 서구 문화 전 영역에 대한 한국 최초의 근대적 저술이다.

(漂海始末)》에 기록되었다. 그 책에는 문순득의 체험과 정약전의 실학 정신이 잘 드러나 있고, 200년 전의 일본, 필리핀, 마카오, 중국의 풍속, 의복, 집, 배, 언어 등이 생생하게 실려 있었다. 문순득은 조선시대 신분 구조인 '사농공상(士農工商)' 중 가장 낮은 상인이었다. 그런 까닭에 배우지 못해 정약전을 만나지 못했다면 그의 경험담이 후대에 전해질 수 없었을 것이다.

1970년대 동양의 '마르코폴로', '여행의 신'이라 불리면서 그때, 아무나 할 수 없었던 세계여행을 하면서 여행기를 발간하여 그 책이 날개 달린 책 베스트셀러가 되었던 김찬삼(金燦三) 교수[17]가 있었다. 그리고 2000년대에는 나라 안을 골골샅샅(坊坊曲曲)이 돌아보며, 숨어 있는 우리 역사를 찾아 신문과 방송을 통해 알리는 박종인[18] 역사전문 기자의 활약이 크다. 그는 그 자료들을 모아 여러 권의 책으로 묶어내고 있다.

언론인 김지영은 박종인을 말했다.

"때로는 비상식적으로, 때로는 이기적으로 조선의 정치·경제를 혼란에 빠뜨렸던 인물들의 이야기. 광기에 서려 권력을 남발했던 연산군, 일개 외국 서기관에게 나라 금광을 팔아넘긴 고종 부부에서부터, 노비에서 청나라 사신이 된 매국노 정명수, 무당과 함께 나라를 가지고 놀던 법부대신 이유인, 그리고 누구보다 편 가르기에 진심이었던 송시열

---

17) 김찬삼(金燦三, 1926~2003): 서울대 지리학과 졸업 후, 수도사대(현 세종대학) 교수로 재직하면서 1950년대 후반부터 1970년대까지 우리나라 최초로 세계 160개국 2000여 개 도시를 여행하고, 공산권 국가를 뺀 북극과 남극까지 지구 32바퀴나 되는 거리를 여행했다. 냉전 후, 러시아, 동구권, 중국까지 갔으며, 오지 여행 때, 여러 번 죽을 고비를 넘기면서 아프리카 여행 때는 가봉에서 슈바이처 박사를 만나 그의 움막에서 열흘간 같이 지냈다. 그때 사진들과 여행기록을 모아 한국 최초로 '김찬삼 여행기'를 발간했으며, 100만 부 이상이 팔렸다.

18) 박종인: 서울대학교 사회학과를 졸업하고, 1992년에 조선일보에 입사한 뒤 지금은 최고의 기자로 인정받고 있다.

까지. 계급도, 직업도, 배경도 다양한 자들이 어둠을 좇느라 지키지 못했던 시절의 나라를 말한다"고.

같은 시대 온누리(全世界)를 누비면서 역사를 찾아 밝혀, 글월로 쓰는 한솔이 있다. 그는 온누리(全世界)를 두루 돌아 살피면서 역사, 문화, 사회 등 여러 현황들을 보고 느끼고 깨달았던 사실들을 글월로 밝히고 있다. 그리고 그 글월들을 묶어 여행 에세이집《차이 속의 공존》을 발간한다. 출간을 축하하면서 몇 마디 평설을 쓰게 됨을 기쁘게 생각한다.

그의 글월들은 그 폭과 깊이가 매우 넓고 깊다. 그래서 그 모두를 다루려면 몇 권의 책이 되어야 할 것이다. 그래서 그 가운데 39번 〈우리가 이룬 독립〉을 가온점(中心)으로 몇 대목을 살펴본다.

특히 기행 수필은 읽는 이가 흥미를 느끼고 공감(sympathy)할 수 있어야 한다. 공감이란 사실의 종류에 따라 내용이나 대상이 달라지는 글월을 읽는 이도 그렇게 생각한다고 느끼는 마음이다. 다시 말해 읽는 이가 그 글월에 대해 정서적으로 감정이입을 하고 공감할 수 있는 글월이다. 한솔의 글월《차이 속의 공존》에서 50번 〈건국의 아버지들〉 한 대목을 본다.

1990년대 초, 오사카시의 중·고등학교 몇 곳을 그 지역 장학사와 함께 방문한 적이 있었다. 두 번째 학교를 방문했을 때에 첫 방문학교와 똑같이 별도의 역사교육실이 있는 것이 별스럽게 생각되어서 내부를 보고 싶다고 하였으나 거부를 당하였다. 단순한 호기심으로 요청한 것이었음에도 불구하고 당혹스러워 하는 지역 장학사의 모습이 무엇을 뜻하는지 당시에는 전혀 눈치를 채지 못하였다.

몇 년이 지나고 나서야 모든 학교에 그들의 역사를 가르치는 별도의 교실이 있다는 것과 국외자, 특히 한국인에게는 공개하지 않는다는 사실을 알게 되었다. 그 공간이 실제와 다른, 자국의 역사를 미화하는 내용으로 채워져 있으며 우리 고대사와 관련하여 왜곡된 내용들이 다수 게시되어 있다는 이야기도 전해 들었다.

그로부터 10여 년이 더 지나서 중국이 우리 고대사와 관련하여 역사를 왜곡하는 '동북공정'을 진행하고 있다고 하여 떠들썩했던 적이 있다. 일본과 똑같이 이들도 역사를 조작까지 해 가면서 조국과 조상의 '위대함'을 후손들에게 주입시키고 있었다.

우리는 기록과 유물·유적을 근거로 사실로 입증된 역사만으로 역사교육을 실시한다. 그러나 이웃의 두 나라는 역사적 사실과 역사교육을 분리하는 것으로 보인다. 역사 시간에 실증된 역사만을 가르치지는 않는다. 역사교육의 목표가 사실을 정확하게 전달하는 것보다 바람직한 정체성을 확립하고 사회를 통합하는 기능에 더 중점을 두고 있는 것이다.

이런 행태가 바람직해 보이지는 않지만, 사실에 근거한 훌륭한 역사적 사실조차 제대로 계승하지 못하는 우리의 모습은 어떻게 보아도 자랑스럽다고 말하기는 어렵다.

아베 노부유키의 소름 끼쳤던 예언!

필자는 이 글월을 읽고 마지막 조선총독(朝鮮總督) '아베 노부유키(阿部信行)'의 소름 끼쳤던 저주의 말이 떠올랐다. 조선총독부의 마지막 총독이었던 아베 노부유키는 누구인가! 그는 1875년 일본 이시카와현(石川縣)에서 태어났다. 1897년 일본 육군사관학교를 마치고 육군참모본부 총무부장·군무국장을 거쳐 1929년 육군차관이 되었다. 1944년 7월 24일, 마지막 조선총독으로 부임해 징병·징용 및 전쟁 물자를 착취해 갔다.

그리고 노무인력을 근로보국대라는 이름으로 끌어갔으며, 여자 정신대 근무령을 공포해 만 12세 이상 40세 미만의 여성에게 정신대 근무령서를 발부했고, 이에 불응시는 국가총동원법에 따라 징역살이를 시키기도 했다. 일본이 미국에 항복하고, 미군이 우리나라에 들어오자 총독부에서 항복문서에 서명하고 한국을 떠나면서 아베 노부유키(阿部信行)는 이런 소름 끼치는 말을 남겼다.

우리는 패했지만 조선은 승리한 것이 아니다. 장담하건대, 조선이 제정신을 차리고 찬란했던 옛 조선의 영광을 되찾으려면 100년이라는 세월이 훨씬 더 걸릴 것이다. 우리 일본은 조선인에게 총과 대포보다 더 무서운 식민교육을 심어 놓았다. 결국은 서로 이간질하며 노예적 삶을 살 것이다. 보라! 실로 조선은 위대했고 찬란했지만 현재 조선은 결국 식민교육의 노예로 전락할 것이다. 그리고 나 아베 노부유키는 다시 돌아온다.

아베의 사돈인 기시 노부스케(岸信介, 1896~1987)는 만주국을 세우고 일본이 아시아를 지배하려는 전략을 세웠다. 이 과정에서 철저하게 중국인과 조선인의 항일투쟁을 무력화시켰다. 그 뒤, 일본 총리를 지낸 아베 신조(安倍晋三, 1954~2022)는 아베 노부유키의 손자이자 기시 노부스케의 외손자였다. 기시 노부스케가 살아 있을 때 일본 유명 주간지 『주간문춘』에 이런 기사가 실렸다. 아베 총리가 '중국은 어처구니없는 나라지만 그나마 외교게임이 가능하다. 하지만 한국은 그저 어리석은 국가일 뿐'이라고 말했다는 것이다. 이에 대해 일본 당국자들은 사실이 아니라며 전면 부인했지만 일본은 언제나 일본이다.

독만권서(讀萬卷書) 행만리로(行萬里路)의 수필가

한솔은 〈세상의 끝, 여기〉라는 글월로 『지구문학』(2019년 여름, 통권 86호)을 통해 등단할 때 필자가 그 심사평을 썼던 특별한 인연이 있다. 그

의 글월은 남아메리카 대륙 남단에 자리한 푼타 아레나스 지역을 여행
했던 기행문이다.

> 세상의 끝이라고 생각한 이곳은 그들 본래의 모습을 그대로 간직한 채
> 인간의 접근을 두려워하고 있는 듯했다. 인간의 손이 닿는 순간, 자신의 생
> 명이 무지개 뜬 산기슭 너머로 연기처럼 날아갈 것을 알고 있는 듯했다. 그
> 러나 아직은 젊음으로 가득 차 있었다. 그 모습이 내 가슴을 '퐁' 뚫어 놓
> 았다.
> – 한솔의 글월 〈세상의 끝, 여기〉 한 대목

수필을 흩어진 꿈 조각들을 모아 아름다움을 지어(創作)내는 글월이
라고 한다. 짧은 글월 안에 지은이의 인품과 사상과 사고(思考)는 물론
지은이의 삶의 깊이까지 배어나는 글월이기 때문이다.

한솔의 글월은 기복(起伏)과 농담(濃淡)이 문맥과 문세를 이루며, 굽이
굽이 충절을 이루고 있다. 문맥의 어간에서 처연하게 유로(流露)되는 정
서가 이화(異化)되는 글월로써 문정(文情)의 창출과 문맥짜임(文脈構造)의
다름(異化)을 통해 낯설게 하기를 꾀하는 글월이다. 이 말은 문정(文情)의
짜임(構造)이 담담한 문맥(文脈)의 힘(文勢)과 기세(形勢)에 따라 그 흐름(流
露)이 한 가닥(一種) 품위(品位)를 이루는 글월이라는 뜻이다.

수필이란 지은이의 인품이 드러날 수 있는 글월이므로 지난날들의
일을 돌이켜 보며 오늘을 새롭게 조명하는 글월을 써야 한다. 우리 문단
에 또 한 사람의 좋은 수필가를 찾아냈다는 사실을 기쁘게 생각한다.[19]

한솔은 파고다공원 바로 옆에 사무실이 있는 지구문학작가회의 회장
으로 문단 활동을 하고 있다. 그런데 이곳은 조선시대 연암(燕巖) 박지원

---

19) 『지구문학』 (2019년 여름, 제86호), p. 163.

이 실학사상을 이루었고, 한국문학의 품격을 새롭게 정립했던 〈연암일지〉를 썼던 곳과 지근거리이다.

연암은 1768년 서울의 백탑(白塔; 파고다공원) 옆 전의감동(典醫監洞, 현재 종로구 견지동)에서 살았다. 그 무렵 이덕무(李德懋), 이서구(李書九), 서상수(徐常修), 유금(柳琴), 유득공(柳得恭), 박제가(朴齊家), 이희경(李喜慶) 등 당대 최고의 북학파 실학사상가(實學思想家)들과 함께 모여 문학과 사상을 거론했다. 그리고 운종각(종로거리)을 지나 수표교(오늘의 청계천)으로 가서 자연과 경치를 보면서 낭만을 즐겼다는 기록이 있다.

연암은 그때 그의 사상이 최상승(最上乘)의 울결(鬱結)[20]로 녹아 있다는 책《종북소선(鍾北小選)》을 발간했다. 그리고 청나라를 여행하고 돌아와 이곳 파고다공원 근처 자신의 집에서 《열하일기》[21]를 썼다. 그 책이 나오자 당시 보수파들의 저항이 거셌으나 연암은 '이용후생'(利用厚生)[22]을 이룬 다음에 정덕(正德)[23]을 이룰 수 있다는 실학사상을 내세워 그들과 맞섰다.

필자도 건국절 제정자들과 맞섰다

필자는 한솔의 글월을 읽고, 2014년 국사광복회(國史光復會) 회원의 한 사람으로서 대한민국 임시정부의 법통을 인정하지 않는 사람들과 맞섰

---

20) 치밀어 오르는 울화를 일컫는 말을 한자 표현으로 울결(鬱結)이라고 한다.
21) 열하일기: 〈연암집〉에 있는 26권 10책, 1780년 연암이 청나라 여행에서 돌아와 보고 들은 것을 기록한 책. 당시 양반사회 제도의 모순을 비판하고, 이용후생을 말하면서 독창적이고 사실적으로 쓴 글월. 1901년 김택영이 필사본을 책으로 펴냈다. 1~7권은 여행 경로, 8~26권은 견문을 기록했다.
22) 편리한 기구를 잘 사용하여 삶을 넉넉하게 하여 모자람이 없도록 하는 생활.
23) 옳은 정치는 오직 덕으로만 할 수 있고, 정치의 요점은 백성을 보호하는 데 있다. 이를 위해 덕을 바로 잡고(正德), 쓰임을 이롭게 하며(利用), 삶을 풍요롭게(厚生) 하는 것.

던 일을 생각했다. 그 무렵 대한민국 총리까지 지냈던 사람과 그밖에 높은 벼슬을 지낸 몇 사람들이 앞장서서 대한민국 건국절을 제정해야 한다고 하여 나라가 시끄러웠다. 그때 이를 강력하게 비판하면서 성명을 발표했는데 그 몇 대목만을 본다.

"대한민국의 건국절을 제정하자고 하는 사람들의 행위는 유구한 우리의 역사를 말살하려는 속셈이다. 1919년 4월 11일 상해 임시정부는 국호를 대한민국으로 정하고, 국가기원을 고조선에 두기로 하였다. 서기전 2333년을 단기 원년으로 하여, 음력 10월 3일을 「건국 기원절」로 제정하고, 단기연호를 제정하였다. 이 사실이 독립신문에 실렸다. 그 3일 후, 독립신문은 「건국 기원절」을 「개천절」로 바꾸기로 했다"고 보도하였다.

임시정부는 그때부터 매년 건국기원절인 개천절 행사를 음력 10월 3일에 거행하여 왔다. 1948년 상해임시정부의 법통을 이어받은 대한민국 제헌국회가 국호를 대한민국으로 정하고, 건국기원절인 개천절을 국경일로 정하고, 연호를 단기로 정하여 서기와 병용하도록 하였다.(연호에 관한 법률 제4호)

그런데 이러한 우리나라의 오래된 역사와 상해임시정부의 법통까지 무시하면서 새롭게 「건국절」을 정해야 한다고 하는 행위는 헌법에 명기된 반만년의 역사와 건국기원절인 개천절을 없애려는 자들이다. 이는 대한민국의 제헌국회를 부정하고, 정부를 부정할 뿐 아니라, 우리 겨레의 오랜 역사를 부정하는 일본 조선총독부의 행태와 같은 것이며, 나아가 남북통일의 기반을 흔들어 남북통일을 저해하자는 것이다.

대한민국 정부수립을 우리나라의 건국절이라고 한다면, 우리나라는 신생국이 되며, 현 헌법의 국토개념도 부정하는 것이다. 신생 대한민국만을 주장한다면, 우리는 북한과 통일할 명분도 없는 것으로, 통일을 방해하자는 것이다.

　대한민국 정부수립을 건국절이라고 하면, 북한과의 통일주장은 우리가 중국과 통일을 하자는 것과 무엇이 다르겠는가? 대한민국의 정부수립을 건국절로 하자고 주장하는 사람들은 건국의 뜻이 무엇인지, 개국의 뜻이 무엇인지, 정부수립이 무엇인지 구분도 못하고, 역사의식도 없는 식민노예의 조선총독부 졸개가 되는 것이다.

　그들은 우리 겨레의 역사의식을 말살하려고, 국사를 선택과목으로 바꾸고, 대학입시에서 국사를 없애고, 국가지도자를 뽑는 사법, 행정, 외무, 세무고시 등 국가공무원 시험에서 국사를 빼버린 사람들이다. 그 결과 젊은 이들이 국가관과 국가의식이 약해진 것이다. 이들은 조선총독부의 노예근성을 이어받아 우리 겨레의 역사의식과 겨레정신을 말살하려는 반겨레 행위를 하면서 겨레를 기망하고, 해외 동포들을 기망하고 있다. 역사의식을 흐리게 하면서 겨레분열을 조장하고 있다.

　대한민국 정부수립은 옛날 군주시대처럼 한두 사람의 힘으로 나라가 세워진 것이 아니다. 수많은 애국지사들이 광복을 위하여 목숨을 바쳤고, 반공국가를 위하여 얼마나 많은 국민들이 피와 땀을 흘리고 목숨을 바쳤던가? 그런데 이를 무시한다는 것은 민주의식이 전혀 없는 군주시대의 발상이고 사고인 것이다.

　건국절 제정을 주장하는 세력은 4.19 혁명세대 등과 국론을 분열시키고, 남북통일을 향한 정책을 저해하고, 겨레의 장구한 역사를 부정하고, 역사속지주의(歷史屬地主義)로 국토를 축소하고, 반만년 역사를 부정하는 것이다.

단기 4347(서기 2014)년 8월 14일

(사)국사광복중앙회(國史光復中央會)

상해 임시정부 수립을 말한다

대한민국 임시정부는 1919년 3.1운동 이후 일본 통치에 조직적으로 항거하기 위하여 세운 정부였다. 1919년 4월 10일 상하이 임시정부 사무실에 모인 독립운동 지도자들이 밤을 새우면서, 임시의정원(臨時議政院)을 꾸렸다. 그리고 다음날인 4월 11일, 각 도 대의원 30명이 모여서 임시헌장 10개조를 채택하고, 대한민국 임시정부 수립을 선포하였다.

그리고 1919년 4월 13일, 임시의정원 의장 이동녕(李東寧), 국무총리 이승만(李承晩), 내무총장 안창호(安昌浩), 외무총장 김규식(金奎植), 법무총장 이시영(李始榮), 재무총장 최재형(崔在亨), 군무총장 이동휘(李東輝), 교통총장 문창범(文昌範) 등 각료를 임명하고 그 사실을 만방에 선포했다.

그런데 대한민국 임시정부 수립 날을 4월 13일이라고 하는 사람들은 그날 4월 13일이 어떤 날인지 알고 그러는지 모를 일이다. 1592년 4월 13일 그날은 일본이 우리나라를 침략했던 날이다.

글월을 마치며

우리 한국을 지정학적인 현실만 보고, 아시아 끝자락에 자리한 조그마한 반도나라로 보아서는 아니 된다. 우리의 국력은 이미 세계의 열강 대열에 당당히 들어서 있다. 그래서 엄청난 힘을 과시하는 문화 대강국이 되어 있다. 그것은 이미 1947년 《백범일지》[24]에서 김구(1876~1949) 선생이 나의 소원을 통해 소망하고 예언했던 말이 이루어진 것이다. 백범일지에서 김구의 글월을 본다.

---

24) 1947년 12월 15일 도서출판 국사원(國土院)에서 펴낸 초판본을 비롯하여 10여 본이 여러 출판사에서 중간되었다. 전기문학의 현대적 고전으로 독립운동의 증언이서다. 상하이(上海)와 충칭(重慶)에서 대한민국 임시정부 요직을 지내면서 틈틈이 써놓은 친필본을 김지림(金志林)이 윤문하여 책이 간행되었다.

나는 우리나라가 세계에서 가장 아름다운 나라가 되기를 원한다. 가장 부강한 나라가 되기를 원하지 않는다. 내가 남의 침략에 가슴이 아팠으니 내 나라가 남을 침략하는 것을 원치 않는다. 우리의 부력이 우리의 생활을 풍족히 할 만하고, 우리의 강력이 남의 침략을 막을 만하면 족하다. 오직 한없이 가지고 싶은 것은 높은 문화의 힘이다. 문화의 힘은 우리 자신을 행복하게 하고 나아가서 남에게 행복을 주기 때문이다.

우리 겨레에 대한 세계의 인식은 매우 높다. 그것을 알아본 세계적인 작가가 있다. 《25시》의 작가 게오르규가 주인공이다. 그는 1974년에 우리 한국을 방문해서 말했다.

나는 〈25시〉에서 직감적으로 '빛은 동방에서 온다'는 말을 한 일이 있습니다. 빛은 아시아에서 온다고 말했습니다. 그런데 오늘날 〈25시〉를 읽은 젊은 사람들은 그 '동방'이 모택동의 중공을 의미하는 줄 생각하는 사람이 많습니다. 그러나 나는 오늘의 중공은 빛과 반대되는 암흑의 세계인 것을 압니다. 내가 작품 속에서 빛이 온다고 말한 그 동방은 당신네들의 작은 나라, 한국에 잘 적용되는 말입니다. 이것은 인사치레로 하는 말이 아니며 당신네들의 마음에 들려고 과장해서 하는 말도 아닙니다.

내가 그걸 알 수 있는 것은 구주이신 예수님이 작은 나라에서 태어나신 것을 알기 때문입니다. 팔레스타인의 작은 마을 베들레헴에서 그리스도는 태어났습니다. 광명의 상징인 예수님이 베들레헴이라 불리는 그 소촌(小村)에서 태어나리라는 것을 안 사람은 아무도 없었습니다.

빛은 결코 뉴욕이나 모스크바나 북경과 같은 큰 도시에선 오지 않습니다. 그리스도의 빛이 무명의 아주 작은 마을에서 온 것처럼 지금 인류의 빛도 작은 곳에서부터 비쳐올 것입니다.

내일의 빛이 당신네 나라인 한국에서 비쳐온다 해서 놀랄 것은 조금도 없습니다. 왜냐하면 당신네들은 수 없는 고난을 당해 온 민족이며, 그 고통을 번번이 이겨낸 민족이기 때문입니다. 당신들은 고난의 수렁 속에 강제로 고개를 처박힌 민족이지만 스스로의 힘으로 고개를 쳐든 사람들입니다. 당신네 한국 사람들은 내게 있어서 젊은 시절에 읽은 성서의 '욥'과 같은 존재입니다.　　　　　　– 1974년 계명대, 게오르규 〈또 하나의 성민 알이랑 민족〉 중에서

한솔의 글월에는 역사관과 나라 사랑 정신이 살아있다. 그래서 그의 글월은 유경환의 말처럼 옷을 잘 차려입은 신사가 성큼성큼 걸어오는 모습을 본 듯한 기품으로 울림(感動)을 주고 있다. 그것은 그의 때 묻지 않은 삶의 정신과 정도(正道)로만 가고자 하는 마음가짐이 글월에 배어 있기 때문일 것이다.

　모든 글월은 기교보다 바른 격을 갖추어야 한다. 한편의 글월에는 글월을 쓴 그 사람의 사람됨까지 드러나기 때문이다. 유경환은 '글월이란 붓으로 지어 놓은 제 얼굴이며, 오래 남는 또 하나의 자신'이라고 말했다. 기교를 바탕으로 쓰인 글월은 화장으로 얼굴을 꾸미는 사람처럼 세월(歲月)의 흐름을 따라 낡아지고 말지만 기교가 아닌 순수한 마음에서 쓰여진 글월은 아무리 세월(歲月)이 흘러도 그 향기는 살아 있기 때문이다.

　한솔은 글월에서 기교를 부리지 않는다. 투박하지만 순백의 여운이 넘쳐 흐른다. 그래서 먼 훗날까지 그의 문향은 살아 있을 것이며, 그의 글월(文章)을 읽는 사람은 더욱 늘어날 것이다. 좋은 글월을 이어서 발표하기를 기원하면서 평설을 마친다.

차이 속의 공존

지은이 / 한　솔
펴낸이 / 김정희
펴낸곳 / 지구문학

03140, 서울시 종로구 종로17길 12, 215호(뉴파고다 빌딩)
전화 / (02)764-9679

등록 / 제1-A2301호(1998. 3. 19)

초판발행일 / 2024년 7월 15일

값 18,000원

E-mail/jigumunhak@hanmail.net

ISBN 979-11-91982-12-1　03810